성실한 하루카는 엘에게
꼼꼼하게 승마를 가르쳐 줬고,
그도 성실하게 그녀의 지도를 받았다.
하지만 나는 알고 있다.
도사도 블랜타크 씨도
알폰소도 마찬가지로,
그것은 지도를 너무
열심히 하는 나머지
뒤에서 엘의 등에 몸을
밀어붙이고 있는 하루카에게
엘이 마음속으로
환희를 느끼고 있다는 것을.

"잘 타시네요
"아—
아직 일말의 불안감이……
"그건 곧 익숙해질 거예요

엘빈
통칭 : 엘

하루카 후지바야시

# CONTENTS

**팔남이라니 그건 아니지! ⑨**

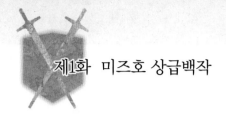

# 제1화 미즈호 상급백작

바르데쉬에서 일어난 쿠데타를 피해 달아난 우리는 오로지 북쪽을 향해 마차를 몰았다.

뉘른베르크 공작군에 의한 추격은 북방 주요 가도를 달리고 있을 때 한 차례, 그리고 미즈호 백작국을 경유하는 지선으로 진로를 바꾼 이후로 한 차례 받았지만 이들은 모두 카타리나가 '회오리' 마법으로 날려버렸다.

통신 방해 때문에 아군끼리도 연락이 원활하지 않은 모양이라 반란군의 추격은 미진했다. 경계했던 마법사도 위력이 약한 '파이어 볼'을 날린 자가 한 명뿐. 그다지 경이롭지도 못해서 카타리나의 '윈드 커터'에 쓰러져 버렸다.

"고위 마법사 분들은 추격에 나타나지 않는군요."

"중앙의 상황을 파악하느라 바쁠 테니까."

카타리나는 쓰러뜨린 마법사의 시신에서 장비품과 마법 자루 같은 걸 회수하면서 내게 말을 걸어온다.

흡사 노상강도 짓 같지만 이것도 전쟁터의 관례라고 블랜타크 씨는 말했다.

"아무리 훌륭하고 센 녀석도 죽고 나면 목 아래로 속옷만 남고, 몸뚱이는 썩거나 짐승의 먹이가 되지. 약한 녀석은 죽임을 당해 몽땅 빼앗기고."

"블랜타크 씨는 전쟁터에 나간 경험이 있나요?"

"이 사람도 블랜타크 님도 모험자로서 오랜 세월 활동을 했으니까. 관헌의 눈이 미치지 않는 곳에서 산전수전 다 겪은 모험자들이 일을 하면 그런 경우도 있다는 걸 바우마이스터 백작도 이해해야 하는 것이다!"

모험자로서 오랜 경험을 쌓은 두 사람에게는 별별 일들이 많았던 것 같다.

그 부분은 굳이 파고들지 않은 채 나와 카타리나는 조용히 고개를 끄덕였다.

"테레제 님, '미즈호 백작국'은 어떤 나라입니까?"

카타리나가 전리품 회수를 마치자 나는 화제를 바꾸려고 테레제에게 질문했다.

"우리와는 문화 형태가 크게 다른 나라지."

"제국은 다민족 국가라고 들었습니다만……."

"그중에서도 특히 이질적인 존재야. 아직 어쿼트 신성제국이 성립하기 전부터 존재했던 오래된 민족의 나라니까."

검은 머리, 검은 눈인 자들이 많으며 독자적인 문화를 가진 반독립국이라고 한다.

"필립 공작령의 주요 민족인 란족보다도 이전부터 제국에 그 존재가 알려졌지."

필립 공작령과 접하고 있는 아키츠 대분지를 생존권으로 하여 인구는 120만 명가량.

분지이므로 여름에는 덥고 겨울은 춥다고 하지만, 물이 풍부하고 한난 차가 심한 덕분에 논에서 맛있는 쌀이 주식으로 재배되며 특산품으로서도 유명하다고 한다.

바우마이스터 백작령 이하 남방에서도 쌀이 대량으로 생산되지만 맛으로 놓고 보자면 미즈호 백작국산이 압도적으로 평가가 높다고 한다. 그러고 보니 일본의 유명한 쌀 산지도 한난차가 심한 북쪽 땅이나 동북지방이 많았다.

게다가 미즈호 백작국 사람들은 손재주가 좋아 공예품이나 마도구 제조기술로는 따를 자가 없다고 한다.

어쿼트 신성제국의 신민 중에서도 매우 풍요로운 생활을 보내고 있으며 영내를 방문하는 손님은 정중히 대접한다.

대상회나 대공방 중에서는 영외로 진출하여 돈을 버는 곳도 많으며 그들은 지구에서 말하는 가교와 같은 존재가 되어 있었다.

"(일본인 같네······.)"

"입는 것, 책, 음식, 건조물 등 모든 것이 독특하여 바르데쉬에도 지어져 있지."

처음 바르데쉬에 도착했을 때 본 기와집 지붕이나 사원풍 건물이 미즈호풍이라고 불리는 건축물이라고 한다.

내 눈에는 그저 일본식으로 보였지만.

"평소에는 얌전한 사람이 많아. 하지만 전쟁이 나면 극단적으로 흉악해지지."

사무라이라 불리는 기사들이 날이 한쪽에만 있는 도(刀)라는 칼을 쥐고 미친 듯이 자기 영지를 지키는 모양이다.

그보다 아무리 들어도 옛날의 일본 그 자체다.

"우리 란족보다도 일찍 그 존재가 알려진 녀석들이라 제국도 몇 차례나 토벌군을 보냈지."

미즈호 정복은 전부 실패했으며 그들도 막대한 피해를 냈지만 제국 쪽도 그때마다 어마어마한 피해를 입었다고 한다.

"당시의 제국은 동서남북 사방으로 영토를 확장하고 있었어. 하지만 미즈호 파견군의 손해가 번번이 지독한 탓에 그때마다 다른 방면의 진격도 멈춰버렸거든."

그럼에도 필립 가문이 란족의 땅을 제압할 때까지 정기적으로 출병은 이뤄졌지만, 슬슬 미즈호인에 의해 저승길로 떠난 아군 병사가 수십만 명에 달하려 할 때, 마침내 당시의 황제가 뜻을 굽히고 그들의 자치권을 인정했다.

"그들은 아키츠 대분지 밖으로는 영지를 넓히기를 원치 않으니까. 상급백작이라는 특수한 작위를 하사했으며 영지는 백작국이라고 부르며 다른 백작령과는 다른 대우를 해줬지. 일 년에 한 번 조공을 바치고 외교권을 어쿼트 신성제국에게 위임하는 조건으로 그 존속을 인정한 거야."

그 외교권도 핵심은 헬무트 왕국과 멋대로 교섭하지 말라는 의미다.

"제국은 미즈호인과 헬무트 왕국이 손잡는 걸 두려워했거든."

이렇게 해서 미즈호 백작국이 성립됐지만 한번 강화를 맺으니 미즈호인은 얌전했다.

관광객도 받아들이고 품질이 좋은 옷감, 술, 식품, 공예품, 마도구 등은 고급품으로서 인기가 높다.

"우리 필립 공작령에서 처음 어업을 시작한 것도 미즈호인이야."

바다가 없는 분지에 살고 있는데도 어째선지 바다의 물고기라면 환장을 해서 필립 공작령에서 어업에 종사하는 어부의 절반은 미즈호인이라고 한다.

"돈 벌러 나온 자들이 많아. 먹을 수 있는 물고기의 지식이나 처리법과 보존, 수송 방법도 잘 알지. 어획량 제한, 어초의 설치, 양식 등의 지식도 전부 그들에게 배웠어. 그리고 묘한 해초를 말리거나 다랑어라는 물고기로 나무처럼 단단한 몽둥이를 만들기도 하고. 아무튼 평소에는 온화한 듯 보이지만 특이한 녀석들이야."

'(왔다! 일본적 문화가 왔어—!)'

왕도에서 사람들을 죽이며 마음이 피폐해질 뻔한 내게 오랜만의 상이다.

이 서양풍 판타지 같은 세계에 일본풍 문화를 가진 국가가 있었다.

관광에, 식사에, 문화에, 그렇다면 오랫동안 머물며 즐겨야 할 것이다.

"필립 공작령과 미즈호 백작령은 인접해 있으니까 하룻밤 정도는 묵어가도 상관없어. 아니, 며칠쯤 머물러야 하려나."

"원군 요청 때문인가요?"

"그런 셈이지."

갑작스러운 쿠데타로 다른 선제후나 귀족들의 생존 및 거취가 불분명하기 때문에 테레제는 먼저 북방의 인접 제후들을 통합하는 일부터 시작해야한다.

"테레제 님. 그 미즈호 백작국이 뉘른베르크 공작을 타도하는 일에 힘을 빌려줄까요? 얘기를 듣자니 거의 독립국이나 다름없는 것 같던데…….

엘리제가 걱정하는 건 당연하다.

미즈호 백작국으로서는 뉘른베르크 공작이 황제가 된다 해도 지금의 반독립국으로서의 지위를 보장해주기만 하면 되니까.

"그런데 그렇지도 않아."

뉘른베르크 공작은 테레제조차 살해하려고 했다. 황제의 권력을 일원화하기 위하여 선제후를 제거를 도모한 셈이다.

"그 남자의 국시(國是)는 하나로 통합된 강력한 제국이야. 수천 년이나 제국에 굴복하지 않은 백작국은 방해만 되겠지. 실제로 뉘른베르크 공작령 안에서는 재류 미즈호인의 대우 문제로 말썽이 생긴 적이 있거든."

뉘른베르크 공작령은 무역 수지가 큰 적자인 데다 영내에서 폭넓게 활동하고 있는 미즈호 자본의 상회나 공방이 국내업자의 경영을 압박하고 있다. 그 때문에 거액의 관세를 부과하여 양쪽이 첨예하게 대립하고 있다고 한다.

"그라면 미즈호 백작국의 완전 정복을 노리겠지. 게다가 기술 등도 손에 넣겠다고 할 거야."

"그건 너무 안이한 생각 아닌지…….”

제국도 백만의 병력을 동원해 공격하면 미즈호 백작국을 완전히 정복하는 일도 불가능하지 않다는 것쯤은 알고 있을 것이다. 하지만 그렇게 했다간 기술이나 생산력을 가진 사람들이 대량으로 전사하여 크게 황폐해진 영지가 남을 뿐이다. 저항이 과격하므로 무리하게 정복해봤자 아무런 의미도 없다. 그렇기 때문에 제국도 미즈호 백작국의 존속을 인정하고 있는 것일 테니까.

"뉘른베르크 공작 입장에서는 파괴한 다음 재생하면 된다고 생각하지. 수십 년의 세월에 거액의 예산과 노력을 들여 미즈호인을 굴복시키고 제국에 받아들이면 긴 눈으로 보면 신제국에게 이득이 될 거라고."

"완고한 국수주의자로군요."

"자신의 영지와 나라를 사랑한다고 추앙받으며 영지 안팎으로 일정한 지지층을 거느리고 있기 때문에 성가시지."

제국군 안에도 일정한 지지자가 있었기 때문에 그토록 훌륭하게 쿠데타가 성공했다고 할 수 있다. 거기에 이동과 통신계 마법과 마도구가 봉인되어 있다. 제국 정부나 귀족들도 아직 혼란에서 벗어나지 못했을 것이다. 그것에 대처할 틈도 없이 쿠데타군에게 무릎 꿇을 가능성도 높다.

"이건 좀 성가시군……."

"설마 그렇게까지 골똘히 생각하고 있을 줄은 몰랐지만 말이야. 역시 그것의 보고를 받고 위기감을 느꼈을지도 몰라."

"그것?"

"그 왜 벤델린이 가동에 협력한 그거 말이야."

내가 우연히 토벌한 언데드 고대룡의 마석을 이용하여 재가동에 성공한, 유적의 발굴품인 거대 마도비행선. 지금은 '린가이아'라는 이름이 붙어 있지만, 길이가 400m인 이 거대한 배는 무사히 취역하여 현재는 대륙 외부로의 탐색을 진행하기 위해 훈련을 시작했다.

"통상적인 100m급 대형 마도비행선의 숫자에서도 차이가 벌어졌으니까."

공군 전력비가 2.2대 1까지 벌어져 이것이 뉘른베르크 공작에게 큰 위기감을 갖게 한 모양이다. 대형 마도비행선이란 전함과 같은 존재니까.

"그 말은 결국 내 탓이라는 건가요?"

"적어도 뉘른베르크 공작은 그렇게 생각하겠지."

과연. 그래서 나를 그토록 날카로운 시선으로 쳐다본 것이군.

"나의 장래의 안녕을 위해 뉘른베르크 공작을 죽이라는 건가요?"

"가능하면 용병 신분으로 참전하기를 바라. 결국 뉘른베르크 공작은 죽일 수밖에 없겠지. 그는 위험해."

과격한 사상을 가진 데다 실력행사까지 한 것이다. 그의 행동으로 제국도 큰 손해를 입었으니 뉘른베르크 공작가를 멸망시켜 그것을 보전하지 않으면 당연히 주위에서 불만이 터져 나오리라.

반란의 주모자를 살려두는 안이한 국가 따위 어느 세계에도 존재하지 않으니까.

"그 전에 쿠데타에 성공한 뉘른베르크 공작에 의해 우리가 깨끗이 토벌당할 가능성도 있지만."

"재수 없게……."

"전쟁이란 운에 좌우하는 부분도 있으니까."

중앙과 동서남북 귀족들의 거취가 궁금하긴 하지만 여기서도 통신은 여전히 방해를 받고 있어서 전혀 정보를 입수할 수 없었다.

"제도도 포함하여 북부 영역 이외의 원군은 기대할 수 없겠군. 새 황제 즉위 때문에 바르데쉬에 있던 자들은 쿠데타군에게 붙잡히거나 살해당했겠지."

다행히도 북부 제후의 대부분은 새 황제가 즉위한 날이나 다음 날 제도를 떠난 자가 많았다. 내가 생각하는 만큼 재지 귀족은 한가하지 않다고 한다.

뉘른베르크 공작이 북방을 향해 토벌군을 보내기 전에 테레제가 북방 제후를 통합한다. 우선은 그 일을 서두르는 것이 가장 중요하리라.

"하지만 통신 방해는 정말 성가시네."

우리가 가진 마도 휴대통신기는 제도에서 꽤나 떨어진 지금도 전혀 작동하지 않는다.

방해 대상의 마법이 한정되어 있는 대신 효과 범위가 상당히 넓은 것 같다.

이 정도라면 헬무트 왕국도 북부 쪽은 통신기나 마도 비행선 운영이 불가능해진 상태일 것이다.

"바우마이스터 백작령이 걱정이네."

이나가 말하는 대로다. 만일 마도비행선을 움직일 수 없는 상태가 되면 개발에 큰 지장이 생길 테니까.

"로델리히가 있으니까 어떻게든 잘 꾸려나가 주겠지. 그렇게 믿을 수밖에."

통신을 할 수 없다는 것이 이토록 답답한 줄은 처음 알았다.

무모한 쿠데타로 보이지만 사실 뉘른베르크 공작 나름대로 승산이 있을지도 모른다.

"정말 쓸데없는 짓만 하는군. 그 눈매 사나운 녀석."

게다가 심지어 잘생겼다.

그런 탓에 여성들에게도 인기가 많은 모양이다. 그것만으로도 녀석은 신용할 가치가 없는 인간이란 생각이 든다. 결코 얼굴에서 밀리기 때문에 열을 내는 것이 아니다.

"저는 당신 쪽이 함께 있을 때 즐겁고 마음도 편하니까요."

"엘리제 말이 맞아. 나도 역시 뉘른베르크 공작이 남편이라면 숨이 막힐 것 같아."

"이나가 안 된다면 나는 질식사하겠네."

엘리제, 이나, 루이제는 잘생기긴 했어도 분위기가 무서운 뉘른베르크 공작이 거북하다는 말을 늘어놓기 시작한다.

"나도 식사량 때문에 지적을 받을 것 같아. 그 날카로운 눈매는 마치 나를 깔보는 듯한 기분이 들어서 싫어."

"맞아요. 내가 옳으니까 주절주절 불평하지 말고 나를 따라오라는 느낌이 들거든요."

그는 날 때부터 독재자 기질을 갖고 태어났다고 해야 할까.

의외로 빌마와 카타리나의 의견은 뉘른베르크 공작의 본질을 꿰뚫고 있는지도 모른다.

"벨 님이 남편인 쪽이 훨씬 좋아."

"저도요."

"모두들 고마워~!"

나는 감격하며 다섯 명을 차례차례 안아주었다. 내게도 뉘른베르크 공작에게 이길 수 있는 부분이 있었던 것이다.

"알다가도 모르겠네. 뉘른베르크 공작 입장에서는 너야말로 질투의 대상일 텐데……."

"뉘른베르크 공작의 속마음 따위 알 바 아냐!"

나는 속삭이듯 내게 딴죽을 건 엘을 도사 쪽으로 쫓아버렸다.

"엘빈 소년, 남자란 근육과 기력이 전부인 것이다."

도사는 좁은 마차 안에서 무리하게 근육을 강조하는 포즈를 취했다.

억지스러운 논법이지만 어째선지 도사가 말하면 설득력 있게 느껴진다.

"아니, 나이를 먹은 남자만이 가질 수 있는 어른의 매력이라는 거지."

이어서 마력이 회복된 블랜타크 씨도 얘기에 끼어들었다.

"솔직히 아무래도 상관없습니다. 그렇게 생각지 않나요? 테레제 님."

"그대의 주인에게는 이것저것 문제가 많은 것 같지만 지금은 일단 미즈호 백작국에서 한 숨 돌리도록 하지."

안에서 그런 얘기를 하고 있는 동안 마차는 미즈호 백작국과의 영지 경계에 도착했다.

산맥은 그다지 높지 않아 마차도 통행할 수 있도록 길이 잘 정비되어 있지만, 그 산길 입구에는 검문소가 설치되어 있었다.

간소한 성채 같은 건물 입구에 경비병이 서있다.

검은 머리에 검은 눈으로 일본인을 닮았지만, 몸집 등은 이 세계 인간들의 평균과 큰 차이가 없다.

잘 보니 복장은 에도시대의 사무라이 같은 차림이며 허리에는 도를 세 개나 차고 있다.

일본도로 보이는 긴 칼 하나와 짧은 호신용 칼 하나 그리고 그 두 개와는 전혀 다른 형태의 칼이 또 하나 있었다.

"삼본도인가……. '발도대'가 경비에 가담하고 있군."

"'발도대'?"

"제국에서는 조롱하는 뜻을 담아 전사자 양산 부대라고 부르지."

일반적인 병사는 칼을 크고 작은 두 자루밖에 장비하지 않지만, 정예부대인 발도대에는 마도구인 '마도(魔刀)'가 하사되어 있기 때문에 한 자루가 더 많은 셈이다.

"'마도'는 고도의 마도구야."

범용 마도구로 칼에 원하는 계통의 마력을 휘감아 적을 벤다고 한다.

"나는 제후군의 합동 군사훈련에서 본 적 있어. 마도에 불의 마나를 휘감은 사무라이가 비스듬히 표적인 강철 갑옷을 베는 모습을."

"그게 뭐야? 무서워."

"과거에는 천 명의 발도대에게 공격 받아 2만 명의 군사가 녹아내리듯 없어졌다느니. 그런 얘기도 들었거든."

과거의 미즈호 백작국 토벌에서 벌어졌던 제도 침공군의 말로인 모양이다.

녹아서 사라졌다는 것은 과한 표현일지도 모르지만 4분의 3이 전투 불능에 빠진 군대는 전멸이나 마찬가지다.

"'발도대'도 절반의 사상자를 냈지만 아무리 계산해도 손해 비율이 이상하다. 과장인가 싶었지만 피해를 본 제국군 쪽의 전사자료이므로 틀리지 않다고 한다.

"아키츠 대분지 밖의 영지에는 관심이 없지만 침략자에게는 가차 없는 셈이지."

"그 마도를 양산하면 될 텐데."

"무리야."

제국도 바보가 아니므로 검에 똑같은 세공을 한 마검(魔劍)을 갖춘 부대가 존재한다.

하지만 듣자니까 장비품의 성능에 크나큰 차이가 있는 모양이다.

"마도의 일격을 피할 수 있을까. 벤델린이라면 강력한 '마법장벽'을 칠 수 있지? 그것밖에 방법이 없어."

"노획품은?"

"한 달도 되지 않아 못 쓰게 돼버려."

루이제의 물음에 테레제는 쓴웃음을 지으며 대답했다.

"구조가 복잡한 데다 정기적으로 특별한 관리가 필요한 모양이야."

불, 흙, 물, 바람 등, 레버 전환으로 원하는 계통의 마력을 걸칠 수 있으며 그밖에도 담는 마력의 양을 조절하는 레버도 달려 있다.

딸려 있는 마정석에 마력을 담으면 한동안은 쓸 수 있지만, 한 달도 못 가서 갑자기 못쓰게 되어 평범한 도(刀)로 돌아가 버린다고 한다.

"도신 자체도 손질을 해야 하는 모양이니까. 제국의 마도구 장인도 해석과 복제를 시도하고 있지만 큰 성과를 올리지 못했어."

그런 기술은 엄중히 비밀이 유지되고 있으며 미즈호인의 마도구 제조기술이 얼마나 뛰어난지를 말해주는 증표이기도 하다.

"그런 부분도 뉘른베르크 공작은 마음에 들지 않는 모양이지만."

국내에 서식하는 사자 몸속의 벌레이므로 미즈호 백작국은 배척해야 한다. 그런 생각을 갖고 있는 모양이며, 따라서 테레제는 미즈호 백작국과 함께 싸우는 일이 가능하다고 믿는 것 같다.

"그 미즈호 상급백작은 바르데쉬에 없었나?"

"미즈호 백작국은 실질적인 별도국가니까. 새 황제가 즉위하여 안정을 찾았을 무렵에 축하 선물을 들고 알현을 하는 게 관례야."

그 자리에서 새 황제가 지금의 미즈호 백작국의 지위를 재승인 한다. 이것도 새 황제가 처음으로 하는 일이라고 한다.

"따라서 다른 귀족처럼 휘말리지는 않았지."

쿠데타는 새 황제가 즉위한지 사흘 뒤에 발생했다.

먼저 영지로 돌아간 귀족은 난을 모면했지만 선제후 중에 달아날 수 있었던 건 자신뿐일 거라고 테레제는 말했다.

"어쨌든 거병을 해야 해. 내가 죽느냐 뉘른베르크 공작이 죽느냐. 결론은 이것밖에 없으니까."

우리를 태운 마차는 미즈호 백작국의 영지 경계에 있는 검문소로 무사히 들어가는 데 성공했다.

*** 

"성공이군요."

"완전하다고 할 수는 없지만."

마침내 바르데쉬 황궁에 있는 황제의 옥좌에 자리 잡고 앉을 수 있다.

내 이름은 막스 에어하르트 아르민 폰 뉘른베르크. 이 어쿼트 신성제국의 선제후이자 지금은 쿠데타의 주모자이다. 그리고 이 제 곧 새로운 제국의 황제가 될 남자다.

"이게 다 네 덕이군."

쿠데타는 계획대로 결행됐다. 사전 공작이 결실을 맺어 제국군 의 참가자도 많았고 그들도 거점의 제압 등에 협력해 주었다. 내 게 거역할 만한 귀족을 붙잡거나 죽이는 일에도 큰 활약을 하고 있다.

"붙잡힌 귀족이 예상보다 많아 감옥이 부족한 것 같습니다. 없 애버릴까요?"

"그깟 잔챙이들 더 이상 죽일 필요 없어. 연금해 둬."

"금방 이쪽에 붙을 테니까."

통신을 방해하고 있는 지금, 당주가 자리를 비운 영지는 기능 이 완전 마비되어 어차피 아무것도 할 수 없으니까.

"그 대신이라고 하긴 이상하지만 모든 선제후가 죽었습니다. 한 명만 빼고."

다만 외부에는 이 사실을 숨기고 있다.

나는 어쿼트 신성제국을 중앙 집권으로 황제의 힘이 막강한 나라로 만들 작정이다.

거기에는 선제후 따위 필요 없지만 지금 당장 그들을 토벌할 수 없는 이상, 당주를 인질로 잡고 있는 것처럼 꾸며 그 움직임을 봉쇄하는 편이 편하다.

"제1단계로서 바르데쉬 주변 영역의 평정이 최우선이다."

남부의 귀족들은 거의 우리 뉘른베르크 공작가에 복종하고 있다.

원래 우리가 주군인 데다 내가 새 황제가 되면 영지나 관직 등에서 우대를 받을 수 있다고 생각하기 때문이다.

욕심이 있는 인간은 이용하기가 편하다.

"붙잡힌 귀족 중에도 이쪽에 복종할 자도 있겠지. 녀석들은 영지로 돌려보내 병력을 준비하도록 명령을 내려둬."

남부와 중앙 직할지를 제압하는 제1단계가 끝나면, 그다음으로 제일 먼저 쓰러뜨려야 할 상대가 있다. 나의 시선은 자연스럽게 보고 있는 지도의 북방으로 향했다.

"테레제, 용케도 빠져나갔군."

유일하게 선제후 중에 도망쳐 버린 필립 공작. 이 인물이 제일 위험한 것이다.

"그 여자라면 당연히 북방의 제후를 통합하여 반대로 공격을 해오겠지."

"미즈호 백작국말입니까?"

"그 나라는 나의 생각을 잘 알고 있다. 내가 그들에게 군사를 보내리란 걸 너무도 잘 알지. 반드시 테레제와 손을 잡을 거다."

"강적이군요."

"모아서 한꺼번에 없애버리면 뒤가 편하니까."

내가 보기에는 지금까지의 황제가 물러빠졌던 것이다.

몇 번이나 어설프게 군사를 보냈다가 패했다는 이유로 그 나라의 독립을 인정하고 있으니까.

덕분에 제국에서는 그들의 경제력과 기술력에 의해 순수한 신민이 빈곤에 허덕이고 있다.

미즈호 인을 토벌하고 그 기술과 자원을 빼앗아 그들에게 앙갚음을 해야만 하나로 통합된 진짜 제국이 탄생한다.

아니, 새롭게 탈바꿈하는 것이다.

"하지만 지금의 병력으로 토벌하기에는 불안한 감이……. 서부와 동부의 진압을 진행하여 그 병력도 활용해야하지 않을까요?"

"물론 시도는 해보겠지만 무력으로의 평정은 하지 않겠다."당주를 인질로 잡고 있는 자에게는 '군사를 보내 필립 공작과 미즈호 백작국을 토벌하는 일을 도우면 풀어주겠다'고 전한다. 군사를 보내는 걸로 충분하다고.

"섣불리 평정을 시도했다간 가장 신뢰할 수 있는 우리 뉘른베르크 공작가 제후군과 제국군에 손실이 생기니까. 정예의 숫자를 줄이지 않고 녀석들을 토벌한다."

현 상황에서 우리에게 도전해 올 인물은 테레제 한 명 뿐이다.

뒤집어 말하면 그녀만 없애면 다른 자들은 나중에 어떻게든 할 수 있는 것이다.

"무리하게 평정하여 많은 군사를 거느린다 해도 테레제가 건재하면 배신해버릴 가능성도 있지. 아니, 우리 군은 정예병이야. 확실하게 토벌할 수 있겠지만."

"하지만 한 가지 마음에 걸리는 일이……."

"바우마이스터 백작 말인가."

바우마이스터 백작에 대한 내 생각은 하나다. 장차 어쿼트 신성제국에게 해를 끼칠 존재라는 것.

이미 지금도 양국 간의 공군 전력비나 경제 격차를 벌린 원흉으로 알려져 있다. 만일 헬무트 왕국을 배신하고 이쪽을 위해 일하겠다고 한다면 살려주고 아니라면 죽이라고 명령했지만 현장에서 차질이 생겼다.

"그 사형제는 정말로 바우마이스터 백작을 설득했을까?"

"그 점은 알 수가 없습니다."

바우마이스터 백작이 있는 영빈관을 담당한 부대는 거의 괴멸되었다.

모든 병사와 기사들은 죽거나 다쳤으며 살아남은 자도 겁에 질려 한동안 쓸모가 없다.

사정을 제일 잘 알고 있는 사형제도 끝내 불에 타버리고 말았다.

"그 사형제는 역마차 대기소에서 살해됐다고 했지?"

"예. 보고로는 그렇습니다."

사형제는 집 옆이 아니라 바우마이스터 백작 일행이 테레제를 데리고 도주한 듯한 역마차 대기소에서 살해되었다.

함께 있던 병사들과 마찬가지로 시신은 거의 남아 있지 않았으며 불에 타 눌어붙은 로브 조각이 유일한 증거였다.

"기대를 모은 젊은 마법사들 아니었나?"

나는 마법사가 아니므로 그들의 실력을 판별할 능력이 없다.

마법사의 시범 행사에서 공개된 마법을 보고 받고 판별할 수밖에 없는 것이다.

나머지는 그 공적 등으로 파악해야 할까. 확실히 바우마이스터 백작에게는 용을 물리친 공적이 있다.

하지만 그건 기회의 문제일 뿐 그 사형제도 용을 물리칠 수 있었을 것이다.

그 같이 생각했었는데 사실은 달랐던 걸까?

"암스트롱의 실력은 옛날부터 유명했지. 링슈타트도 고명한 마법사고 용을 물리친 바우마이스터 백작과 '폭풍'도 있었지. 하지만 그 네 명과 사형제에게 그렇게까지 차이가 클까?"

"역시 바우마이스터 백작 일행도 전부 무사하지는 않겠지만……."

제국군 간부인 이 남자도 마법사가 아니지만 사정을 잘 아는 자로부터 헬무트 왕국에서 유명한 마법사들의 전투 능력 예상은 들었다. 확실히 뛰어나기는 하지만 제국에도 그에 뒤지지 않는 우수한 마법사가 많이 존재하며 그렇게 일방적으로 질 리가 없다고.

"확실히 네 말이 맞겠지."

게다가 아무리 마법사가 많다 한들 겨우 열 명도 안 되는 무리가 그토록 셀 리가 없다.

뛰어난 마법사는 마법사로 막으면 되고, 만일 그렇게 된다면 그 다음은 군사의 질로 결판이 난다.

"상급 이상의 마력을 가진 마법사는 민간에도 어느 정도 숫자가 있고, 중급이나 초급 마법사까지 모으면 숫자로도 압도할 수 있겠죠."

"헬무트 왕국의 '최종병기'와 '용 퇴치'는 압도적인 숫자 앞에 굴복하는 건가."

순수한 군인인 내 입장에서 그 작전은 충분히 상식적이었다.

나의 머릿속에서 바우마이스터 백작 일행에 대한 경계심은 옅어져 간다.

역시 지금 제일 큰 위협은 테레제가 이끄는 필립 공작가 제후군이었다.

"필립 공작가 제후군은 막강하지만 우리는 그보다 더 세다. 제국군의 절반도 이쪽에 붙었고, 그 이외에도 가세를 표명하고 있는 남부 제후들의 병력도 있다."

역시 수도를 제압한 것이 컸다. 동부나 서부의 제후 대부분은 여전히 망설이고 있었지만 그래도 일부는 적극적으로 이쪽에 대한 지지를 표명해줬으니까.

"정통하게 선발된 황제 따위는 큰 의미가 없다. 황제란 흔들림 없는 의지와 힘에 의해 신민을 이끄는 존재니까."

나는 강자이며 그렇기 때문에 쿠데타에 성공했다. 이제 곧 새 황제 '성 어쿼트 1세'라는 이름을 내걸고 나의 재위 중에 이 대륙을 통치한다는 목표를 향해 매진해야 한다.

"지금은 제국 중앙부의 평정과, 끌어들일 수 있는 귀족들의 명단이 우선이다. 그 일이 끝나면 마침내 필립 공작과 미즈호 백작국을 토벌한다."

그것이 성공하면 다음은 열매가 나무에서 떨어지기를 기다리면 된다.

어차피 나와 필립 공작 이외의 선제후는 이제 이 세상에 없으니까.

"테레제는 여자이지만 얕볼 수 없다. 다른 얼간이 같은 선제후들과는 전혀 달라. 긴장 늦추지 말고 병사들을 준비하도록."

"알겠습니다."

그렇게 말하면서도 내 머릿속에는 이미 통일된 새 어퀴트 신성 제국의 모습이 떠올랐다. 이제 그리 멀지 않은 장래라고.

"그런데 그 장치 말입니다만……."

"그 장치가 왜?"

모처럼의 즐거운 상상 시간을 방해받고 속으로는 울컥했지만 그는 소중한 협력자이다.

나는 미소를 지으며 제국군 간부의 질문에 대답했다.

"그것은 한동안 계속 작동시킨다."

"하지만 제국의 경제 행동에 지장이 너무 크지 않을지……."

"그렇겠군."

하지만 나로서는 이득이 훨씬 크다. 귀족 간의 통신 수단을 빼앗아 고립시켜 당황하게 만들 수 있게 됐고, 장치를 움직이고 있는 자신들이 우위에 설 수 있다.

이쪽은 사전에 파발이나 밀정에 의한 정찰과 연락수단을 강화했기 때문에 그만큼 유리했다.

경제 활동도 대상인들의 목덜미를 누르기에 효과적이었다.

게다가 이제 곧 깨달을 것이다.

화물의 수송비 같은 게 오르겠지만 그것은 대규모 상인들을 가격 경쟁에서 우위에 서게 만든다.

욕심 많은 그들은 겉으로는 불평하면서도 내게 복종할 것이다.

"하지만 중소상인들은 고충을 호소하겠죠."

"제국의 목표는 대륙 통일이다. 그러기 위해서는 대상인들의 협력이 필요해. 중소상인들은 짓밟아도 금방 다른 도전자가 나오지. 그렇게 떠오른 자만 우대하면 돼."

"예……."

그리고 그 장치를.

내 운명을 바꾼, 뉘른베르크 공작령 안에 있는 거대 지하유적에서 발굴된 고대 마법문명 시대의 기술을 이용한 '마법 방해장치'. 이것을 계속 사용하는 최대 요인은 전장에서 마법사의 힘을 떨어뜨리기 위해서였다.

"용이 왜 강한지 아느냐?"

"강력한 브레스를 내뿜기 때문일까요?"

"그것도 있지만 하늘을 날 수 있기 때문이다. 마법사가 아닌 인간은 날 수 없으니까 위에서의 공격에 약하지."

마도 비행선의 숫자가 군사력으로 계산되는 요인이기도 했다.

군인인 나는 육지보다 상공에서 움직이는 적의 위협을 충분히 고려하고 있었다.

"하늘을 날면서 마법을 쏜다. 원하는 장소로 한순간에 이동한다. 멀리 있는 상대와 바로 통신을 주고받는다. 이것들을 막으면 아무리 강력한 마법을 쏘는 마법사라도 어느 정도 대처가 가능해지지. 우리 진영에도 강력한 '마법장벽'을 칠 수 있는 마법사는 있으니까 말이야."

그 때문에 공을 들여 '마법 방해장치'를 가동했고 방해하는 마법의 종류를 한정하면서까지 효과의 범위를 넓힌 것이니까.

"지금쯤 헬무트 왕국 북부에서도 큰 소란이 났겠지. 북방에서 마도 비행선이 움직이지 않는 이상 왕국의 개입은 쉽게 배제할 수 있어. 다소 시간은 걸리겠지만 나의 개혁은 반드시 이룰 것이다."

가신과의 사고방식에 다소 차이는 있지만 이 또한 생각한 범위 안이다. 내 계획에 절대적인 자신이 있는 것이다.

*\*\**

"그래서 상황은?"

"북부의 국경 근처 지역에서 마도 통신기 및 마도 비행선을 쓸 수 없습니다."

"참으로 불가사의한 현상이군."

과인 앞으로 속속 정보가 들어오지만 좋은 소식은 별로 없다. 하늘은 헬무트 왕국 국왕인 과인의 편을 들어주지 않는 것인가. 지금까지 바우마이스터 백작 덕분에 큰 행운을 누렸던 반작용인지도 모른다.

그저께 밤부터 갑자기 통신 마법과 마도구를 쓸 수 없게 됐으며 마도비행선도 움직이지 않았다. 왕국에서 관리하고 있는 대형 배는 그 시각에 비행하지 않았기 때문에 무사했지만, 귀족 등이 운용하던 소형 배는 추락했다.

현재까지 파악된 피해 보고에 따르면 일곱 척이 추락해 많은 짐을 잃었으며 89명의 사망자를 냈다.

그런 중량의 물체가 상공 수 십 미터 혹은 수백 미터에서 갑자기 제어를 잃고 그대로 낙하한 것이다.

평범한 인간은 살아남을 수가 없는 것이다. 게다가 더 뼈아픈 것은 마법사 두 명의 사망 보고다.

그들은 '비상' 마법으로 추락하는 배에서 탈출을 시도했지만 끝내 실패하고 사망했다.

"통신계와 이동계 마법이 방해를 받는 범위는 확인이 끝났습니다."

"원인은 어쿼트 신성제국이겠지?"

"예, 틀림없습니다."

제도 바르데쉬를 중심으로 반경 2천km 정도가 마찬가지로 방해를 받고 있을 가능성이 높다. 효과의 대부분은 제국 쪽이었지만 일부 왕국의 북부 영역에도 그 영향이 미치고 있는 것이다.

"피해를 입은 지역에는 빈틈없이 지원을 하도록."

"알겠습니다."

불행하게 추락해버린 마도 비행선 외에는 직접적인 손해는 없지만 통신과 마도 비행선에 의한 교통, 그리고 유통이 완전 마비가 된 것이 뼈아프다. 이것을 이대로 방치하면 방해 범위 안에서 경제의 정체가 일어날 가능성이 있었다.

"마차편을 늘릴 필요가 있어. 그리고 서한이나 말에 의한 전령도 증원해야겠군……."

갑자기 늘릴 수도 없기 때문에 다른 지역은 마도 비행선으로의 수송을 늘리고 남은 마차 따위를 북부로 할애하는 수밖에 없다.

하지만 그렇게 하면 이번에는 현 상태에서 높은 가동률을 자랑하는 남부 방면에 대한 교통이나 수송이 영향을 받지 않을 수가 없었다.

"확실히 간접적인 피해가 더 많겠지."

"어쿼트 신성제국의 모략일까요?"

"그럴 가능성이 높지만 묘하긴 하군."

국가 간에 진정한 친구는 존재하지 않지만 어쿼트 신성제국도 지금은 헬무트 왕국과의 전쟁을 원하지 않을 것이다.

그렇기 때문에 이번 친선방문단에 교역 확대 교섭을 담당하는 관리나 귀족을 보낸 것이니까.

"하긴, 교역 담당자는 이미 대부분 귀국했지만……."

황제가 서거하여 새 황제를 결정하는 선거가 시작됐기 때문에 일부 정보 수집을 담당하는 인원과 새 황제의 즉위식에 참석할 인원 수십 명을 남기고 모두 귀국시켰다.

"잔류조와도 연락이 끊어졌습니다."

"통신이 불가능하니까."

통신이 방해를 받고 있는 지역에서 받지 않는 지역으로의 통신도, 또한 그 반대도 불가능하다.

"대사관과의 통신도 두절됐습니다."

그곳에도 거치식 대형 마도 통신기와 '통신' 마법을 쓸 수 있는 마법사를 배치해 뒀지만, 이쪽도 연락이 닿지 않았다.

"현지 연락원과도 통신이 되지 않나?"

"이것도 안 되는 모양입니다."

양국 모두 외국인은 수도 밖으로 나가는 것을 금지하고 있지만, 불법적인 스파이나 그들이 조직한 현지인 협력자에 의한 연락망은 존재하고 있다.

그들과의 연락도 당연히 불가능한 셈이다.

"폐하는 도사나 바우마이스터 백작과 연락이 가능하리라 생각합니다만 ……."

"이거 말이군."

헬무트 37세는 바우마이스터 백작에게 구입한 소형 마도 휴대 통신기를 품에서 꺼낸다.

성능이 뛰어나 중용을 해왔지만 역시 연락은 되지 않는다.

상대가 통신을 받지 않는 게 아니라 명백히 통신 자체가 방해를 받고 있는 것이다.

"괜찮을까요?"

왕궁 수석 마도사에 남부 경제 발전의 핵심인 바우마이스터 백작과의 통신 두절.

만일 그들에게 무슨 일이 생기면 왕국은 혼란 상태에 빠질 것이다.

"괜찮겠지. 그보다도 왕국군의 경계 태세를 준전시 수준으로 격상할 필요가 있겠군."

사실 과인은 그다지 두 사람의 안위를 염려하지 않았다.

그들을 죽일 수 있는 자의 존재가 도저히 상상되지 않았기 때문이다.

"준전시 수준이요?"

언제 전쟁이 벌어져도 문제가 없도록 준비를 한다. 이런 수준으로 발동되는 것은 실로 200년 만이었다.

"상황으로 보아 이 통신의 방해는 마도구 따위에 의한 것이겠지."

방해의 영향 범위와 지속 시간을 생각하면 아무리 고도의 마법사라도 실현은 거의 불가능하다.

제국의 지하에도 고대 마법 문명시대의 유산이 있을 테니 누군가 그런 것을 발굴하여 쓰고 있을 가능성이 있었다.

"무엇을 위해서 말입니까?"

"뻔하지. 반란을 위해서가 아니겠느냐."

새 황제의 즉위 직후다. 누군가가 그것에 불복하여 거병했다.

제국군과의 병력 차이 등을 고려하면 서로간의 연락을 끊기 위한 것과 외부에 있는 귀족의 정보 수집을 차단하여 그 움직임을 봉쇄하기 위해. 그 사이에 제국 중추를 점거하려고 꾸미고 있음이 틀림없다.

"과연, 그렇다면 지금이 기회로군요."

"그대는 무슨 말을 하는 것인가?"

"제국의 중추가 마비되어 있다면 제대로 손을 쓰지 못할 테니 승리할 수 있습니다."

과인은 눈앞의 귀족을 향해 어이없는 표정을 지어보였다. 그

귀족이 제국과의 전면전을 생각하고 있었기 때문이다.

"어째서 불속에 든 밤을 향해 손을 내밀어야 하지?"

과인은 어이없어 하면서도 앞으로 제국의 정보가 이쪽으로 흘러 들어오면 이런 무리가 늘어날 거라고 예상했다.

지금으로부터 200년 전에 정전이 될 때까지 사실 헬무트 왕국은 어퀴트 신성제국에 대해 열세라는 말을 들었다.

성립과 통일이 빨랐던 제국은 기간트 단열 남부, 지금의 왕국 북방 영역을 점령 지배하고 있었기 때문이다.

정전할 당시에는 제국을 기간트 단열의 북부까지 몰아냈다 해도 왕국 귀족 중에는 남부 점령 시대를 불명예스러운 일로 받아들이는 자도 많다. 이번에는 반대로 기간트 단열의 북부 영역을 점령하자는 말을 꺼내는 자가 늘어날 가능성이 있었다. 감정적으로는 이해할 수 있지만, 실은 과거의 제국에 의한 기간트 단열 남부 점령은 제국 스스로의 국력을 빼앗았다. 기간트 단열 때문에 거의 마도 비행선에 의한 보급밖에 할 수 없었기 때문이다.

점령한 영역에는 이미 거물 귀족의 자제나 공적을 올린 자를 귀족으로 임명했기 때문에 이것을 방기할 수도 없었다. 그랬다가는 의회에서 황제가 규탄을 받을 가능성도 있었기 때문이다. 결국 전쟁에 패하여 철수할 때까지 점령지의 유지 때문에 쓸데없이 예산이나 물자나 인원을 소모했다.

만일 왕국이 기간트 단열을 넘어 제국 남부를 점령했다고 치자.

점령한 영역에는 과거 제국과 마찬가지로 거물 귀족의 자제나 군에서 공적을 올린 자를 귀족으로서 임명할 것이다.

"그 예산을 생각하고 입을 놀리는 것인가? 그대야 차남 이하의 아들을 영주로 떠넘기면 크게 기쁘겠지만 왕국의 재정이 기울 가능성은 고려하지 않나?"

"하지만 지금의 공군 전력이라면?"

"마도 비행선 말인가? 방금 그대가 쓸 수 없다고 보고하지 않았나?"

애당초 문제는 지금 상황에서 어떻게 병력을 보내느냐 하는 점이다. 기간트 단열을 넘는데 제일 효과적인 마도비행선은 쓸 수가 없다. 무리하게 다리를 설치해 진격하는 방법도 있지만 만일 전황이 불리해지면 철수하려 해도 매우 곤란할 것이다. 통신도 방해를 받고 있기 때문에 제대로 지휘조차 못 할 가능성이 높았다.

"보급은 어떻게 할 거지?"

"현지 조달로……."

"정말로 가능하다고 생각하는 건가?"

점령해 앞으로 통치해야 하는 땅에서 약탈을 벌이는 건 어리석은 짓이다.

현지에 파견한 군대는 제국의 군대의 지역의 저항 운동에 의해 무의미하게 전력만 축낼 것이다.

"탁상공론이군."

과인은 이 귀족의 쓸모없는 모습에 속으로 한숨을 내쉬었다. 역시 각료들이 거느린 귀족들보다 크게 뒤떨어진다. 하지만 이런 멍청이라도 어떻게든 써야 하는 것이 왕의 역할이다.

"준전시 체제를 명한 것은 상대가 아무 짓도 하지 않으리라는 보장이 없기 때문이다."

통신이 방해를 받고 있기 때문에 상대의 모습을 알 수 없다.

갑자기 적의 군대가 공격해 올 가능성도 전혀 없지 않기 때문이다.

"그리고 지금 공격하는 것은 정치적으로도 좋지 않아."

"그런가요?"

역시 쓸모가 없다고 생각하면서 짐은 눈앞의 귀족에게 설명을 시작한다.

"이게 반란이었다 해도 그것에 편승한 듯한 형태로 우리나라가 병사를 보내면 반란자를 이롭게 할 가능성이 있지."

현재의 전황은 명확하지 않지만 현시점에서 반란자가 제국 전체를 제압했다고 보기는 어렵다.

한동안 제국 안에서는 혼란이 계속되겠지만 거기에 다른 나라인 헬무트 왕국이 병사를 보내면 어떻게 될까?

"'외적에게는 대항을 해야 한다'며 하나로 통합하는 걸 도와주는 꼴이 될지도 모르지."

헬무트 왕국에 의해 빼앗긴 영토를 탈환하기 위해서라는 대의명분 아래, 반란자에게 동조하는 귀족이 늘어날 가능성도 있는 것이다.

"만일 그렇게 되면 또 다시 전쟁의 시대가 될 가능성도 높아."

반란자는 외적을 이용해 나라를 하나로 통합하려고 할 것이다. 이런 건 옛날부터 자주 있던 일이다.

"그리고 우리나라는 얼마 되지도 않는, 제압할 수 있을지도 모르는 점령지의 관리 유지에 국력을 빼앗겨 가겠지."

당연히 남부는 물론 그 밖의 미개척지 개발에도 영향을 미칠 것이다.

그런 일까지 일부러 설명을 해줘야 한다니…… 우리나라에도 무능한 귀족이 많다.

얼마 전 세상을 떠난 제국의 황제도 과인과 같은 생각을 했으리라.

"바르데쉬에 있는 사람들이 과연 무사할지 어떨지……."

사신으로 머물고 있는 타국의 귀족들에게 손댈 리 없다는 생각은 지금까지의 고찰이 사실이라면 무의미해진다. 왜냐하면…….

"희생자가 있어야 우리나라의 출병론이 더욱 거세질 테니까."

마도 비행선의 추락에 의한 희생자도 있다.

"그것을 노리고 있다고 한다면 반란자는 생각보다 만만치 않을지도 몰라."

무턱대고 행동하는 것처럼 보이면서도 실은 이쪽의 움직임을 통제하려고 하고 있으니까.

"지금은 최대한 정보 수집을 하며, 상황에 따라 차례차례 조치를 취할 수밖에 없겠지."

조금 있으면 출병론을 주장하는 귀족들도 늘어나겠지만 다행인 점은 군의 주류가 출병을 바라지 않는다는 상황일까.

에드거 군무경과 암스트롱 백작, 둘 다 남부와 헬타니아 계곡의 개발을 거드느라 바쁘다.

이길 수 있을지 어떨지도 모르는 전쟁에 그리 쉽사리 찬성하지는 않을 것이다.

가신이나 친족의 말을 듣고 출병론자가 될 수도 있지만 그런 녀석들도 지금은 개발 이권의 떡고물을 유지하느라 바쁘다. 인간이란 생물은 현 상태에 만족하면 그리 쉽게 전쟁을 벌이지 않으며, 그런 상황을 만들어 주는 것도 왕의 역할인 것이다.

"(바우마이스터 백작 덕분인가……)"

전부 결과론이었지만 그 젊은이를 세상 밖으로 끌어낸 판단은 옳았다. 역시 바우마이스터 백작은 쓸모 있는 남자다.

"(크림트도 함께 있으니까 바우마이스터 백작이 그리 쉽게 죽을 리는 없겠지.)"

오히려 그들이 제국 안에 있을 때 반란을 일으켜버린 주모자에게 동정심이 들 정도다.

"(그렇다면……)"

나의 벗인 크림트 뿐만이 아니라 블랜타크에 엘리제, 폭풍도 있다.

틀림없이 살아남았겠지만 이 방해 때문에 이동이나 연락이 곤란한 탓에 이쪽에서 명령을 내릴 수가 없다.

제국에 깔아둔 밀정망도 통신이 어렵다는 이유로 정보가 전혀 들어오지 않는다.

그렇다면 역시 그 남자에게 맡길 수밖에 없는 건가…….

그렇게 생각을 하고 있으려니 마침 적절한 타이밍에 모습을 드러냈다.

교회의 유력자이며 방심할 수 없는 그 노인이…….

"폐하. 큰일 났군요."

"그대도 손녀가 걱정이겠지."

"걱정이 되기는 하지만 손녀사위가 있으니. 그래서……."

"과인도 개인적으로는 벗이나 아끼는 젊은이들의 신변이 걱정이지만 유감스럽게도 과인은 국왕이다."

"당연히 이해합니다. 역시 손을 쓰실 것입니까?"

"그래."

지금까지 균형을 이루고 있던 양국이지만 한쪽에서 정변이 발생했다. 앞으로 어떻게 될지는 불분명하지만 상대가 멋대로 움직인 것이다. 우리 헬무트 왕국으로서는 거기서 조금이라도 이익을 얻기 위해 움직여야 하리라.

"어이쿠. 그 틈을 타서 제국을 병합, 폐하는 리가이아 대륙을 통일한 위대한 왕으로서 역사에 그 이름을 새기시는 거로군요."

"흐음, 마음에도 없는 말을 잘도 떠드는군."

누가 불 속의 밤에 손을 내밀 줄 알고? 내란으로 황폐해지고 새 지배자에게 반항적인 영주민뿐인 영지는 필요 없다.

이미 양국이 성립된 지 천 년 이상 지났다. 한쪽이 다른 한쪽을 병합하려면 엄청난 시간과 노력이 필요할 것이다. 먼 훗날 그렇게 된다 해도 그 전에 수순이라는 것이 있는 것이다.

"이 늙은이에게 뭔가 도울 일이 있을까요?"

"교회의 루트로 바우마이스터 백작과 연락을 취할 수 있을까?"

"어떻게든 해보겠습니다. 하지만 빈번히는 무리입니다. 이쪽의 간단한 지시를 전하는 것이 한계이겠죠……."

이 노인이 속해 있는 가톨릭교회는 제국에도 많이 있다. 과인은 그 교회망을 이용해 바우마이스터 백작과의 연락을 시도해보고자 한다.

"편지는 위험할까?"

"예. 엘리제에게는 일러두었지만 이번 소동은 그 뉘른베르크 공작이 관여했을 가능성이 높습니다."

"그 위험한 젊은이 말인가……."

여전히 정보가 빠른 노인이다. 뉘른베르크 공작이라……. 분명 황제 선거에 낙선했다는 보고를 받았는데 그가 폭발한 걸까?

"보통은 이동하는 신관이 짐을 수색당하는 일은 거의 없지만 뉘른베르크 공작이 관여했다면 보장할 수 없습니다."

역시 신관을 전령으로 파견할 수밖에 없나. 문제는 그 전령이 도착하기 전에 바우마이스터 백작 일행이 제국령 밖으로 나가버릴 위험성이다.

"안심하십시오. 비장의 전령이 있으니까요."

교회가 은밀히 거느리고 있는 전령이라……. 이쪽도 사람을 보내겠지만 확률을 생각하면 루트는 두 곳이 편이 낫다.

"그렇다면 전언만으로 충분해. 역시 머릿속까지 뒤지지는 않겠지."

"해서 어떤 전언을?"

"'최대한 헬무트 왕국에 이익이 되도록 움직여야 한다'고. 바우마이스터 백작령의 개발이 일이 년쯤 정체되는 것은 어쩔 수 없겠지. 가신인 로델리히가 있으니까 그렇게 되지도 않겠지만."

"저도 힘껏 도울 것입니다."

아끼는 손녀사위의 영지다. 없는 동안 온갖 잡귀들의 먹잇감이 되는 것은 묵과할 수 없다.

"바우마이스터 백작의 형에게도 돕게 하지? 그자는 우수하고 바우마이스터 백작과도 사이가 좋다고 들었으니까."

"그것도 괜찮겠군요."

제국의 상황이 안정될 때까지는 바우마이스터 백작령의 개발이 조금 지체돼도 어쩔 수 없을 것이다.

그보다 바우마이스터 백작 일행은 제국 내란에서 과연 무엇을 얻을까?

물론 그들의 이익은 왕국의 이익이기도 하지만, 과인은 짓궂게도 바우마이스터 백작 일행을 어릴 때 두근거리며 읽었던 전기(戰記)의 주인공과 오버랩해버린 것이었다.

\*\*\*

"경단! 경단 먹고 싶어!"

"백작님, 너 애냐!!"

"벨, 나중에 먹으면 되잖아."

"이나의 말이 맞기는 하지만……. 그럼 나중에 쑥경단과 간장 소스 경단 둘 다 먹을 거야, 나……."

무사히 미즈호 백작국에 도착한 우리는 국경 근처의 검문소에서 신분을 밝히고 그대로 국내 입국을 허가받았다.

마도를 찬 사무라이는 바르데쉬의 이변을 눈치채고 급히 검문소에 파견되어 있던 것 같다.

"테루아키 무라키라고 합니다."

그야말로 사무라이 같은 풍모를 가진 청년은 정중한 말투로 인사를 했다.

"역시 수도의 이변을 눈치챘군."

"뭐? 어떻게?"

"이걸 써서 말이죠."

무라사키라는 사무라이가 가리킨 곳에는 홰에 앉아 쉬고 있는 새 한 마리가 있었다.

작은 매 같기도 하고 커다란 제비 같기도 하지만 무척이나 빨리 날 것처럼 보이는 새다.

"미즈호인은 제국 곳곳에 살고 있으니까요. 그들의 정보전달망을 무시하면 안 됩니다. 통신 마법과 마도구도 소용없는 것 같지만, 미즈호제비라면 바르데쉬의 이변도 이삼일 안에 전달할 수 있습니다."

에보의 설명에 따르면 그 빨라 보이는 새의 이름은 미즈호 제비인 모양이다.

미즈호 백작국에서 왕성하게 품종 개량을 하여 전서구 대신 쓰는 새라고 한다.

"이런 때를 대비해 여러 가지 통신 수단을 확보해 놓고 있습니다."

미즈호 제비의 품종 개량과 번식 그리고 경주가 미즈호인들 사이에 널리 취미로 퍼져 있어서 확보도 용이하다고 한다.

"마차보다는 빠르겠네, 역시."

"그렇습니다. 필립 공작님께서는 역시 나리와의 면담을 원하십니까?"

"그렇다. 가능하면 조속히."

"나리도 그것을 바라고 계십니다. 소인도 함께 가겠습니다."

로델리히 말고 이 '소인'이라는 1인칭을 쓰는 인간이 처음 등장했지만, 무라키 씨는 사무라이 그 자체이므로 위화감이 없다. 선두에 선 그가 말을 타고 산길을 따라 미즈호 백작국 안으로 나아갔고 그 뒤를 우리가 탄 마차가 따라간다. 한동안 산길을 올라가더니 30분 만에 산 정상에 도착한다. 그러자 그곳에는 시대극에서 자주 보던 고갯길의 찻집이 서 있었고 가게 앞에서는 일본의 전통 의상과 비슷한 미즈호복을 입은 미즈호 사람들이 경단을 먹으면서 차를 마시고 있었다.

전생에 일본인이었던 나는 당연히 들르고 싶었다. 경단을 먹으면서 차를 홀짝거리고 싶었던 것이다.

그런데 누구 한 사람 들르려 하는 자가 없었다. 모두들 서둘러 영주관으로 향하는 것이 당연하다고 생각하고 있다.

여기에 반발한 내가 소란을 피운 것은 당연하다.

"에보, 재빨리 뛰어가서 경단을 사와!"

나는 마차 안에 있는 에보를 심부름 보내는 방안을 결행했다.

"저는 테레제 님의 가신이므로 거절합니다."

"……".

맞는 말이기는 하지만 역시 재수 없는 녀석이다. '알겠습니다!'라고 하며 달려갔다면 조금은 예뻐해 줄 텐데.

"그 전에 환전을 하지 않으면 물건을 살 수 없습니다."

"독자적인 통화를 쓴단 말이야?"

미즈호 백작국이 반독립국인 증거이기도 했다.

에보의 말이 맞지만 그래도 역시 조금은 열 받는다.

"다만 제국에 종속될 때 통화 개편이 이뤄졌기 때문에 그리 성가시진 않아."

테레제가 한 마디 덧붙였다.

헬무트 왕국과 어쿼트 신성제국 사이에는 화폐에 거의 차이가 없다.

화폐 디자인은 달랐지만 단위도 같은 센트이며, 무게나 금 등의 함유량은 조약으로 정해져 있기 때문이다.

"미즈호 백작국에서는 1센트가 '한 푼' 100센트가 '한 돈' 만 센트가 '한 냥'입니다.

화폐의 형태도 다르다고 한다. 다만 무게나 금 등의 함유량이 거의 비슷해서 환전 비율에는 차이가 없는 모양이다.

"그럼 경단을 살 수 있는 거 아닌가?"

"큰 상점이면 몰라도 작은 찻집에서는 미즈호 화폐밖에 안 받아."

"그럴 수가아아아아아아아!"

"이상한 일로 고집을 부리네. 그런 남자는 귀여운 구석이 있어 좋아하기 하지만. 환전소에서 수수료 없이 환전해주니까 안심해. 헬무트 왕국의 화폐도 환전해 주거든."

현지 화폐가 없는 이상 어쩔 수가 없다. 마차가 영주관에 도착할 때까지 얌전히 있도록 하자.

산길을 내려가니 사람이 사는 마을이 보였지만 아무리 봐도 옛날 일본의 농촌이다.

논에는 지금이 마침 겨울이므로 그루갈이인 보리가 심어져 있다.

가옥은 목조와 석조이며 억새 지붕은 없었지만 구조가 전통식이라 제국의 다른 지역과는 전혀 달랐다.

농촌에서 번잡한 시내로 들어가 마차를 더욱 달리자 마침내 영주관이 보였다.

"엄청난 성이군요."

엘리제는 놀랐지만 영주관이라기보다 삼중의 해자에 둘러싸인, 거대한 천수각을 갖춘 별 모양의 요새였다.

내게는 오사카성과 고료카쿠(에도시대의 별 모양으로 생긴 요새)를 합친 것처럼 보였다.

"미즈호 성은 언제 봐도 크네."

"난공불락 아닌가요?"

"세상에 함락되지 않는 성은 없지만 그러려면 많은 희생이 필요할 것 같군."

농성하는 쪽의 몇 배의 병력으로 공격한다 해도 이 성을 함락하려면 막대한 피해가 나올 것 같다.

"과거에는 상당한 희생이 나왔겠군."

"아니, 이 미즈호 성을 공격한 자는 없어."

"네? 그래요?"

"공격을 당하면 국토가 황폐해지니까 미즈호 백작국은 항상 영지 경계에서 영격을 하니까."

산을 넘어 소수로 대군을 영격한다. 미즈호 백작군의 희생도 많지만 언제나 쳐들어가는 제국군이 대패하여 패주하기 때문에 그것을 추격하면서 주변 영역에서 약탈을 했다고 한다.

"약탈은 제국군도 이기면 할 테니까 먼저 공격했다가 지는 제국이 잘못이지. 싸우면 거의 지는 데다 추격을 받아 약탈까지 당한다. 제국군 물자뿐이라면 자업자득이지만 미즈호 백작국 주변에 있는 귀족들은 견뎌낼 재간이 없지."

미즈호 백작국은 평소에는 교역도 하는 온화한 상대이므로 중앙의 제국군이 공격했다가 패주하지 않으면 약탈을 당할 일도 없다며 원정할 때마다 비난 여론이 높았던 모양이다.

"한번은 주변 제후에게 동원령을 내려 여러 곳에서 동시에 공격한 적도 있나 봐."

결과는 미즈호 백작국군도 동원 전력의 절반을 잃는 큰 피해를 입었지만, 제국군은 그 여덟 배가 넘는 병사를 잃었다고 한다.

"영지가 인접한 제후군 중에는 전멸한 곳도 있었대. 필립 공작가도 병사를 보냈지만 삼 분의 이가 돌아오지 못했다고 당시 영주의 일기에 적혀 있었지."

"전멸이잖아."

"아무리 얼버무려도 엘빈 말처럼 전멸이야."

필립 공작가 제후군이 북방에서의 공격을 단독으로 맡고 싶어

했기 때문에 일어난 비극이었던 모양이다.

"그런데 그들은 영지를 넓히지 않아. 아키츠 대분지에서 나오지 않지. 그래서 미즈호 백작국은 보호국화의 길을 걸은 셈이야."

테레제의 설명이 끝나자 마차는 미즈호 성의 바깥 정원 입구에 도착한다.

앞에서 안내하는 무라키 씨 덕분에 검문 없이 삼중의 해자를 빠져나가 천수각이 있는 본관에 도착했다.

마차에서 내리자 카미시모(에도시대 무사의 예복) 차림의 초로의 남성이 나타난다.

무라키 씨보다 높은 상급 배신(陪臣)으로 보인다.

"이에노리 키라 미즈호라고 합니다. 나리께 안내하겠습니다."

역시 테레제라고 해야 할까. 얼굴만 보고도 그대로 영주를 만날 수 있는 것 같다.

"미즈호? 일족분인가요?"

"분가입니다만."

미즈호 백작국 사람은 서민들도 모두 성이 있다고 한다.

그리고 이에노리 씨처럼 키라 성 뒤에 미즈호가 붙은 사람은 분가의 인간이거나 공적이 뚜렷하여 미즈호가로부터 명예 성을 받은 인간인 모양이다.

"(정말로 전국시대나 에도시대 같아……)"

큰 공을 세워 토요토미라는 성을 받았느니 마츠다이라는 성을 받았느니 하는 얘기와 매우 흡사한 것이다.

이에노리 씨의 안내로 성안에 들어가지만 역시 안에는 다다미가 깔려 있어 신발을 신고 들어갈 수 없었다.

오랜만에 보는 다다미에서 그리운 냄새가 난다.

"천으로 된 부츠?"

구두나 부츠를 벗자 전원 맨발이었기 때문에 이에노리 씨가 버선을 빌려주었지만 처음 신는 버선에 모두들 위화감을 느끼는 것 같다.

"하지만 발이 화끈거리는 걸 막을 수 있겠군."

"블랜타크 씨는 무좀 방지에 좋지 않을까요?"

"백작님, 명예를 위해 말해두지만 나는 무좀이 아니야."

블랜타크 씨는 유난히 자신이 무좀이 아니라는 걸 강조하여 더욱 의심스러웠다.

"모험자나 군인의 직업병이라고 할 수 있다. 장시간의 이동이나 행군으로 부츠 안이 화끈거리니까. 이건 꼭 사서 돌아갈 것이다!'"

도사는 자신이 무좀에 걸린 사실을 부정하지 않았다.

"풀을 엮은 바닥 깔개인가요. 특이하네요."

그 위를 걸으면서 카타리나는 다다미를 흥미롭게 바라보았다.

"옆으로 당기면 열리는 문이야."

"나무틀이 있는 종이를 붙인 커튼? 진짜 신기하네."

"특이한 화병이야."

루이제는 여닫이문을 이나는 장지문을 빌마는 장식된 꽃꽂이한 꽃이 담긴 그릇을 보고 신기한 표정을 지었다.

그밖에도 난간이나 토코노마. 그곳에 장식된 족자나 도자기 등 지금까지 본 적 없는 물건들이 흥미진진한 것 같다.

"헬무트 왕국 사람 중에 미즈호에 들어온 건 우리가 처음이 겠군."

도사의 말대로 외국 사람은 바르데쉬 밖으로 나가는 게 금지되어 있었다.

그중에는 금기를 범하는 인간도 있을지 모르지만 미즈호 백작국은 또 다른 나라 취급을 받았으므로 그리 쉽게 들어가지 못했을 것이다.

"우리 나리가 쓰신 기행에도 적혀 있지 않았어."

블라이히뢰더 변경백작이 미즈호 백작국에 대해 기술한 내용은 거의 없다.

바르데쉬에서 발견한 미즈호풍의 건조물 등을 본 감상이 적혀 있을 뿐이다.

"이쪽입니다."

알현실은 천수각 꼭대기층에 있어서 이네노리 씨의 안내를 받아 실내로 들어가자 마치 시대극처럼 미즈호 상급백작이 다다미가 깔린 상석에 앉아 있었다. 나이는 50세쯤 됐으리라.

곧은 자세로 정좌해 있는 모습이 무척 훌륭한 사람이라는 인상을 주었다.

뒤쪽의 토코노마에는 값비싸 보이는 단지나 먹으로 쓴 산수화를 닮은 족자가 걸려 있었다.

주군의 도를 들고 있는 시동도 있고 정말로 시대극 같다.

그야말로 일본의 영주 같은 풍모다. 작은 차이라면 아무도 상투를 틀고 있지 않은 점일까.

"오랜만이군, 필립 공작님."

"1년 만인가? 내가 바르데쉬에 대기하게 됐을 때 보고 처음이네."

"그랬던 것 같군. 제도에 대기하고 있을 때 쿠데타라니 불행하기 짝이 없군. 우리 백작국에는 그런 의무가 없지만."

황제를 뒷받침하기 위해 일곱 명의 공작 중 최소 세 명은 바르데쉬에 대기할 의무가 있으며 테레제가 당번인 이 시기에 선제의 붕어와 쿠데타가 일어나고 말았다.

하긴, 폐하의 장례에 새 황제의 선출, 거기에 즉위식까지 있었기 때문에 선제후는 어차피 모두 제도에서 대기하고 있었지만.

"부러울 따름이야. 나는 간신히 달아나 이런 몰골을 하고 있으니까."

"달아난 것만으로도 충분히 잘한 일이지. 이런, 옆에 계신 분들을 소개해 주실까."

"내 은인들이야."

테레제는 우리를 미즈호 상급백작에게 소개했고 이어서 미즈호 상급백작도 자기소개를 한다.

"미즈호 상급백작 토요무네 미즈호다. 헬무트 왕국의 최종병기님에 용을 퇴치한 용사인가. 과연 필립 공작님은 운이 좋은 것 같군."

"아니었다면 탈출은 꿈도 못 꿨겠지. 그래서 말인데."

"병사라면 보내겠다."

"대답 한 번 빨라서 좋네."

지금까지 한 번도 외침을 한 경험이 없는 미즈호 백작국의 첫 출병이다.

고려할 시간까지 생각했던 테레제는 미즈호 상급백작의 빠른 결단에 놀랐다.

"그 뉘른베르크 공작님께서 우리나라가 어지간히 미운 모양이 니까."

미즈호 백작국은 굳건한 하나의 제국과는 상반되는 존재로, 애국자이기도 한 그로서는 지금까지 제국군에게 막대한 손해를 입힌 미즈호 백작국은 멸망하는 것이 당연하다고 생각하는 모양 이다.

"아무리 큰 희생을 치르더라도 여기서 멸망시키면 제국의 미래 로 이어진다고 생각하고 있겠지."

애당초 뉘른베르크 공작령에서는 그의 애국 정책에 의해 미즈 호인과 미즈호 자본이 큰 피해를 보고 있다.

평시에도 대립을 하고 있는데 지금 같은 전시라면 더욱 그럴 것 이다.

"뉘른베르크 공작령 안에 있는 미즈호 백작국의 자산은 전부 몰수. 미즈호인도 거의 체포되고 여자와 아이들도 수용소로 보내 졌다고 한다."

"철저하군."

"제비편에 의한 최신 보고다. 제도에서도 같은 일이 일어나고 있어."

그밖에도 필립 공작령의 주요 민족인 란족의 자본이나 사람들 역시 같은 피해를 당하고 있으며, 다른 소수민족들도 똑같은 대접을 받는다고 한다.

"완전히 미쳤네요."

"그 남자에게는 정의인 것이다. 바우마이스터 백작."

하지만 제국도 용케 그런 위험한 남자를 공작으로 기르고 있었군.

어떻게든 작위를 박탈할 방법은 없었을까?

"그 남자는 필립 공작령도 우리도 전부 유린할 작정이야. 각개 격파 당할 바에는 처음부터 손잡는 편이 낫겠지."

"그렇군. 하지만 그 남자는 정말로 알고 있는 걸까?"

"뭘 말입니까?"

"강한 하나의 제국이라니 정말 가소로워."

제도 바르데쉬 주변에 있는 사람들을 편의상 어퀴트인이라고 부르지만, 자세히 살펴보면 다수 민족의 집합체에 지나지 않는다.

언어와 종교가 같으므로 그다지 차이가 없다고, 제국이 통일 감을 나타내기 위해 멋대로 어퀴트인이라고 부르고 있을 뿐인 것이다.

"그렇기 때문에 검은 머리의 미즈호인과 피부색이 다른 란족이 표적이지."

철저히 멸망시키고 거기서 챙긴 이익을 자칭 어퀴트인들에게 배분한다.

그렇게 하면 기회주의자 녀석들의 충성도 기대할 수 있을 것이다.

"(순수한 국수주의자라고 할까)……."

아무리 생각해도 절대 친구가 되고 싶지 않은 인물이었다.

"병사들의 출진 준비를 해두지."

"나도 필립 공작령과 북방 제후에게 동원령을 내릴게."

동시에 동부나 서부의 제후에게도 말을 해보겠다고 테레제는 미즈호 상급백작에게 설명했다.

"밑져야 본전이라도 얼마쯤은 참가를 기대할 수 있을지도 모르니까."

모든 이들이 과격한 뉘른베르크 공작에게 찬성할 리도 없으니까.

"서로 군을 정비하여 죽기 살기로 싸워 살아남은 쪽이 승리하는 건가. 알기 쉬워서 좋네. 그래서 도사님과 바우마이스터 백작님은 어떻게 하실 거지?"

미즈호 상급백작의 앞이라 테레제는 드물게 나를 바우마이스터 백작이라고 불렀다.

"글쎄요. 어떻게 할까요?"

여기서는 일단 어물쩍 넘기지만 더 이상 내란에 휘말려봤자 좋은 일은 없으리라.

아직 누구에게도 말하지 않았지만 나는 은밀히 필립 공작령에서 배로 탈출할 생각을 하고 있었다.

장거리 항해이므로 대형 선박을 빌리고 선원은 고임금으로 낚으면 된다.

이럴 때 돈의 힘을 보여주기 위해 그동안 큰돈을 벌어온 거니까.

유일한 걱정은 뉘른베르크 공작이 바르데쉬에서 가동 중인, 통신과 이동 마법을 방해하는 마도구의 존재지만 이것은 일단 바우마이스터 백작령으로 돌아간 뒤에 생각하면 된다.

이 장치의 범위가 어디까지 미치는지에 대한 정보는 없지만 어쩌면 왕국에는 아무런 영향도 없을지도 모르니까.

내전으로 뉘른베르크 공작과 테레제가 서로 싸우고 있는 동안 군대를 보내 장치만 파괴하는 방법도 있다.

테레제는 괜찮은 여자이기는 하지만 동시에 위험한 여자이다.

평범한 사람답게 달아나서 일찌감치 손을 떼기로 하자.

그렇다 해도 갑자기 내 의사를 전하면 테레제가 무슨 일을 꾸밀지 모른다.

여기서는 생각하는 척…… 상사맨 시절에도 흔히 써먹었던 '회사에 갖고 돌아가 검토해 보겠다고 하지만 사실은 아무것도 검토하지 않는' 작전을 구사하려고 한다.

"바우마이스터 백작님은 타국의 귀족이니까. 그렇게 금방 참전해 달라고 부탁해도 당연히 난처하겠지."

미즈호 상급백작은 우리의 입장을 이해해 주었다.

블랜타크 씨도 잠자코 있는 걸 보면 역시 내전에 참가하는 건 피하고 싶은지도 모른다.

"아니, 이 사람은 피가 솟구치고 살점이 튀는 전쟁에……."

"으아아아아! 아무것도 아닙니다!"

그런데 단 한 사람 도사만이 분위기 파악 못하고 불쑥 참전을 표명하려고 했기 때문에 나는 황급히 그의 입을 틀어막았다.

블랜타크 씨도 함께 행동에 나선 것이 역시 그도 참전하지 않는 선택지를 남겨두고 싶은 듯하다.

"(바우마이스터 백작, 그 장치는 어떻게 할 거지?)"

"(나중에 파괴하는 방법도 있지 않습니까! 우선은 폐하께 보고를!)"

"(으음……어쩔 수가 없구나)"

젊은 내가 혈기왕성하게 날뛰고 나이 든 도사가 그걸 말리는 것이 보통인데 우리는 왜 반대일까?

"벤델린, 물론 보수는 지불하겠지만."

그 보수 중에는 백 퍼센트, 테레제의 유혹이 섞여 있으리라. 그것만은 받을 수 없다고 나는 생각했다.

"마음은 알겠지만 어차피 군을 모으려면 시간이 걸린다. 필립 공작님도 하룻밤 느긋하게 묵어가도록 해. 북방의 산길을 빠져나가면 바로 필립 공작령에 도착하니까."

"그건 괜찮네요."

내전에 참가하는 일은 사양이지만 미즈호 백작국에서의 관광은 매력적이었다.

옛날의 일본을 닮은 이 나라에서는 특히 음식 면에서 빼놓을 수 없는 것들이 많았다.

"알았어. 사양 않고 묵어가도록 하지."

테레제도 수락하여 우리는 마차로 이동하며 지친 몸을 쉬기 위해 미즈호 백작국에서 휴식을 취하게 되었다.

# 제2화 대맞선회

"테레제 님에게 협력하지 않는 건가?"

"도사님, 아직 정보도 한정적이니 여기서 우리끼리만 돕는 것보다는 일단 왕국으로 돌아간 뒤에 협력하는 편이 효과적일지도 모릅니다. 바로 결정하는 건 옳지 않다고 생각합니다.(물론, 그대로 달아나겠지만!)"

"그렇군. 백작님의 의견이 옳다!"


도착한 미즈호 백작국에서 테레제가 한 원군 요청은 무사히 받아들여졌다.

물론 우리는 일단 달아날 예정이지만 그 사실은 입에 올리지 않고, 지금은 전력으로 미즈호 관광을 즐기기로 한다.

밤에는 노천탕이 있는 고급 온천 여관을 대절하여 제공해준다고 하므로 이것도 기대된다.

온천에, 맛있는 일본 전통식에. 대체 몇 년 만의 사치일까?

하지만 하룻밤밖에 묵을 수 없기 때문에 지금은 서둘러 미즈호 백작국 관광과 선물 구경을 해야 한다.

맛있는 음식도 먹어야 하기 때문에 지금은 단 1초도 시간을 허비할 수 없는 것이다.

우선은 서둘러 환전소에서 헬무트 왕국의 화폐를 미즈호 화폐로 교환한다.

동화(銅貨)는 둥글고 구멍이 사각인 동전이며 은화는 에도 시대의 이치부긴(一分銀) 은화를 닮은 직사각형, 금화는 고반(小判) 금화 그대로이며 고반 열 개에 해당하는 '열 냥'짜리 오오반(大判)도 존재했다.

자, 뭘 살까 하고 시내를 걷고 있으려니까 이나가 어이없는 표정으로 나를 보고 있었다.

"미즈호 백작국의 물건들이 그렇게 탐나?"

"탐나! 가능하면 몽땅 다 사버리고 싶어!"

마음 단단히 먹고 500만 센트를 환전했기 때문에 이나가 어이없어 했다.

"벨의 돈이니까 얼마를 쓰든 자기 마음이지만……."

"우선은 올 때 못 갔던 찻집부터 가야겠군."

"집착이 심하네요."

"아침부터 아무것도 먹지 못했으니까. 카타리나는 안 먹어?"

"먹기는 하겠지만……."

고갯길의 찻집이 아닌 마을에 있는 찻집에 들어갔지만 마을의 모습도 찻집 안도 역시 시대극 같았다.

마을 사람이나 행상인이 차를 마시면서 경단과 만주를 먹고 있다.

"어서 오세요."

가게 안에서 기모노를 많이 닮은 미즈호복 차림에 앞치마를 한 예쁜 여종업원이 모습을 보인다.

나이는 우리와 크게 다르지 않으리라. 허리까지 늘어뜨린 검은 머리를 뒤로 묶은, 정통파 일본풍 미소녀였다.

소위 간판 아가씨라는 것이다.

"손님, 주문은?"

"당신의 사랑을 주세요."

"그게…….

"흥!!"

"아얏!"

상대가 미소녀라서 엘이 일찌감치 작업을 걸었지만 블랜타크 씨와 내가 머리에 꿀밤을 먹이고 강제로 자리에 앉힌다.

"사람 망신시키지 마!"

"하지만 사랑이 필요해…….

"그 남자 무슨 일이 있었어?"

"얼마 전에 실연을 했거든요."

"그렇군."

테레제는 엘의 그런 모습에 조금 동정 어린 시선을 보냈다.

"얼굴은 봐줄 만한데, 너무 질척거리니까 상대가 질색하는 거야."

테레제의 지적은 120% 옳았다. 다만 남 얘기를 할 처지는 못 된다고 생각하지만.

"죄송합니다. 주문은?"

간판 아가씨는 이런 부류의 손님을 다루는 일에 익숙한 것 같다. 특별히 신경 쓰는 기색도 없이 우리에게 주문을 물어온다.

"전원에게 차를! 그리고 메뉴의 끝에서 끝까지 전부!"

"전부 말인가요?"

"그렇다! 전부!"

도사는 다른 의미로 프리덤이었다. 가게의 메뉴를 몽땅 주문해 버리니까.

간판 아가씨도 이런 전개는 예상을 못 했는지 크게 놀랐다.

"도사, 그걸 다 먹을 수 있나?"

"걱정할 필요 없다!"

"괜찮아."

블랜타크 씨가 걱정스럽게 묻지만 도사에 빌마까지 있는 것이다.

찻집의 메뉴 정도라면 걱정할 필요 없으리라.

"경단부터 가져오겠습니다."

단순한 흰 경단, 팥소가 얹어진 쑥경단에 간장 소스 경단.

오랜만에 먹는 단맛이 나를 감동의 소용돌이로 잡아끌어 간다.

"맛있네요, 여보."

"역시 전문가에게는 못 당하겠군."

"다음에 저도 도전해 볼게요. 재료를 사서 돌아가요. 기후나 토질이 다르면 같은 작물도 맛이 다르다고 하니까."

확실히 쌀이나 팥은 겨울에 날씨가 추워지는 미즈호 백작국 쪽이 맛이 좋다.

역시 요리를 잘하는 엘리제답게 날카롭게 그것을 지적했다.

"벨이 가끔 만드는 게 미즈호 요리였구나. 어떻게 알았어?"

"블라이히뢰더의 도서관에서."

이나가 날카로운 질문을 날렸지만 블라이히부르크의 도서관은 영주도 지원을 하기 때문에 장서 수에서는 왕도의 슈타트부르크에 버금가는 규모를 자랑한다.

제아무리 이나라도 도서관의 장서 전부를 파악하고 있지는 못할 테니까 내 거짓말을 눈치채지 못한 것 같다.

"벤델린은 책과 음식에 흥미가 있구나. 나랑 마음이 잘 맞을 것 같아."

"테레제 님은 요리를 하십니까?"

"가끔이지만. 그리 이것저것 만들지는 못하지만 그렇게 무시할 정도는 아니야."

테레제는 그렇게 말했지만 나는 그녀의 요리 솜씨를 모르기 때문에 뭐라고 대답할 길이 없었다.

실제로 만들게 했다간 엄청난 것을 먹게 될 가능성이 있다.

지금은 그럴 시간도 없으니 여기서는 무시하는 것이 현명하리라.

"단팥죽이 맛있는데 설탕 같은 건 어떻게 구했을까?"

"설탕은 사탕무에서 얻습니다."

루이제의 의문에 간판 아가씨가 대답을 해준다.

사탕수수로 만든 설탕은 수입품이라 비싸므로 미즈호 백작국에서는 보통 사탕무에서 설탕을 얻는 모양이다.

짜고 난 찌꺼기는 가축 여물로 쓰인다고 한다.

"사탕수수로 만든 설탕과 다르지 않은걸."

"똑같이 달기 때문에 또 살이 쪄버릴 것 같아요."

"카타리나는 툭하면 그렇게 말하지만 빼빼 마른 것도 별로……."

단 음식을 먹으면 카타리나는 꼭 살이 찐다느니 다이어트를 해야 한다는 소리를 한다.

왕도의 귀부인들처럼 살이 뒤룩뒤룩 찐 것도 아닌데 정말로 신기하다.

"그래요?"

"주로 안을 때의 느낌이 말이지…….."

"벤델렌 씨…….."

카타리나가 어이없어하지만 이건 양보할 수 없는 점이다.

너무 살찐 것도 안 좋지만 너무 깡마른 여자가 매력이 없는 것도 사실이었다.

하지만 여성이 많으면 시끄럽기 마련이다. 엘리제 일행은 대화를 나누면서 맛있게 경단을 먹고 있었지만 그 중에 두 사람만이 이채로운 광경을 연출하고 있었다.

"죄다 맛있다!"

"한 번 더 먹을 수 있어!"

"확실히 그렇군. 언니! 한 번 더 메뉴 끝에서 끝까지!"

접시를 수북이 쌓아 올리면서 도사와 빌마는 대량의 단 음식을 먹어 치웠고 결국 추가 주문까지 했다.

간판 아가씨는 모든 메뉴를 두 번 주문하는 도사와 빌마에게 자기도 모르게 소리를 지르고 만다.

"두 사람 모두 괜찮아?"

한 사람, 양갱을 작게 베어 먹고 있는 블랜타크 씨가 속 쓰린 듯한 표정을 지으면서 두 사람을 진심으로 걱정했다.

"문제없다!"

"전혀. 여유야."

"그렇군⋯⋯."

양갱을 다 먹은 블랜타크 씨는 두 사람의 식욕에 질린 표정을 지었다.

아마도 빨리 술을 마시고 싶다는 기분도 어우러져 있으리라.

"처음 먹는 것도 많고 매우 맛있었다!"

"만족했어."

"그야 그만큼 먹었으니⋯⋯."

찻집에서 단맛을 즐긴 우리는 다음 가게를 향해 이동한다.

어마어마한 양의 단맛을 먹은 도사와 빌마를 보며 블랜타크 씨는 깜짝 놀랐다.

"이제부터 식사도 해야 하는데."

"아직 이 사람의 배는 절반 이상 비어 있는 것이다!"

"나도 아직 여유야."

"그거 다행이군."

도사와 빌마를 보며 블랜타크 씨는 두 손 두 발 들었다는 표정을 지었다.

"그 간판 아가씨 정말 예뻤지."

그리고 엘은 경단 맛보다 간판 아가씨의 예쁜 얼굴이 더 인상에 남은 것 같다.

"미즈호는 예쁜 사람이 많네. 좀 더 머물고 싶어."

너 설마 미즈호 백작국에서 신붓감을 찾을 작정이냐?

"여보, 정말 맛있었어요."

"그래. 내가 지식만을 의지해서 만든 것보다 압도적으로 맛있네."

찻집에서 나온 단맛은 조리 기술이 낮은 내가 만든 것에 비해 훨씬 맛있었다.

혼자 지내던 어린 시절에 미개척지에서 고생해가며 시행착오를 거쳤지만 역시 떡은 떡집이다.

어쩌면 미즈호인 전속 요리사를 고용할 필요가 있을지도 모른다.

나는 나중에 미즈호 상급백작에게 의논을 해보기로 결심했다.

미즈호 백작국은 거의 독립국이니까 여기서 독자적으로 관계를 강화해두는 건 귀족의 행동으로서 틀리지 않다. 그저 단순히 미즈호 백작국의 식재료를 정기적으로 구입할 수 있는 루트가 필요할 뿐이지만.

"다음은……. 찾았다!"

한동안 마을을 걷다 발견한 가게의 포렴에는 '메밀국수(소바)'라고 적혀 있었다.

이 세계로 온 뒤에 마침내 메밀국수를 먹을 수 있다.

너무 호들갑 떨면 모두들 이상하게 여길 테니까 우연히 이 가게를 발견한 척하며 안으로 들어갔다.

"온 메밀국수와 판 메밀국수 둘 다."

나는 두 개를 주문했고 엘리제 일행은 한쪽밖에 주문하지 않았다.

"메뉴의 끝에서 끝까지."

"기대돼."

"전부요? 손님?"

"문제없이 다 먹을 수 있으니까 안심해!"

"알겠습니다……."

이 두 사람은 또 주문을 받으러 온 메밀국수 가게 아가씨를 놀라게 만들었다.

"맛있네."

메밀은 남방에도 있었기 때문에 구해서 면을 만들어 봤지만 내 솜씨로는 두꺼운 파스타처럼 되고 만다. 맛간장(멘츠유)도 만들어 봤지만 맛이 살짝 부족한 것이 어느 정도 지식이 있다 해도 좀처럼 맛있게 만들지를 못했다. 그런데 이 미즈호 백작국에서는 평범하게 먹을 수 있다. 그렇다면 다른 일식도 크게 기대할 수 있을 것이다. 다만 한 가지 문제가 있다.

"모처럼의 미즈호 요리도 내일 아침까지밖에 먹을 수가 없어."

저녁은 미즈호 상급백작이 마련한 고급 온천 여관이므로 술과 식사는 기대할 수 있을 것이다.

하지만 저녁과 아침이 고정되어 버린다는 함정도 존재한다. 가능하면 돌아갈 때까지 이것저것 먹어보고 싶지만 너무 많이 먹으면 저녁이 들어가지 않으니 무척 고민스러운 상황이다.

"한정된 위장으로 뭘 먹을지가 문제로군."

"어째서 그런 일로 심각하게 고민하는 건데……."

엘은 내게 영문을 모르겠다는 표정을 지어 보였다.

"나도 도사님이나 빌마 만큼만 먹을 수 있다면……."

"저 두 사람을 흉내 내는 건 위험해."

엘에게 이상한 녀석이라는 인상을 주고 말았지만, 이 가게에서도 작업을 걸었다가 아가씨에게 무시당하는 엘에게 그딴 말을 듣고 싶지는 않았다.

"그럼 너도 작업을 걸어봐! 틀림없이 실패할 테니까!"

내가 그런 짓을 할 리가 없다. 식사를 하러 왔는데 어째서 작업을 걸어야 하는지 둘은 엄연이 별개의 일인 것이다.

그리고 엘은 제일 중요한 사실을 잊고 있다.

"너는 무슨 바보 같은 소리를……."

아뿔싸 하고 말렸지만 이미 늦었다.

"엘빈 씨, 타국에서 백작님이 수작을 걸었다가는 풍문이 퍼질 겁니다."

"엘. 그랬다가 정말로 누가 넘어오면 어떻게 할 건데?"

"여성에 관한 소동을 더 이상 늘리고 싶지 않아."

"못난 가신. 작업도 성공 못 한 주제에."

"벤델린 씨가 작업을 건다면 수많은 여성이 몰려들 것 같은데요……."

"젠장! 내 사랑은 대체 어디 있는 거야!!"

엘리제 일행에게 실컷 욕을 들어먹은 엘은 화풀이하듯 메밀국수를 먹기 시작했다.

"맛 간장과 건면만 팔면 언제든지 먹을 수 있을 텐데."

"그렇게 마음에 들었어?"

"네. 블랜타크 씨는 술인가요?"

"이 차가운 술은 무척 맛이 좋군. 사 가야겠어."

블랜타크 씨는 메밀국수보다 추가로 주문한 니혼슈인 듯한 술이 마음에 든 것 같다.

안주로 메밀 수제비를 먹으면서 연달아 술을 주문했다.

"(이런 아저씨 휴일의 메밀국수 가게에서 본 적 있어.)"

물론 일본에서의 일이다.

"백작님, 방금 뭔가 무례한 생각을 하지 않았나?"

"아뇨 (날카롭네……). 언니, 이 술 말인데요."

얼버무리기 위해 젊은 여종업원에게 술에 대해서 묻자 쌀을 원료로 한 미즈호슈라고 한다.

"(니혼슈 그대로로군.)"

슬쩍 마셔 봐도 맛도 역시 그대로 니혼슈였다.

"자, 이 사람은 매우 만족스럽다."

"잘 먹었어. 배불리 먹지 않는 게 건강에 좋다니까 이쯤에서 그만둘게."

빌마가 뭔가 무시무시한 소리를 했지만 못 들은 것으로 했다.

메밀국수 가게에서 식사를 마치고 나오자 여기서도 잔뜩 먹은 빌마와 도사는 배를 두드리며 만족스러운 표정을 지었다.

"그렇게 먹었으니 당연하겠지만."

이 점에 관해서는 엘의 말이 백번 지당하다.

"다음은 쇼핑이군."

여자가 많으므로 우선은 옷을 보게 되었지만 이곳은 미즈호 백작국이다.

기본은 기모노와 입는 방식이 똑같은 미즈호 복이라 불리는 것으로 이것은 입는 법을 배우지 않으면 도저히 입을 수가 없다.

'포목점'이라고 적힌 고급스러워 보이는 가게에서 엘리제 일행이 예쁜 무늬의 미즈호복과 고가의 보석이 달린 비녀를 즐겁게 보고 있지만 구입은 다음 기회로 미루기로 했다.

"아쉽네……. 입는 법을 아는 하녀를 고용할까."

"사치스러운 얘기네."

"돈은 있으니까요."

입는 법을 아는 하녀도 나중에 미즈호 상급백작과 상의를 해야겠다.

"백작님은 평소에 별로 사치를 부리지 않으니까."

블랜타크 씨의 말대로 우리의 평소 생활은 그리 사치스럽지 않다.

백작가이므로 최소한의 겉모습은 꾸미고 있지만 속은 그렇지도 않았다.

모험자 일도 하고 있으므로 야영할 때에는 다른 모험자들과 큰 차이가 없고, 초콜릿이나 마의 숲의 과일이나 마물고기 같은 식재료도 전부 자기조달을 하기 때문에 돈이 들지 않았다.

식료품 수입이나 구입이 제일 돈이 많이 나가는 항목이리라.

"벤델린은 아내들에게 무척 다정하네."

"그런가요?"

"나는 여자 공작이기 때문에 묘하게 떠받드는 녀석들뿐이라 재미가 없어. 입어본 옷을 칭찬해주는 건 설마 어울리지 않는다고 말할 수 없는 가신이나 어쨌든 사기를 바라는 상인뿐이지.

적어도 옷을 입었을 때 거리낌 없이 어울리는지 아닌지를 말해

줄 남성이 필요하다.

지금의 테레제의 입장에서는 거의 바랄 수 없는 소원이기도 했지만.

"미즈호복은 무리라도 소품이라면 살 수 있을까."

다른 가게에서는 옻칠을 하여 고급스러운 장식을 한 빗이나 장신구함 등을 팔고 있었다.

그밖에도 비싸 보이는 다기나 칠기, 족자 등 너무나도 일본스러운 물건이 많이 진열되어 있다.

"엘리제, 이 빗은 어때?"

"쓰기가 편하네요. 슥 하고 머리가 잘 빗어져요."

이건 별로 비싸지도 않기 때문에 엘리제 일행이 마음에 들어한 물건을 차례차례 구입해 간다.

"그나저나 벤델린, 나한테는 아무것도 안 사줘?"

"아니⋯⋯. 그건 좀⋯⋯."

느닷없이 다른 나라 귀족에게 그것도 연인이나 아내도 아닌 여성에게 물건을 선물한다면 주위 사람이 이상한 소문을 퍼뜨릴지도 모른다.

"나는 딱히 소문이 나도 전혀 상관없는데."

"제가 아주 곤란해요!"

만일 헬무트 왕국의 귀족에게 알려졌다면 틀림없이 '바우마이스터 백작은 어퀴트 신성제국의 선제후에게 농락당했'느니 '미인계에 넘어갔'느니 하며 떠들어대는 녀석들이 있을 테니까.

"다음은 마도구 상점인가…….."

다른 마도구 상점에 들어가니 그곳에는 많은 물건이 진열되어 있었다.

겉모습은 일본풍인데 마치 대형가전 매장처럼 넓은 것이다.

"어서 오십시오."

진열되어 있는 물건을 보니 범용품이 많았으며 전부 왕국의 것보다 작고 가격도 20%는 비싸다.

점원에게 설명을 들으니 마력 소비 효율이 좋은 모양이라 같은 마력을 담아도 왕국산 제품보다 30%는 가동 시간이 길다고 한다.

소형화와 절전 기술이 뛰어난 것이 그야말로 메이드 인 재팬 같았다.

"미즈호 백작국산 마도구는 제국산 제품보다도 성능이 뛰어납니다."

제국산과 왕국산 마도구는 그리 성능 차이가 없다.

결국 현시점에서 대륙 최고라 불려도 과언이 아니었지만 구입은 하지 않았다.

마의 숲 지하창고에서 발견한 마도구류가 훨씬 고성능이었기 때문이다.

"(하지만 생김새나 스위치의 배치 등 마의 숲에서 발견된 것과 비슷하군…….)"

미즈호 백작국은 제국이 소왕국이던 시절부터 존재했던 모양이다.

미즈호 일족의 극히 일부의 사람만이 그 기원을 알고 있다고 하지만 어쩌면 마의 숲 주변에서 흘러왔을지도 모른다.

그렇다면 독자적으로 고도의 마도구 제조기술을 보유하고 있는 것도 납득할 수 있다.

옛날보다 기술력이 떨어진 것은 유랑 시절에 잃어버린 기술이 많았을지도 모른다.

"안 사? 벨."

"마의 숲에 있는 지하창고의 제품이 더 성능이 좋으니까."

"듣고 보니까 그러네."

"아아! 그래도 사가자!"

"혹시 마도구 길드에 팔려고?"

이나의 생각대로 그들에게 팔면 어느 정도 마진을 남길 수 있을 것이다.

마도구 길드는 우리가 마의 숲 지하창고에서 발굴한 물건과 록기간트 골렘의 잔해 등을 풍부한 재력을 앞세워 대량으로 구매하고 있다.

모든 것은 새로운 마도구 기술 개발하기 위해서지만 그 성과는 솔직히 미묘하다.

그들도 주위에서 성과가 없다고 얘기하는 걸 잘 알고 있으며 그렇기 때문에 미즈호 백작국산 마도구도 견본으로서 더욱 비싸게 구입해줄 것이다. 왕국뿐만 아니라 제국도 미즈호 백작국산 마도구에 성능이 따라가지 못한다.

제조기술이 비밀에 붙여져 있기 때문에 이것을 따라가기 위해 그들도 미즈호산 마도구를 원할 것이다.

"마도구 길드 녀석들 돈은 많으니까 틀림없이 사겠지. 조금 용돈이나 벌어볼까."

사지 않아도 다른 곳에 팔면 돈은 벌 수 있다.

관세가 붙지 않는 만큼 바우마이스터 백작령 안이라면 싸게 팔수 있을 테니까.

"전 종류."

"저기, 손님?"

"그러니까 전 종류."

"저기……. 정말이십니까?"

"정말로."

"실은 전시품 말고도 권해드릴 물건이 있습니다만."

내가 점원 앞에 잔뜩 금화를 내놓자 그는 활짝 웃으며 응대해주었다.

상점 앞에 진열되어 있지 않았던 것까지 꺼내와 정중히 설명을해준다.

"다음에 또 찾아주십시오!"

마도구 상점의 물건 전 종류를 구입한 우리는 그 길로 식료품점으로 향한다.

실은 마도구 따위 아무래도 상관없는 것이다.

이곳은 일본풍 문화를 가진 미즈호 백작국이며 그렇다면 내가원하는 것은 이것밖에 없다.

"역시 따라갈 수가 없구나……."

"아! 벨이 만들었던 '된장'과 '간장'이다."

루이제가 많은 종류가 진열된 간장과 된장을 보고 놀랐다.

"벨은 미즈호 백작국의 조미료를 재현한 거구나."

"미즈호 백작국이었구나. 도서관에 있던 낡은 책에 적혀 있었기 때문에 미처 몰랐어."

다시 한번 말하지만 물론 거짓말이다.

루이제는 도서관에 가서 책을 읽는 취미가 전혀 없기 때문에 영원히 알지 못할 것이다.

"'진한 맛' '연한 맛' '된장간장' 등 종류도 풍부하네."

간장도 그렇지만 된장도 단맛부터 매운맛에 백된장이나 숙성된장을 닮은 것까지 나는 당연히 모든 종류를 구입했다.

"다시마, 가다랑어, 맛 간장, 폰즈, 절임, 김, 쌀도 품질이 좋은데."

이곳은 그야말로 보물섬이다.

이제 곧 전쟁이라 그리 대량으로 살 수는 없지만 우리끼리만 먹는다면 한동안은 문제없을 것이다.

"건면도 있잖아!"

메밀국수와 우동의 건면도 판매하고 있었기 때문에 이것도 어느 정도 구입해 둔다.

"이크! 맛술도 잊으면 안 되지!"

술도 미즈호슈에 쌀, 보리, 감자 등으로 만든 소주도 다수 판매되고 있었다.

마시는 것만이 아니라 이건 요리에도 쓸 수 있기 때문에 되도록 구입을 해두고 싶다.

"스승님. 벤델린 씨는 어째서 이렇게 기뻐하는 걸까요?"

"옛날부터 이런 남자니까. 여자를 탐하고 다니는 것도 아니니 상관없잖아."

"그러네요. 귀여운 것 같기는 하지만요……."

뒤에서 블랜타크 씨와 카타리나가 뭔가 얘기를 하는 것 같지만 신경 쓰지 않고 그 뒤로도 계속 미즈호 백작국산 식재료나 조미료를 대량으로 사재기한 것이었다.


"바우마이스터 백작님은 미즈호 백작국이 마음에 든 모양이군."

"예. 가능하면 앞으로도 정기적으로 방문하고 싶습니다."

"장차 미즈호 백작국과 바우마이스터 백작령이 자유롭게 교류를 할 수 있게 되면 나 역시 좋겠지."

밤이 되어 지정된 고급 여관으로 가자 그곳에서는 미즈호 상급 백작이 주최하는 연회가 열리려 하고 있었다.

온천 여관이므로 우리도 여관이 준비한 유카타로 갈아입고 온다.

탕은 원천에서 바로 흘러나오는 천연 온천으로 효능은 신경통과 류머티즘.

게다가 임신이 잘 된다는 전설도 있다고 하여 엘리제 일행도 빨리 들어가고 싶다고 했다.

노천탕도 있으며 오늘은 혼욕도 가능하다고 한다.

먼저 식사부터 하기로 하고 다다미가 깔린 연회장에 들어가니 접시에 담긴 수많은 요리가 늘어져 있다.

회, 튀김, 비싼 소고기 돼지고기를 된장으로 구운 요리에, 한 사람마다 작은 어패류 전골도 제공해 준다.

전생에 사원 여행으로 온천 여관에 갔을 때 나왔던 메뉴의 호화판이다.

설마 이 세계에서도 먹을 수 있을 줄은 몰랐다. 역시 일본을 닮은 나라다.

"요리사도 탐이 나네……."

전속으로 고용하면 원할 때 일식을 먹을 수 있을 텐데.

"사람의 이동은 제국 정부의 영역이니까 나로서는 뭐라고 할 수가 없네."

"테레제 님, 어떻게든 힘을 좀 써 주십시오."

"벤델린은 집착하는 부분이 조금 특이하네."

그런 소리까지 들었지만 앞으로 엘리제 일행에게 기모노와 유카타를 입히고 솜씨 좋은 요리사가 만든 일식을 먹으려면 미즈호 사람을 고용할 필요가 있는 것이다.

이것만은 양보할 수 없다. 바우마이스터 백작령에 돌아가면 어떻게든 교섭을 해야만 한다.

내란 때문에 미즈호 백작국도 앞으로 지출이 늘어날 테고 제국 제정도 마찬가지다. 잘만 교섭하면 교역 확대와 기능자의 고용 정도는 인정받을지도. 돌아가면 로델리히에게 의논해 보자.

"무사히 빠져나온 손님들의 행운을 빌며 건배할까."

미즈호 백작국에서는 격식을 차린 만찬회는 잘 열리지 않는 모양이다. 누가 와도 이런 형식으로 연회를 연다고 한다.

"나는 마음에 드는데 황제 폐하를 바닥에 앉히는 거냐고 소란

떠는 녀석들이 많아서."

염연히 방석이 있는데 제국의 중추부에서는 다다미를 맨바닥 취급하는 모양이다.

신발을 신고 들어가지 않기 때문에 나는 그렇게 생각하지 않지만.

"어차피 와도 피차 거북할 뿐이지. 그래서 오지 않는 게 오히려 속 편해."

미즈호 상급백작이 숨기지도 않고 본심을 털어놓는다.

그 때문인지 황제가 미즈호 백작국에 온 일은 한 번도 없다고 한다.

반독립국이므로 경비 문제도 귀찮고, 계획이 그때마다 세워졌다가 결국 취소가 된다고 한다.

"선제후도 마찬가지야. 이곳에 와본 사람은 아마 나 하나뿐일걸."

따뜻하게 데운 미즈호슈를 마시면서 테레제가 계속 말을 이어간다.

"제국에서 이곳만큼 재미있는 관광지도 없는데."

제국은 다민족국가지만 의외로 문화적으로 차이가 있는 지역은 적다.

지난 2천년 동안 크게 동화되어 버렸기 때문이다. 그중에서 유일하게 독자성을 계속 유지하는 미즈호 백작국은 서민이나 선제후를 제외한 귀족에게는 인기 관광지였다.

"우리는 관광도 주산업인데, 이번 내란으로 눈에 띄게 손님이 줄어들었지. 나 원 참, 그 젊은 야망가인 공작님께서는 분위기 파악을 못 하는군."

수입이 줄어들어 버렸다고 미즈호 상급백작은 푸념을 늘어놓았다. 오늘 숙박지가 이 고급 온천 여관이 된 것도 쿠데타 소동으로 부유층 손님이 오지 않게 되었기 때문인 모양이다.

그런 계층 사람들은 당연히 이런 상황에서 관광을 할 형편이 아니겠지만.

"전란이 길어지면 제국은 쇠퇴하겠죠?"

"어떻게 굴러가든 단기적으로는 쇠퇴하겠지. 뉘른베르크 공작에게는 고도의 정밀한 장기 계획이 있는 모양이지만."

테레제도 뉘른베르크 공작에 대해 신랄하게 떠들었다.

중앙 집권이 강한, 하나로 통합된 제국 따위 그리 쉽게 만들 수 있을 리도 없다.

뉘른베르크 공작이 무모한 짓을 하면 할수록 제국이 쇠퇴할 가능성도 있는 것이다.

"성가신 인물이군요."

"의욕이 너무 지나친 거겠지."

연회라고 하지만 아무래도 오가는 화제는 주로 쿠데타나 주모자인 뉘른베르크 공작에 관한 내용이다. 하지만 곧 얘깃거리가 떨어져 차츰 연회도 막을 내려간다.

"내일은 일찍 떠나야 하니까 일찌감치 목욕을 하고 자도록 할까."

온천, 그것도 노천탕은 전생에서나 누리던 호사다.

역시 바우마이스터 백작령에 있는 온천은 아직 허술하군.

돌아가면 매슈와 버튼에게 설비 개량을 명하리라.

"엘, 목욕하러 가자."

"그, 그래……."

저녁도 만끽했으니 서둘러 노천탕으로 가려고 하지만 엘은 또 한눈을 팔고 있다.

시선을 따라가 보니 그곳에는 한 여인이 서 있다.

"엘, 그녀야?"

"응."

이 한 마디로 통한다는 게 뭐라고 할 말이 없다.

결국 엘은 또 출장지에서 만난 여성에게 한 눈에 반해버린 것이다.

"(저 녀석은 가는 곳마다 여자한테 반하는군.)"

"(젊다는 얘기겠지.)"

블랜타크 씨와 도사가 작은 목소리로 얘기했지만 틀림없이 또 차이리라.

확실히 잘 보니 엄청난 미소녀였다.

키는 160cm정도, 물색의 기모노에 하오리와 하카마를 입고 우아한 자태로 방구석에 서 있다.

허리까지 내려올 듯한 검은 긴 머리를 포니테일 형태로 정리하였으며 나이는 우리와 크게 다르지 않으리라.

일본풍 여검사 미소녀로 나는 그 얼굴을 보고 카를라를 떠올렸다.

그 정도로 용모가 닮은 건 아니지만 분위기가 묘하게 닮았다.

"그녀 말이야?"

"호위인가요?"

"우리 일행은 여성이 많으니까. 미즈호 상급백작이 붙여준 거야. 봐, 삼본도잖아."

'마도'를 가진 발도대 소속이라면 상당한 실력자일 것이다.

그렇다, 그녀는 미소녀 검사님이었던 것이다.

"'발도대'는 기본적으로 남자가 대부분이니까 여자는 셋뿐이라고 들었어. 그 셋 중에서도 그녀가 압도적으로 강하대."

테레제의 설명에 따르면 그녀는 '필립 공작님 일행'을 호위하기 위해 내일부터 동행한다고 한다.

"저 아가씨의 이름은 하루카 후지바야시고 열여섯 살이래. 내 나이쯤 되면 나 못지않은 엄청난 미녀가 되겠지."

분위기가 카를라를 닮은 일본풍 여검사 미소녀이므로, 엘이 반하는 것도 무리가 아닐지도 모른다.

그렇다 해도 테레제…… 스스로 자기 자신을 미녀라고……. 틀린 말은 아니지만…….

"벤델린보다 엘빈이 반한 건가?"

"그럴지도 모르죠."

"나쁘지 않은 조합이네. 둘 다 칼을 쓰고, 하루카 후지바야시의 본가는 작은 배신 가문이라고 했어. 유례없는 검술 솜씨로 발탁된 모양이야."

테레제의 말이 귀에 들어온 순간 엘의 온몸에 기합이 넘치는 것 같다. 그녀라면 신부로 삼는 데 아무런 지장도 없을 것이다. 그 사실을 알자 엘의 눈에 다시 투지가 불타오르기 시작한다.

"처음 뵙겠습니다. 저는 바우마이스터 백작의 경호를 맡고 있는 엘빈 폰 아르님이라고 합니다."

가능성이 있다는 것을 안 순간 엘은 토끼처럼 재빨리 하루카에게로 달려가 자기소개를 시작했다.

"함께 협력하며 경호하는 자끼리 잠시 협의를 하도록 할까요."

"협의라……."

물론 경호는 제대로 하고 있지만, 여성진에게는 조금 무책임하게 비쳤으며 루이제 말로는 협의 목적의 작업으로밖에 보이지 않는 것 같다.

"하루카 후지바야시라고 합니다, 아르님 님."

"함께 필립 공작님을 경호하는 사람끼리 님 자를 붙일 필요가 있을까요? 그리고 친한 사람들은 저를 엘이라고 부릅니다."

"엘 씨?"

"옛! 잘 부탁드립니다. 하루카 씨, 이르긴 하지만 경비에 대한 협의를. 이 여관 내부의 경비는 완벽하지만 미즈호 백작국을 떠나면 경계를 강화할 필요가……."

"그렇군요."

하루카라는 미소녀 검사는 기본적으로 성실한 것 같다.

엘이 갑자기 이름으로 불러도 일 얘기가 나오자 전혀 신경 쓰지 않았다.

업무 협의라고 하자 순순히 엘과의 대화를 계속한다.

"이렇게 성실한 엘은 처음 봤어."

"나도."

이나의 지적에 나도 전적으로 동의한다.

하루카라는 소녀가 큰 역할에 발탁되어 성실히 노력하려는 모습을 보고 그것을 열심히 거들어줌으로써 반하게 만들려는 작전이리라. 훌륭한 관찰안과 작전이라고 생각하지만 그게 연애의 성취로 연결된 적은 지금까지 한 번도 없다.

"그런데 하루카 씨는 후지바야시 가문의 장녀인가요?"

"아뇨, 시집간 언니와 후계자인 오라버니도 있습니다."

"그렇군요."

대답을 듣자마자 엘의 얼굴에 환한 웃음꽃이 피었다.

그녀라면 아무런 문제도 없이 신부로 삼을 수 있다고 생각하고 있으리라.

하긴, 마음은 이해한다. 내가 봐도 꽤나 보기 드문 미소녀니까.

"(하지만, 여기서 미소녀 검사라…….)"

게다가 그녀는 은근히 스타일이 좋다. 검을 배웠기 때문에 자세도 올바르며 입고 있는 미즈호복의 가슴 부분이 상당히 부풀어 있다. 카타리나보다도 조금 작은 정도일까?

"하루카 씨의 취미는요?"

"네? 그게 경비와 무슨 관계가?"

"직접적인 관계는 없습니다. 하지만 경비란 항상 긴장해야 하는 일이니까요. 틈틈이 함께 경비를 서는 사람과 대화를 주고받으며 적당히 긴장을 푸는 일도 중요하죠."

"과연, 그런 거로군요. 쉴 때는 요리를……."

"과연! 하루카 씨는 칼뿐만 아니라 여성으로서의 소양도 익히고 계시는군요."

"그렇게까지 잘하지는 못하지만……."

하루카는 엘에게 칭찬을 받고 싫지 않은 표정을 짓고 있다.

어쩌면 남성에게 그다지 면역이 없는지도 모르겠다.

"구애의 경험치가 많이 늘었네요."

검술은 인정하지만 기본적으로 엘을 작업남이라고 생각하는 카타리나는 기가 막힌 얼굴을 한다.

다만 경비에 관련된 발언으로 틀린 얘기를 하고 있는 것도 아니다.

게다가 지금까지 엘이 경비를 서는 동안 내가 습격을 받은 적은 한 번도 없었으니까

"벨, 목욕하러 가자."

"벨 님, 목욕."

"그래."

엘과 하루카의 일은 본인들에게 맡겨두면 된다.

루이카와 빌마가 손을 잡아끌었기 때문에 곧바로 노천탕으로 이동한다.

"남탕, 여탕, 혼욕으로 되어 있습니다만."

여관 종업원이 그렇게 말하자….

"남탕……."

"혼욕으로 부탁드려요! 그렇죠? 여보."

"엘리제의 의견에 찬성, 혼욕이 좋아."

"절대적으로 혼욕이지."

"혼욕."

"혼욕이요."

남탕이라고 말하려고 한 내 말을 엘리제 일행이 혼욕이라는 말로 덮어버렸다.

딱히 도사와 블랜타크 씨의 알몸엔 눈곱만큼도 관심이 없었지만 남자끼리 들어가는 게 홀가분할 것 같았는데.

"다른 일행 분들은 아까 남탕으로 가셨습니다."

종업원인 중년 여성의 말로는 두 사람은 서둘러 남탕으로 가버린 모양이다.

"혼욕도 나쁘지 않잖아. 나도 같이……."

"테레제 님, 지금부터는 부부의 시간이므로 사양하겠습니다."

혼욕이라는 말을 듣고 테레제가 끼어들려 하지만, 곧바로 엘리제가 쐐기를 박는다.

틀림없이 도사와 블랜타크 씨는 이 분쟁을 예상하고 먼저 달아난 것이리라.

"바우마이스터 백작가가 전세를 낸 것도 아니고. 내가 들어간다고 무슨 문제가 있어?"

"그것은……."

"있고말고요. 제국의 필립 공작과 왕국의 바우마이스터 백작이 같은 탕에 알몸으로 들어간다. 이 사실이 주위에 새어나갔다간 큰일이에요!"

카타리나가 한 말은 옳았다.

난처할 뿐만 아니라 자칫하면 테레제와 내가 손잡고 제국을 훔치려 한다고 뉘른베르크 공작이 선전 공세를 펼 가능성이 있는 것이다.

"(테레제와의 혼욕은 매력적이지만…….)"

자칫하면 왕국 측도 우려를 할지 모른다.

테레제에게 그걸 눈감을 정도의 매력이 있다고는 생각하지 않았다. 내심 상당히 아쉽기는 했지만.

"중요한 대의를 앞둔 상황이니까요. 테레제 님은 양해해 주세요."

카타리나가 단호하게 얘기하자 테레제는 결국 포기하고 여탕으로 간 모양이다.

"테레제 님도 진짜 끈질기네."

루이제가 노천탕에 몸을 담그면서 한숨을 쉰다.

노천탕은 역시 고급 여관답게 호화롭고 넓은 구조였다.

바위에 둘러싸인 노천탕에 여섯 명이 몸을 담가도 여전히 여유가 있다.

주위는 대나무 울타리로 가려져 있었지만 그 위로 보름달과 산들의 능선이 보이며 아름다운 풍경을 만들어 내고 있었다. 옆에 있는 일본 정원풍의 정원에는 작은 물레인 시시오도시도 있어서 규칙적으로 대나무 소리가 울려 퍼진다.

"어쩌면 테레제 님은 마력의 증가를 노리고……."

"루이제. 쉿!"

이나가 황급히 루이제의 말을 저지한다.

이미 마나량이 한계를 맞은 다섯 명의 마나가 오르고, 그것도 그

원인이 나와의 밤일일지도 모른다는 사실은 비밀이었다. 마찬가지로 똑같은 행위를 하고 있는 아말리에 형수님에게는 원래부터 마법사의 소양이 없었던 모양이라 마나가 전혀 늘어나지 않았다.

하지만 초급 이하이면서도 무의식적으로 마나를 구사하여 창이나 전부(戰斧)를 휘둘렀던 이나와 빌마는 마나가 늘어났다.

블랜타크 씨의 예상으로는 지금까지 천 명에 한 명으로 인식됐던 마법사의 숫자가 수백 명에 한 명이 될 가능성을 내포하고 있다고 한다.

"다만 백작님과 했을 경우에 말이지."

수련이나 그릇 맞대기로 마나량의 한계를 맞이한 엘리제, 루이제, 카타리나의 마나량도 늘어났다. 만일 이 사실이 세상에 알려졌다간 내 곁으로 수많은 여성이 몰려들 것이다.

"헤헤헤, 50년 만에 나리와 밀회를 갖게 됐지만 이걸로 마나도 늘어나니까 상이구먼."

"그려. 기대되는구먼."

80세가 넘은 노파 마법사가 내게 안기려고 달려들지도 모른다. 이건 이제 완전히 악몽일 뿐이었다.

하지만 아직 여자라면 다행이다.

"옙! 제 마나를 올리고 싶습니다!"

남자가 엉덩이를 내미는 날에는 나는 미쳐버리고 말리라.

교회에서는 금기시되고 있지만 마법사가 늘어나고 마나량이 한계를 넘어 오른다는 매력 앞에, 일종의 의식처럼 받아들여 교회가 묵인할 가능성도 있는 것이다.

루이제가 입 밖에 꺼내려고 한 말을 이나가 말린 것은 나이스 타이밍이었다.

"루이제는 입이 가벼워. 이곳에는 눈과 귀가 많으니까……."

"확실히 실언을 했네."

미즈호 백작국으로서는 우리에게 무슨 일이 생기면 곤란하니까. '탐지'로 살펴보니 주위에 호위하는 사람들의 반응이 보인다.

"(어쩌면 '닌자' 같은 것도 있을까.)"

"훔쳐보기?"

경비가 목적이라도 어쩌면 알몸을 보고 있는 게 아닐까? 그렇게 느낀 빌마가 경계 태세를 취한다.

"괜찮아, 빌마. 전원 여자니까."

"그걸 용케도 아네……."

'그럼 여자 닌자인 쿠노이치인가?' 라는 생각보다 루이제의 '초 탐지' 쪽이 오히려 더 궁금하다.

"남성과 여성은 미묘하게 마나에 차이가 있거든."

"그건 알고 있지만……."

어릴 때 스승님에게 배웠지만 실제로 그것을 구분할 수 있는 자는 거의 존재하지 않는다고 들었다. 스승님이나 블랜타크 씨도 불가능하다고 한다.

두 사람은 한 번 마나를 기억한 개인을 특정하는 것은 가능하지만, 처음 본 마나만으로 그게 남자인지 여자인지를 구분하는 기술은 루이제만의 전매특허였다.

"루이제는 대단해. 다음에 가르쳐줘."

빌마가 솔직하게 감동을 표했다.

"요즘 들어 점점 더 대단해졌어."

이제 도사와도 대등히 겨룰만한 능력에 나는 놀라움을 감추지 못했다.

"하지만 최근 들어서야 마나가 오른 것과 동시에 마나의 탐지 능력이 향상된 것 같은 기분이 들어."

"마음만 먹으면 독자적으로 작위를 얻을 수도 있겠네요."

카타리나도 루이제의 실력을 인정한다.

"필요 없어. 영지를 운영하는 일은 골치 아파 보이니까. 나는 그저 벨의 아내로서 아이들과 함께 마투류를 세상에 널리 알릴 거야."

"벤델린 씨와 루이제 씨의 아이라……."

어쩌면 도사와 같은 아이가 태어날지도 모른다. 카타리나는 그런 상상을 한 모양이다.

"화제를 다시 되돌릴까요? 정말 멋진 노천탕이네요."

확실히 다른 사람이 듣기라도 하면 성가시다.

엘리제의 말대로 화제를 노천탕 쪽으로 되돌렸다.

"정기적으로 오고 싶을 정도야."

"다음에는 천천히 며칠 묵고 싶어요."

그렇게 미소를 지으면서 얘기를 건넸지만, 역시 엘리제는 엘리제. 그 가슴이 온천물에 둥실둥실 떠있는 것이다.

결혼한 뒤 함께 목욕을 했을 때부터 느꼈지만 가슴은 지방이므로 물에 뜬다.

"(근사한 광경이네.)"

카타리나의 가슴도 떠있고 이나와 빌마의 가슴은 물을 통해서 보니 직접 보는 것과는 또 달리 야릇하다.

틀림없이 이것은 내키지 않는 살인까지 해가며 살아남은 내게 신께서 내려주시는 상이리라.

사람을 죽이는 일에 대한 죄책감이 없지도 않지만 너무 신경 쓰면 이 세계에서는 살아남을 수 없다.

그렇게 결론을 내리기로 했다.

"우우우우~! 내 가슴도 나름대로 개성이라구우우우!"

가슴이 제일 작은 루이제가 내 등에 매달려 온다.

역시 열두 살 무렵부터는 성장을 했지만 역시 루이제의 가슴은 A컵이었다.

"그래, 개성이지. 나도 좋아, 루이제의 가슴."

등에 루이제의 작은 가슴을 느끼면서 능글맞은 아저씨 같은 소리를 해본다.

내 안의 나이로 보자면 그리 이상하지도 않지만.

"그렇지? 내 가슴은 희소가치가 있어. 게다가 누구라고는 하지 않겠지만 나는 혼기를 놓치지는 않았으니까."

"야, 야……."

누구냐고 묻는다면 물론 스무 살인데도 여전히 독신인 그 사람이리라.

"어머, 누가 혼기를 놓쳐? 나한테도 꼭 가르쳐 주면 좋겠네."

하지만 루이제도 은근히 심술 맞다.

자꾸만 우리에게 간섭해오는 테레제에 대해 일부러 비아냥대니까.

"(야, 야, 루이제.)"

"(여성의 기척을 느끼기는 했지만 테레제 님인 줄은 몰랐어.)"

그렇게 변명했지만 보나마나 거짓말일 것이다. 그녀는 이미 테레제의 마나를 기억하고 있을 테니까.

"저기……. 테레제 님?"

"안심해. 순진한 벤델린을 위해 유기를 두르고 왔으니까."

역시 관광지 온천이다. 다른 사람과 알몸으로 탕에 들어가는 풍습이 없는 관광객을 위해 유기(탕안에 들어갈 때 몸에 두르는 옷)까지 준비해 둔 모양이다. 테레제는 하얀색 유기를 걸친 모습이었다.

"함께 목숨을 걸고 달아난 자들끼리 가끔은 알몸으로 어울리는 것도 나쁘지 않지."

그렇게 말하면서 탕에 들어왔지만, 원래 유기는 얇기 때문에 몸의 라인이 드러나기 쉬우며 또한 테레제의 몸에 달라붙어 유두가 그대로 비쳤다. 나는 황급히 테레제로부터 시선을 돌린다.

"테레제 님, 고귀한 신분의 여성분이 어찌 이런 경망스러운 짓을."

"엘리제 님은 알몸 아닌가?"

"부부가 함께 탕에 들어가는 것이 무슨 잘못인가요?"

"아니, 빨리 아이가 생길지도 모르겠네."

엘리제의 공격을 테레제는 전과 마찬가지로 능청스럽게 피해 갔다.

역시 선제후이자 황제 후보다.

"문득 그런 생각이 드는데 말이야. 내가 벤델린과 결혼하면 이 엘리제 님과의 무모한 말다툼도 사라지겠지? 그렇게 되면 평화롭잖아."

"아뇨, 제 처지가 항상 전시와 같은 상황이겠죠."

틀림없이 양국에서 요주의인물로 찍히고 말리라. 그것만은 절대로 피하고 싶었다.

테레제는 물론 매력적인 여성이지만, 연상 타입은 아말리에 형수님이 있으므로 이제 필요가 없는 것이다.

"테레제 님은 앞으로 모일 귀족들에게 먹이를 줘야 할 텐데요."

이나의 말대로다. 새 황제 어쿼트 17세와 다른 선제후의 생존을 확인하지 못한 이상, 반역자 뉘른베르크 공작을 쓰러뜨리려 하는 테레제야말로 가장 유력한 차기 황제 후보니까.

"내 남편이 될 수 있을지 모른다는 말로 동지를 모은다. 상투적인 수단이므로 물론 써야겠지만 하지만 반드시 누구를 남편으로 삼는다는 보장도 없잖아."

"그럼 테레제 님은 계속 독신으로 지낼 건가요?"

"여제의 부군은 대우하기가 골치 아프거든."

제국도 남존여비의 경향이 강해서 자칫하면 여제에 의한 통치에 방해만 된다.

지금까지도 여성 후보는 있었지만 실제로 즉위한 사례는 없었다.

반드시 이 문제로 차질이 생기기 때문에 황제 선거에서 이길 수가 없다고 한다.

"외척의 대우도 골치 아파. 그러니까."

내 옆에서 탕에 몸을 담그고 있던 테레제는 내 팔에 매달려온다.

팔뚝에 느껴지는 풍만한 가슴의 감촉이 근사하다……가 아니라 무척 난감했다.

"가끔씩 내게 씨를 제공하기만 하면 돼. 그저 그것만 하면 너무 삭막하니까. 부부의 시간도 즐겨볼까……."

"아니, 그건……."

"이제 적당히 하세요! 벤델린 님이 난감해 하시잖아요!"

화가 난 엘리제가 나를 자기 쪽으로 끌어당기는 바람에 테레제는 나와 떨어져 버린다.

이번에는 엘리제의 가슴의 감촉이 팔뚝에 느껴진다.

"난감한지 아닌지는 벤델린 본인이 결정할 일이야. 그렇지? 벤델린."

그렇다 해도 테레제는 정말 끈질기다. 만일 자신이 황제가 됐을 경우에 외척의 전횡을 막기 위해 일부러 외국 귀족인 내 아이를 낳으려고 하고 있는 것이리라.

"벤델린이 원한다면 이 유기를 벗어도 상관없어."

"아뇨, 괜찮으니까요!"

테레제의 유혹에 그걸 견제하는 엘리제 일행.

그 때문에 나는 노천탕을 별로 즐기지도 못하고 그저 오래만 있던 탓에 현기증을 일으켜 버렸다.


"사람이 곤경에 처해 있으면 와서 좀 도와주세요."

탕에서 나온 나는 블랜타크 씨와 도사에게 도와주지 않은 것에 대한 원망을 털어놓았다.

"백작님은 유혹에 넘어가지 않을 줄 알았으니까."

그것도 있겠지만 블랜타크 씨로서는 10년 전부터 알고 지낸 귀여운 테레제에게 모진 말을 할 수 없을 것이다. 나이로 봐도 딸처럼 느껴질지도 모른다.

필립 공작가에 내 피가 들어가면 건국 이래 처음으로 헬무트 왕국에 의한 피의 침략에 성공하게 된다.

오버스럽긴 하지만 귀족이란 그런 생각을 하는 생물인 모양이다.

"중앙의 관리나 귀족들은 전례가 없으면 '전례가 없다'고 거절하지만 전례가 생겨버리면 '전례가 있다'고 일을 진행하는 것이다!"

폐하의 벗인 도사로서는 제국에 왕국의 영향력을 침투시킬 책략을 쓰는 일쯤은 태연하게 실행할 것이다.

테레제가 내란에서 승리하면 쿠데타 전에 진행됐던 양국 간의 교역과 인원의 출입을 늘리는 정책을 진행할 것이다.

장래적으로 왕국이 제국을 경제적으로 지배하는 일이 가능할지도 모른다.

그 가능성을 실현하는 첫걸음이 나와 테레제 사이에 아이가 태어나는 일.

이 근육질 아저씨는 조카가 귀여울 뿐만 아니라 정말로 폐하의 X알 친구인 것이다.

"귀족 입장에서도 자식들의 혼처의 선택지가 늘어나는 일은 나쁘지 않은 것이다!"

양국 귀족의 피가 섞인 아이가 늘어나면 그것도 전쟁의 억지력이 될지도 모른다.

그것을 침략의 이유로 삼는 것도 인간이라는 생물이었지만 그런 것은 후세의 귀족에게 맡길 수밖에 없으리라.

"그렇다고 해서 사람을 외면하는 것은 옳지 않습니다!"

도사는 내란 참여에도 긍정적인 모양이니 우리가 내빼려 한다는 사실을 들키지 않도록 해야 한다.

"하지만 말이야, 그녀의 유혹을 피하는 일은 의외로 간단해."

"제발 꼭 좀 알려주세요."

나는 블랜타크 씨의 충고에 귀를 기울인다.

그러자 그는 생각도 못 한 작전을 알려주었다.


"과연. 그런 방법이 있었나?"


두 아저씨와의 대화를 끝으로 나는 방으로 돌아왔다.

우리에게 배정된 방은 여섯 명도 너끈히 잘 수 있는 넓은 방으로 이 여관에서는 최고급 방이라고 한다.

거물 상인이나 귀족이 여러 명의 아내나 애인을 데리고 즐기기 위한 방인 모양이다.

아무래도 미즈호 상급백작은 나를 귀한 손님으로 여기는 것 같다.

"테레제 님의 유혹을 피하는 방법이야."

"그거 좋네."

당장에 이나가 달려들었다.

그녀도 '포기하지 않는 여자' 테레제에게 질려 있었으리라.

"그래서 어떤 방법인데?"

"이런 방법입니다."

나는 재빨리 이나의 유카타의 띠를 잡아당겨 푼다.

시대극처럼 회전도 하지 않았고 이나도 '어~머~나~'라고 하지 않았지만 유카타의 앞섶이 활짝 벌어지며 그 부분이 거의 모두 드러나 버린다. 보일락 말락 하는 가슴의 앵글이 매우 근사하게 느껴진다.

"잠깐만! 벨!"

"답은 다 함께 밤의 시간을 즐기는 거였어요!"

스무 살이란 나이에 육감적인 요염함을 풍기는 테레제였지만 그녀에게는 결점이 있었다.

처녀라는 사실이다. 경험이 없기 때문에 그런 현장에 당당히 낄 만큼 배짱이 있을 리가 없다.

그래서 그녀가 밤에 숨어들어오는 걸 막으려면 매일 밤 아내들의 상대를 해라.

이런 방면의 일에 경험이 많은 듯한 블랜타크 씨다운 아이디어였다.

"이 방은 그런 일을 하기에 아주 적합하니까."

침대가 아니라 다다미에 이불이 깔려 있기 때문에 이불만 연결하면 바로 준비가 끝나버리는 것이다

게다가 이불은 고급품인 듯 무서울 정도로 폭신하고 가벼웠다.

"나는 좋은 아이디어라고 생각해."

"그렇지? 에잇!"

"어머나아아아아!"

곧바로 찬성하며 내 옆으로 온 루이제의 유카타의 띠를 풀자 신이 난 그녀는 빙글빙글 돌면서 뻔한 대사를 내뱉는다.

"그게 뭐야?"

"미즈호 식에서는 이런 상황도 있대."

"그렇구나. 벨 님."

"에잇!"

"어머나~!"

약간 저음이었지만 빌마의 유카타의 띠를 풀자 그녀도 뻔한 대사를 내뱉는다.

하지만 루이제는 그 정보를 어디서 얻었을까?

"냐하하. 재미있네. 그럼 다음은 카타리나지?"

"저요? 저는 부끄러우니까……."

"안 돼, 안 돼. 이런 모습을 보여 테레제 님을 피한다는 숭고한 목적이 있으니까."

"피할 수가 없겠네요."

카타리나는 신이 난 루이제와 빌마에게 붙잡혀 내 앞에 끌려온다.

"신나게 가는 거야! 에잇!"

"어머나~!"

부끄럽다고 하면서도 카타리나 역시 테레제의 노골적인 유혹

에 품은 마음이 있었으리라.

순순히 띠를 내맡기고 빙글빙글 돌면서 약속된 대사를 입에 올렸다.

"그런데 이건 뭔가요?"

"그러니까, 못된 고관에게 능욕당하는 젊은 아가씨의 플레이."

나는 어릴 때 할아버지와 봤던 시대극에서 못된 고관이 연회에서 술을 따르는 젊은 기생을 덮치는 장면을 설명한다.

"띠가 풀리면 그렇게 매끄럽게 빙글빙글 도나요?"

"이 장면은 보통 미즈호복으로 하니까. 그리고 띠가 풀리면 신나게 도는 게 약속된 패턴이랄까?"

"심오하네요."

카타리나는 묘한 부분에서 미즈호 문화의 심오함에 감탄했다.

"하지만 루이제는 어떻게 알고 있었어?"

"이걸 샀으니까."

마을에 서적 등을 파는 가게가 있었지만 그중에 우키요에(춘화)와 비슷한 그림도 판매되고 있었으며, 또한 루이제는 춘화 같은 미성년자 사절의 그림을 은밀히 찾고 있던 것 같다.

그녀가 펼친 춘화집 속에는 고관 플레이를 묘사한 춘화가 글과 함께 그려져 있었다.

"전에 블라이히뢰더 변경백작님에게 들었거든. 남자들은 쉽게 질리는 동물이라고."

그래서 특별한 상황을 만들어 남성을 질리게 하지 않는 게 핵심이라고 배웠다고 한다.

"그 사람은 뭔 소리를 지껄이나 했더니……."

"그래요. 당신은 우리 외에……이런, 실언이었어요. 백작으로서 열심히 의무를 다해야겠지만 아이가 태어나기 전까지는 노력을 해주셔야 해요."

엘리제가 조금 무섭다.

아말리에 형수님과의 관계는 묵인하는 형태가 돼버렸지만 역시 엘리제의 입장에서는 그리 유쾌하지 않을 것이다.

보기 좋게 일침을 맞고 말았다.

"마지막은 저로군요."

엘리제의 재촉에 띠를 잡아당기려 하자 그녀 옆에 또 한 사람, 띠를 고쳐 묶은 이나가 나타났다.

"벨. 아까는 느낌이 조금 덜 살았으니까 한 번 더……."

얼굴을 붉게 물들이면서 부탁하는 이나가 무척 귀여웠다.

"알았어. 에잇!"

"어머나아아아아아아아아!"

틀림없이 제3자가 보면 뭐가 재밌는지 의아해할 상황이지만 내가 즐겁고 흥분이 된다면 그만인 것이다.

테레제의 간섭을 막는다는 대의명분도 있어서 그날 밤은 여섯 명이 귀족다운 밤을 보낸 것이었다.


"으아아. 엄청나네."

"잠깐만, 종업원이 너무 불쌍해."

다음 날 아침 제일 먼저 일어난 이나와 나는 이불 위의 참상에 말문이 막혔다.

저택에서 도미니크를 절망으로 몰아넣었던 악몽의 사건을, 여행지에선 부끄러울 것이 없다는 듯 되풀이하고 말았다.

이것 참, '정력 회복'은 매우 죄 깊은 마법인 것이다.

"벨, 움직일 수가 없어······."

"벨 님, 엘리제 님이 일어나질 않는다."

루이제와 빌마의 재촉에 나는 나를 포함한 모두에게 치유 마법을 걸었다.

"생각해보니 내 치유 마법은 이럴 때밖에 쓰질 않네."

보통은 엘리제에게 맡겼으며 다치는 일도 거의 없기 때문에 좀처럼 쓸 기회가 없었던 것이다.

"카타리나, 일어나."

"느에에······. 이 참상은······."

평소와 다를 바가 없다면 그뿐이지만, 오히려 환경이 바뀌어 신선한 기분이 들었기 때문에 더 지독한 참상이 벌어졌고, 카타리나도 말문이 막힌다.

"이건, 숙녀로서 그냥 넘어갈 수 없어요."

여관의 종업원이 이불을 정리하러 와서 도미니크와 같은 꼴이 될 것이 뻔하다.

카타리나 입장에서는 귀족으로서 부끄럽다고 생각하는 것이리라.

"벤델린 씨."

"'세정' 정도는 배워둬."

"저는 그런 계통의 마법이 서투니까요."

알몸으로 가슴을 펴고 당당히 얘기할 말은 아니라고 생각한다.

블랜타크 씨에 따르면 카타리나는 생활 밀착형 마법에 약하다고 한다.

"뭐, 상관없지만. 엘리제, 일어나."

"네……."

치유 마법을 걸어주면서 엘리제를 깨우고 이불들을 마법으로 '세정'한 뒤 아침 목욕을 하러 간다.

방을 나서자 방 담당 종업원이 있었기 때문에 한 냥짜리 금화를 팁으로 주고 방 정리를 부탁했다.

거의 깨끗하게 해놨기 때문에 도미니크처럼 되지는 않을 것이다.

"백작님, 밤새 왕성한 활동을 하신 모양이군."

목욕을 한 후 아침을 먹기 위해 어젯밤 연회가 열린 방으로 들어가자 이미 블랜타크 씨가 아침을 먹고 있었다.

미즈호 식의 아침 식사는 역시 일본의 온천 여관의 그것과 별 차이가 없었다.

밥, 된장국, 생선구이, 나물, 절임, 낫토, 구운 김 등. 죄다 그리운 음식들뿐이었다.

"(미즈호 백작국 최고!)"

서둘러 밥그릇에 밥을 담아 먹기 시작한다.

쌀은 남부에서도 부족함 없이 먹을 수 있었지만 맛은 이쪽이 월등히 좋았다.

미즈호 백작국이 있는 아츠키 분지는 여름에 덥고 겨울은 추워서 온도 차이가 크다.

결국 뚜렷한 사계절이 쌀 맛을 좋게 만드는 것이다.

이곳은 물도 맑고 맛도 좋기 때문에 좋은 쌀을 재배할 수 있는 조건을 갖추고 있는 것이리라.

"더 큰 밥그릇에 퍼다오!"

우리와 거의 동시에 들어온 도사는 사발에 밥을 수북하게 퍼달라고 해서는 게걸스럽게 먹고 있었다.

여전히 엄청난 식욕이다.

"왕성한 활동을 벌인 결과 테레제 님은 난입하지 못했겠지?"

블랜타크 씨의 말대로였다.

거기에 끼려면 상당한 각오와 경험이 필요했으며 테레제에게는 전자는 있었지만 후자가 없었다.

분하다고 생각했을까?

테레제가 방에 들어왔지만 얌전히 내 옆 자리에 앉아 밥을 먹기 시작한다.

"나이도 어린데 아주 대단하던걸."

"바우마이스터 백작, 하렘 전설의 시작이에요."

"그러기엔 숫자가 조금 적지만."

요염함은 있지만 경험이 없는 테레제가 억지를 부리듯이 얘기한다.

하지만 테레제의 말대로 귀족이 다섯 명의 아내를 거느린 정도로는 하렘 대접을 받지 못하는 것도 사실이었다.

적어도 두 자리 수는 갖춰야 그런 얘기를 들을 수 있다고 한다.

"벤델린 님은 아직 젊으니까 지금으로서는 다섯 명이면 충분하겠죠."

"벤델린 정도의 재산이라면 최소 다섯은 더 필요하겠지."

"그때는 왕국에서 찾을 테니까요. 테레제 님과는 상관없는 얘기예요."

"엘리제 님, 그대는 의외로 심술 맞군."

아침 식사 후 출발 준비를 마친 우리는 다시 마차로 필립 공작령을 향한다.

"필립 공작님, 병사를 준비하고 기다리고 있겠다."

미즈호 상급백작의 전송을 받으면서 마차는 북으로 달려갔다.

아키츠 분지의 북방에 있는 산길을 빠져나가니 곧바로 필립 공작령에 들어갔다.

지리적으로 생각해도 이제 뉘른베르크 공작의 추격은 없을 것이다.

"여기서도 안 되나……."

'비상' 마법으로 살짝 허공에 떠보려고 하지만 머리에 격통이 흘러 곧바로 중지했다.

이 북방에까지 효과가 미친다면 제국 전역은 거의 방해 장치의 영향 하에 있다고 해야 하리라.

"하지만 뉘른베르크 공작은 어떻게 그런 장치를 손에 넣었을까?"

"미발견의 지하유적이겠죠."

우리도 발견했으니까 제국 측에서도 발견하지 못할 이유가 없다. 고대 마법 문명은 대륙 전역에서 번영했으니까.

"필립 공작이란 지위가 너무 무거워……."

그렇게 말하며 내 어깨에 몸을 기대는 테레제에게 나는 아무 말도 하지 못했다.

정면에 있는 에보는 무슨 말인가를 하고 싶은 것 같았지만 역시 방해했다간 테레제의 노여움을 사겠다 싶었는지 조용히 나를 노려보고 있었다. 그는 테레제의 으뜸가는 충견인 것이다.

"듬직한 남편이 있다면 내 부담도 한결 적어지겠지만."

우울한 표정을 지으면서 내 어깨를 덮쳐오는 테레제는 요염했지만 역시 곧바로 현실로 이끌려 돌아온다.

내가, 반대편 옆에 앉아 있는 엘리제에게 끌려갔기 때문이다.

"너무하네, 엘리제 님. 지금은 중책에 괴로워하는 내가 근심을 내비쳐 벤델린의 마음을 끄는 중요한 상황인데."

"그런 노골적인 부분이 믿을 수 없는 것입니다. 그 전에 벤델린 님은 우리의 것이니까요."

엘리제가 그렇게 말하는 것과 동시에 테레제와 내 사이에 루이제가 끼어들었으며 빌마가 내 무릎 위에 앉는다.

게다가 내 뒤에 앉아 있던 이나와 카타리나가 등 부분까지 완벽하게 가드하고 있었다.

"테레제 님은 제국의 귀족님 중에서 자유롭게 골라 주세요."

"도둑고양이는 바람직하지 않아."

"나이가 전혀 맞지 않는걸."

"남의 것에 손을 대는 짓은 바람직하지 않아요"

테레제가 나타난 뒤로 엘리제 일행의 가드는 더 견고해졌다. 마법사로서의 소양을 가진 사람이 내게 안기면 마나가 늘어날 가능성이 있다는 비밀도 있기 때문에, 더욱 여성을 접근시키고 싶지 않은 것이리라.

"가드가 너무 견고해……."

엘리제의 단호한 일침에 테레제는 아쉬운 표정을 짓는다. 그 모습을 지켜보던 에보는 안심하는 듯한 얼굴을 했지만.

"(하지만 사람이 지금 이런 일을 겪고 있는데…….)"

블랜타크 씨는 마부석에서 경계에 임하고 있었고, 도사는 아침 목욕과 대량의 식사 덕분에 또 눈을 뜬 채 코를 골며 자고 있었으며, 엘은 발칙하게도 하루카와 즐겁게 잡담을 나누고 있었다.

"(불평할 수는 없지만 뭔가 부당해…….)"

엘은 테레제의 가신들과 번갈아가며 마차의 창문을 통해 주변 경계를 계속했고, 지금은 규정된 휴식 시간에 들어갔기 때문에 전혀 문제가 없었지만.

"남쪽에 있는 마의 숲이요? 한번 가보고 싶네요."

"이번 전쟁이 끝나면 초대할게요. 그곳에는 남국의 과일들이 많거든요."

"저 단 거 무척 좋아해요."

"초콜릿 재료도 구할 수 있고."

"'초콜릿'이라는 과자는 식료품점 아저씨에게 말로만 들었어요."

"조금 줄게요."

"정말요? 감사합니다."

"(어라? 엄청 잘 돼가는 거 아냐? 엘 녀석.)"

테레제와 엘리제 일행과의 대립이 계속되는 가운데 마차는 반 나절 만에 무사히 필립 공작령에 도착했다.

# 제3화 마지못해 출진

미즈호 백작국을 떠난 마차는 무사히 필립 공작령 안으로 들어
간다.

대륙 최북단에 있는 필립 공작령은 현재 한겨울이라 매우 추우
며, 광대한 밭에는 아직까지 눈도 쌓여 있었지만 마차의 통행을
방해할 정도는 아닌 게 다행이라고 할까?

마차는 영주관이 있는 중심도시 피린 근교까지 순조롭게 나아
갔다.

"넓은 밭이군요."

"북방에 있어도 필립 공작령은 대농업 지대니까."

보리, 밀, 호밀, 감자가 주요 재배작물이고 설탕도 사탕무에서
정제하고 있다고 한다.

이모작이리라. 밭에는 한겨울인데도 작물이 심겨 있다.

"하긴 사탕무는 남방의 사탕수수에 비하면 효율이 떨어지거든.
대규모 밭에서 재배하고 있어."

지구만큼 품종 개량이 진행되어 있지는 않은 듯 당분 함유량이
낮아서 대량으로 재배해야 하는 모양이다.

그래도 거리 관계로 수입하는 것보다 싸기 때문에 사탕무에서
의 제당은 필립 공작령의 주요 산업이라고 한다.

"그리고 어업과 목축업 등도 왕성해."

"목축을 하고 있나요?"

"토지는 대량으로 있지만 추우니까."

옛날부터 란족이 부단히 노력해온 덕분에 필립 공작령에는 거의 마물 영역이 존재하지 않는다.

목축은 그렇기 때문에 가능한 행위라고도 할 수 있다.

다른 토지에서는 목축으로 얻은 소, 돼지, 닭고기는 고급품이었다.

토지는 얼마든지 있기 때문에 농업이 왕성하지만 북단에는 겨울이 되면 매우 추워지는 토지가 있어서 그곳에 '모돈(毛豚)'이라는 대형 돼지를 방목하고 있다고 한다.

"멧돼지가 조금 돼지에 가까워진 듯한 가축이야. 사탕무를 짜고 난 찌꺼기를 먹여 키우지."

덩치가 크고 추위에 강하며 번식력도 왕성하고 뭐든지 잘 먹기 때문에 활발히 방목이 이뤄지고 있다고 한다.

필립 공작령에서는 서민들도 '모돈' 고기를 쉽게 먹을 수 있다고 테레제는 설명했다.

베이컨이나 소시지로 가공하여 보존성을 높여, 이것도 수출을 한다고 한다.

"그리고 짐마차용이나 군용 말의 번식도 왕성해."

"군사도 경제도 막강하군요."

"일단 선제후 중에서는 가장 큰 힘을 가졌다고들 하지."

그밖에도 영내에는 광산이 많아 공업 등도 발전해 있는 모양이다.

확실히 차츰 눈에 들어오는 피린은 블라이히부르크에 못지않은 대도시였다.

"경제 규모와 병력만 놓고 보자면 뉘른베르크 공작령보다도 위니까. 차이가 그렇게까지 크지는 않지만."

신하로서 제국을 섬기며 지배층의 혼혈이 진행되고 있긴 하지만 북방의 패자였던 란족의 독립심은 강하다.

지배자인 필립 공작가 당주에게 갈색 피부색을 요구한다는 사실만 봐도 제국 북부는 매우 특수한 지역인 것 같다.

"옆에는 미즈호 백작국도 있으니까."

테레제가 웃으면서 설명하고 있는 동안 마차는 피린의 시내로 들어가 영주관으로 향한다.

성새와 같은 저택에 도착하자 안에서 20대 후반과 20대 중반 정도의 젊은 남자 둘이 튀어 나왔다.

"무사하셨습니까, 나리."

"이제야 안심했습니다."

"악운의 산물이지. 그보다 손님이 있으니까."

젊은 두 남성의 지시로 방으로 안내를 받아 머물고 있는데, 함께 있는 테레제가 슬쩍 알려줬다.

"내 오빠들이야."

"그건 또 복잡하군요."

"그래. 속으로는 무슨 생각을 하고 있을까?"

능력이 부족해 보이지는 않지만 피부색이 하얗다는 이유로 공작위를 잇지 못한 것이다.

여러 가지로 가슴에 품고 있는 감정도 있으리라.

"자, 나는 이제 병사들을 모아야 해. 북방 제후에게 서신을 날려 군대도 모아야 하고. 벤델린과 한동안 만나지 못하게 돼서 아쉽네."

테레제는 아쉬울지 모르지만 우리에게는 더할 나위 없는 시간이다.

이 틈에 배를 타고 필립 공작령에서 달아나기로 하자.

그렇게 해서 우리는 지금 산책으로 위장한 채 피린의 마을을 탐색하고 있다.

"벨, 배를 구하려고? 그렇다면 항구 마을로 가야하지 않을까."

"아니, 먼저 대상인과 교섭을 해야 해."

"바우마이스터 백작님 말씀이 맞아요."

"그건 어째서 그렇죠? 하루카 씨."

"항구 마을에 있는 어선은 대부분 작은 배라 헬무트 왕국령까지 타고 가기가 어려워요. 그런 점에서 대상인이 가진 대형선이라면 항해가 훨씬 수월하겠죠."

"그렇군."

하루카는 우리의 전속 호위를 맡았다. 테레제가 자기 영지로 돌아왔기 때문에 미즈호인의 호위는 필요 없어진 것과 동시에 미즈호 백작국 측의 의도도 있는 것 같다. 반독립국인 미즈호 백작국 입장에서는 바우마이스터 백작가와 그 뒤에 있는 헬무트 왕국에게 줄을 대는 것은 손해가 아니기 때문이다.

따라서 하루카는 우리의 탈출 계획에 협조적이었다.

"거액의 돈을 지불하고 헬무트 왕국령 내로 상륙시켜 주면 된다는 조건으로 교섭하자."

그런데 그 교섭이 좀처럼 잘 되지 않았다. 어느 대상인에게 부탁해도 배를 내어주길 거절하는 것이었다.

"죄송합니다. 지금까지 헬무트 왕국령까지 항해를 해본 뱃사람이 전혀 없어서요……."

"내란에 의해 물자 수송 계획을 세우기가 어려워진 시기라 한 척이라도 대형선을 넘겨드리기가 어렵군요. 필립 공작가에 징발될 가능성도 있고……."

"서부와 동부의 정세가 불안정해 지역 상인들이 물자를 모으려 하고 있습니다. 그 때문에 주문량이 늘어 배에 여유가 없습니다."

대상인들에게 모두 거절을 당해 대형선을 빌려 왕국으로 돌아간다는 계획은 좌절되고 말았다.

"뒤에서 테레제 님이 손을 쓰고 있는 걸까?"

"지금 막 영지로 돌아왔으니까 그건 아니겠지."

역시 그건 이나의 지나친 의심이라고 생각한다.

단순히 정보가 빠른 대상인이 전시 체제로 이행했을 뿐이리라.

"이렇게 되면 항구 마을에서 직접 교섭할 수밖에 없나?"

"그렇군요. 대량의 짐을 옮기는 것도 아니니 현지에서 중형선을 가진 어부와 교섭하는 게 좋을지도 모르겠네요."

"그렇군."

역시 하루카는 미즈호 상급백작에게 우리를 우선적으로 도우라는 지시를 받은 것 같다.

이쪽에게 유익한 조언을 해준다.

"그럼 일찌감치 필립 공작령을 나와 북상할까."

항구 마을로 가려면 피린에서 마차를 타고 더 북상해야 한다.

급히 테레제에게 인사를 하고 서둘러 출발을 해야 한다.

"돌아가는 것이냐?"

"이봐, 도사. 지금 제국은 내란 상태, 결국 전쟁 상태야. 나중에 왕국의 이익을 위해 도움을 준다는 선택을 하더라도 일단 돌아가서 태세를 정비하는 일도 중요해."

우리 중에서 도사만은 남고 싶어 하는 것 같았지만 그런 그를 연장자인 블랜타크 씨가 나무랐다. 테레제에게 동정적인 그도 신혼이라 무모한 짓은 하고 싶지 않은 것이리라."

"으으음…… 어쩔 수가 없구나."

다 같이 그런 얘기를 하고 있는 동안 자연스럽게 피린의 마을 중심부에서 벗어나 버렸다.

그러자 그곳에 커다란 건조물 한 채가 눈에 들어왔다.

"여보, 이곳은 가톨릭교회예요."

"그렇군."

제국의 국교는 프로테스탄트였지만 가톨릭의 영향력도 적지 않다.

마을 변두리에 세워져 있으면서도 매우 호화로운 구조다.

"들렀다 갈까?"

"그러죠. 뭔가 정보를 얻을 수 있을지도 모르니까……."

"앗! 엘리제 님!"

엘리제가 교회 문을 열려고 했더니 먼저 문이 열리며 안에서 수도복 차림의 한 소녀가 모습을 보였다. 게다가 이 소녀는 엘리제를 알고 있었다. 이렇게 먼 북쪽에 있는 필립 공작령에 설마 엘리제를 아는 사람이 있었다니.

"유파 씨?"

"엘리제 님, 오랜만입니다."

엘리제와 아는 사이인 소녀의 이름은 유파인 모양이다.

키는 루이제보다 조금 큰 정도이며 날씬한 체구에 새끼 사슴 같은 이미지가 느껴지는 소녀다. 무릎길이의 수도복과 스니커를 닮은 달리기 편할 듯한 짧은 부츠를 신고 있었다.

짙은 갈색의 쇼트커트 머리에서 한 움큼만이 마치 안테나처럼 삐쭉 서있었다.

"이야~, 제국의 쿠데타로부터 달아난 왕국 귀족을 찾고 있었어요. 이 '질풍의 유파'도 얼마나 고생했는지 몰라요."

"너는 마법사야?"

"바우마이스터 백작님이시죠. 교회 소속의 유파라고 합니다. 특기는 '쾌속' 마법입니다. 그것밖에 못 쓰지만⋯⋯."

"'쾌속'? 하지만 이동계 마법은⋯⋯."

"저는 그 불가사의한 장치에 방해를 받지 않는 능력의 소유자니까요."

유파가 유일하게 쓸 수 있다는 '쾌속'은 성 마법의 일종. 이것으로 몸의 근력을 한계 이상으로 강화하면서 마차보다 빠른 속도로 계속 달린다. 그동안 혹사한 근육의 손상과 회복이 동시에 이뤄지기 때문에 거의 하루 종일 고속으로 달릴 수 있다고 한다.

"하루에 천 킬로도 거뜬해요."

과연. 그래서 우리보다 빨리 필립 공작령에 도착한 셈이군.

어떻게 제국까지 왔는지는 굳이 설명할 필요도 없으리라.

가톨릭은 린가이아 대륙 전체에 교회를 이용한 네트워크를 구축하고 있다.

교회라면 몇 명의 밀정에게 기간트 단열을 넘게 하는 일쯤은 식은 죽 먹기다.

제국 내에서의 이동도 신관이라면 검문을 잘 받지 않는다. 아무리 국교가 아니라지만 제국인의 30%는 가톨릭교도이므로 섣불리 적대해봤자 좋을 것이 없기 때문이다.

"그래도 보통은 신중하게 이동하며 연락을 합니다. 지금은 이런 상황이라 경계도 허술하기 때문에 서둘렀지만요. 교회에서 들은 소식으로는 제도에 계신 친선방문단 분들은 절망적이라고 했지만, 필립 공작님만은 달아나셨을 가능성이 높다고 들었고, 그렇다면 누군가 함께 달아나지 않았을까 하여 앞질러 온 것입니다."

그곳에 우리가 모습을 드러낸 셈이다.

"바우마이스터 백작님 일행과 도사님, 블랜타크 님이십니까? 폐하의 예상이 맞을 거라고 호엔하임 추기경께서 말씀하셨습니다."

아무래도 이 유파라는 소녀는 폐하의 명으로 호엔하임 추기경이 파견한 모양이다.

"해서 폐하는 뭐라고 하셨지?"

폐하의 벗인 도사는 몸을 내밀며 유다에게 질문했다.

"밀서는 빼앗길 가능성이 있기 때문에 구두로 전하겠습니다. '가

능한 한, 헬무트 왕국의 이익이 되도록 행동할 것'입니다."

"그 말은 결국……."

"한 마디 더 있습니다, 바우마이스터 백작님. '영지 개발은 순조로우니 1년이나 2년쯤 머무는 것은 문제없다.

그보다도 이 격변하는 제국의 정세 속에서 활약을 해주기 바란다' 이상입니다. ……아, 저는 바우마이스터 백작님 일행이 무사하단 소식을 알려드려야하기 때문에 지금 바로 왕국으로 돌아가겠습니다. 그럼 실례합니다!"

"이봐아아아아아아!"

좀 더 자세한 사정을 물어보려고 했는데 유파는 마치 급행 열차처럼 달려가 버렸다.

"빠르네……."

빠르게 달리는 마법에 특화되어 있다고 하지만 그 속도는 루이제도 감탄할 만했다.

"바우마이스터 백작, 이제는 어쩔 수 없다."

솔직히 도사는 폐하를 위해 일할 수 있으니까 엄청 기쁘면서…….

그렇다고 폐하의 명령을 거역할 수도 없는 노릇이라 우리는 어떤 성과를 올리기 위해 제국 내란에 참여하는 신세가 되어버렸다.

"오오! 나를 위해 협력해 주는 거야?"

"정확히 말하자면 어른 세계의 어쩔 수 없는 사정 때문입니다."

"어쨌든 결과적으로는 나를 위해서잖아. 이러니저러니 하면서도 벤델린은 역시 다정해."

"왕국 귀족이 공적인 입장으로 제국 내란에 참여하는 것은 여러 가지로 문제가 있다고 생각합니다. 백부님도 벤델린 님도 용병 대우를 해주실 수 있을까요?"

"그건 상관없지만 엘리제 님. 지금은 나를 도와주는 벤델린의 손을 잡고 기쁨을 표시할 상황 아닐까?"

내 손을 잡으려고 다가온 테레제를 엘리제가 앞으로 나서며 제지한다.

"테레제 님, 이건 강요하고 있는 상황 같은데요……."

어쩔 수 없이 제국의 내란에 참여하게 되었다.

가능한 한 왕국의 이익을 위해서라니……샐러리맨 출신인 내게 그런 임기응변은 쉬운 일이 아니다.

그래도 폐하의 명령이므로 어쩔 수가 없다.

물러날 때를 잘 파악해 철수하는 것도 염두에 넣어두자. 도사는 무척이나 기쁜 것 같다.

테레제를 도울 수 있기 때문일까?

그 암스트롱가의 피를 물려받은 자로서 싸움에 고양되어 있는 걸까?

블랜타크 씨는 부인 곁으로 빨리 돌아갈 수 없어서 실망하고 있었다.

테레제에게 동정심을 느끼긴 하지만 그것과 이건 별개라고 결론을 내렸으리라.

"첫 번째 목표는 '소비트 대황무지'인가요? 마차로 지나왔었죠?"

'소비트 대황무지'는 그 이름대로 광대한 황무지이다.

제국 직할지이지만 북방 영역과의 경계에 자리하여 물은 우물을 파지 않으면 확보할 수 없고, 옛 광산이나 광상이 곳곳에 폐광으로 남아 있어서 성가시기 때문에 개발이 뒤로 미뤄진 곳이었다.

"이곳에 거점을 구축하고 뉘른베르크 공작의 북상을 막는 거지. 이야~, 테레제에게 선발대 대장으로 임명받기는 했지만 바우마이스터 백작님이 있어서 다행이군."

선발대를 이끄는 테레제의 사촌 오빠 알폰스는 우리의 참여를 진심으로 기뻐했다.

테레제는 아직 모이지 않은 북방 제후들과 본진을 편성한 뒤에 출발하게 되었다.

먼저 대규모의 선발대가 출발하고 거기에 우리도 참여하고 있다.

뒤에서 내란을 지켜본다는 나의 허술한 계획은 일찌감치 좌절됐다.

"테레제도 후방의 안전을 확보해 두지 않으면 병사들을 이끌고 전선으로 나올 수 없으니까."

알폰스는 테레제와 소꿉친구처럼 자랐으며 한때는 그녀의 약혼자 후보에 오르기도 했다고 한다.

불쑥 허물없는 말투로 말을 걸어왔지만 왠지 미워할 수 없는 신기한 매력을 가진 인물이다.

피부색은 검었으며 그것도 그가 대장으로 임명된 이유일 것이다.

"그건 북방 제후나 어쩌면 일족 중에도 배신할 사람이 나올 위험이 있다는 뜻?"

특히 수상한 건 테레제의 두 오빠인가? 왠지 뉘른베르크 공작과 손잡고 테레제의 제거를 꾀하고 있을 것 같다.

"내 사촌 형님들도 그렇게까지 바보는 아니야. 그런 짓을 봤자 분명 아무도 따라오지 않을 테니까. 란족에게는 피부색이 중요하거든. 북방 제후도 대부분 군사를 보내겠지만 가장 큰 문제는 보급이겠지……."

아무리 강한 군사라고 해도 먹지 않으면 굶어 죽는 것이다.

선발진은 5천 명 정도지만 보급은 대부분 마법사에게 의존하고 있다.

우리도 상당한 물자를 배정받았다.

화급히 소비트 대황무지에 거점을 만들 필요가 있는 셈이다.

속도를 높이기 위해 말도 많이 배치됐지만 말은 많은 물과 여물이 없으면 죽고 마니까 이것도 보급에 큰 부담이 된다.

현재의 제국은 이동과 통신 마법을 방해하는 그 장치 때문에 커다란 혼란에 빠져 있다.

전쟁의 장기화는 경제에 큰 타격을 주리라는 걸 알고 있지만 테레제도 멸망하지 않기 위해서는 신중하게 지구전을 벌일 수밖에 없다. 조바심에 단기 결전을 시도했다가는 뉘른베르크 공작을 유리하게 만들 뿐이다.

왕국 측도 북부 지역이 그 장치의 영향 하에 있을 가능성이 높기 때문에 이래서는 내란을 틈타 출병하려 해도 보급이 어렵다. 기간트 단열이 있기 때문에 마도비행선이 없으면 대군에 보급을 할 수 없기 때문이다.

왕궁에서 일부 강경파 군인들이 출병론을 주장하고 있겠지만 폐하는 허락하지 않을 것이다.

기간트의 단열을 사이에 두고 떨어져 있는 땅보다는 왕국 영내의 미개척지를 개발하는 편이 수익도 좋기 때문이다. 그렇지 않다면 2백 년 넘게 정전이 이어질 리가 없다. 우리에게 내린 명령은 '뭔가 조금이라도 왕국이 이익을 얻을 수 있다면'이라는 생각에서 나온 것이리라. 아니, 그렇게 생각하고 싶다. 내게 그 이상의 정치적인 움직임은 불가능하니까.

"하지만 의외였는걸. 바우마이스터 백작님이 말에 익숙하지 않다니."

"지금까지는 마법으로 날아다니면 됐기 때문에……."

'비상'을 쓸 수 없다는 게 이토록 불편할 줄 몰랐다.

이 세계에서도 귀족은 말을 타는 존재인 모양이다. 대부분의 귀족은 자식에게 승마를 가르쳤다.

바우마이스터 기사작가는 쿠르트와 헤르만 형뿐이었지만.

말은 농사일에도 쓰이는 귀중한 존재라 영지를 떠날 예정인 3남 이하에게는 접촉시키지 않았던 것이다.

덕분에 에리히 형을 비롯하여 모두들 왕도에서 승마를 배우는 신세가 됐다.

그리고 나도 바우마이스터 백작이 된 뒤에 조금 배웠지만 그리 잘 타지는 못한다.

그럭저럭 말을 타고는 있지만 물론 혼자가 아니라 엘리제와 함께 타는 실정이다.

"그렇다 해도 말이 무척 크군요."

"북방 특산의 '도산코 말'이야. 속도는 별로 안 빠르지만 파워와 지구력은 뛰어나지. 덩치는 크지만 여물이 신통치 않아도 잘 견디고."

"크니까 떨어지면 큰일인데 안정적이긴 한가?"

"부인은 말을 잘 다루네."

"말이 워낙 얌전하니까요. 많이 배우지 않은 저라도 문제가 없습니다."

겸손하게 그렇게 말했지만 사실 엘리제는 말을 매우 잘 탔다.

교회의 봉사 활동으로 왕도 근처까지 나간 적도 있기 때문에 필요해서 배웠다고 한다.

그런 이유로 익힐 수 있다니 역시 엘리제는 완벽한 초인인 것이다.

"마침 좋은 기회니까 엘리제에게 승마를 배우도록 해요."

"그래. 상급백작에게 승마는 필수니까."

일반적으로 이동 마법이나 마도 비행선은 그리 쉽게 쓸 수 있는 게 아니라서 평소에 이동할 때는 말을 이용하는 게 제일 편리하다. 다만 말은 유지와 조련에 돈이 든다.

특히 군마가 될 만한 말은 그 비용이 껑충 뛰어서 좋은 말을 탈 수 있다는 것이 상급귀족이란 증표이기도 했다.

그 자타가 공인하는 운동신경이 마이너스인 블라이히뢰더 변경백작조차도 충분히 훈련을 받아 잘 타는 것이다.

"남자 입장에선 엘리제에게 착 들러붙어 말을 타고 있으면 황홀하겠네."

말할 것도 없이 주로 엉덩이의 감촉이 말이다.

"기분은 알겠지만 바우마이스터 백작님이 승마를 배워 부인을 뒤에 태우면 더 근사할 거야."

과연, 확실히 알폰스의 말이 맞다. 나라와 민족은 다르지만 그는 남자의 로망을 이해하는 멋진 인물이었다.

"알폰스 님, 아니 알폰스. 너는 정말 멋진 남자로군."

"바우마이스터 백작님, 아니, 벤델린. 너도 그걸 이해하는 남자였냐."

알폰스와 나는 말 위에서 뜨겁게 악수를 나눈다. 그야말로 일생을 함께할 벗을 얻은 기분이었다.

"당신은 그런 것도 기쁜가요? 우리는 부부인데……."

엘리제가 부끄러운 듯이 내게 물어왔다.

이미 서로의 알몸을 다 본 부부 사이인데 옷 위에서 느껴지는 엉덩이나 가슴의 감촉이 뭐가 그리 좋을까 하는 생각이리라.

"엘리제, 그건 그거고 이건 이거야."

엘리제는 그래도 이해할 수 없는 듯 고개를 갸웃거렸지만 그 모습도 무척 귀여웠다.

"실은 내 아내들도 전혀 이해를 못 하니까."

알폰스는 테레제의 사촌오빠이자 분가의 당주이므로 이미 부인이 세 명이나 있다고 한다.

선발대 대장에 임명될 정도이므로 신분이 높은 것은 당연하다고 할 수 있다.

"지난 휴일에 나는 꿈을 이뤘지."

"꿈이라고?"

"그래. '꿈의 3인 알몸 앞치마 작전'을 말이야……."

높은 신분인 분가의 아내인데도 그녀들에게 알몸에 앞치마만 걸친 채 요리를 하게 했고, 그 모습을 뒤에서 히죽거리며 쳐다봤다고 한다.

무서울 정도로 속물적인 짓이었지만 동시에 나는 소중한 것을 잊고 있었다는 사실을 깨달았다.

"맙소사! 나는 아직 하지 않았어!"

"부인이 다섯씩이나 되니 훨씬 절경일 텐데. 아깝네, 벤델린."

"확실히 그렇군! 다음에 꼭 해봐야지."

"강력히 추천할게."

알폰스도 권유를 해줬기 때문에 나는 꼭 하겠노라 다짐을 했다.

"그래야 진정한 내 마음의 벗이지!"

"여보, 알몸으로 앞치마를 입으면 뭔가 좋은 일이라도 있나요?"

엘리제가 잘 이해가 안 된다는 표정으로 내게 물어온다.

그녀는 기본적인 남녀의 일은 배워서 알고 있지만 블라이히뢰더 변경백작에게 이상한 책을 빌려 이론을 익힌 이나와 비교하면 그런 쪽의 지식은 전무했다.

"아이를 쑥쑥 잘 낳을 수 있어."

"몰랐어요. 그런 방법으로 아이를 낳기가 쉬워진다니."

딱히 나는 거짓말을 하지 않았다.

진지한 엘리제는 그렇다면 협조해야겠다며 결심한 모양이다.

"벨, 너는 말이지……."

이나는 뭐라고 말을 하려고 했지만 지금은 승마를 배우는 일에 전념하느라 그럴 여유가 없는 것 같다. 어쨌든 우리 파티에는 상급백작 출신자가 없기 때문에 승마를 할 수 있는 멤버도 적다. 엘리제와 에드거 군무경의 원조로 승마를 배운 빌마 그리고 의외로 카타리나도 말을 잘 탔다.

그녀의 경우는 귀족이라면 당연히 말을 탈 줄 알아야 한다고 생각해 남몰래 연습한 모양이지만.

승마 연습도 혼자 외톨이로. 그녀는 사실 나보다 더한 외톨이의 달인일지도 모른다.

"벤델린 씨, 지금 뭔가 무례한 생각을 하고 있지 않나요?"

"그렇지 않아. 그저 말을 타는 카타리나의 화려한 자태에 넋을 잃고 봤을 뿐이야."

"최소한의 소양이니까요……. 부끄럽잖아요, 벤델린 씨."

아무래도 잘 얼버무린 것 같다.

카타리나는 나의 공치사에 얼굴을 붉게 물들였다.

실제로 말을 타는 모습이 매우 잘 어울리므로 문제는 없으리라.

"빌마, 이나는 어때?"

"운동신경이 좋으니까 금방 배울 거야."

틀림없이 승마를 배우는 시간은 내가 제일 오래 걸릴 것이다.

내 운동신경은 아무리 좋게 평가해도 보통이었다.

"오오! 카타리나의 가슴이 등에 닿아! 벨, 나랑 바꾸면 완전 천국이야!"

"루이제 씨! 부끄럽잖아요!"

루이제에게 승마를 가르치고 있는 카타리나는 그녀의 아저씨 같은 말에 얼굴을 붉게 물들이며 투덜거렸다.

"벤델린의 부인 중에도 남자의 로망을 이해하는 사람이 있었구나."

"알폰스 씨는 쓸데없는 소리 하지 마세요!"

카타리나는 루이제를 동지로 인정한 알폰소에게도 한 마디 쏘아붙였다.

"나참…… 걱정되는 대장님이네요."

카타리나는 그렇게 말하지만 나는 알폰스의 대장 자격에 전혀 의문을 품고 있지 않다.

항상 바보 같은 말을 하고 있지만 선발대는 단합이 잘 되고 있다.

'알폰스는 평소에는 바보 같은 말만 하지만 어째선지 모두가 잘 단합이 돼.'

묘한 카리스마가 있어서 부하들이 기꺼이 움직인다.

실제로 선발대는 지금 그런 상태였다.

그렇기 때문에 테레제도 그를 선발대 대장으로 임명한 것이리라.

"하지만 저쪽은 보기가 고통스러운데……."

알폰소의 시선은 한 마리의 도산코 말에 탄 블랜타크 씨와 도사에게로 향했다.

"확실히⋯⋯. 썰렁하네⋯⋯."

앞에서 블랜타크 씨가 고삐를 쥐고 그 뒤에 도사가 타고 있지만 보고 있어도 아무런 감흥이 없다.

어째서 이런 조합이 이뤄졌느냐 하면 블랜타크 씨는 일단 나이가 있어 말은 탈 수 있지만 군마는 익숙지 않고, 도사는 덩치가 너무 커서 평범한 말은 짓눌러 버릴 테니까 지금까지 승마 훈련을 못 했기 때문이다.

"도산코 말도 도사를 태우긴 고통스럽지 않을까."

실질적으로 세 명 무게이므로 두 사람이 타는 말의 속도는 조금 늦은 편이다.

"이 녀석들, 잘도 지껄이는구나."

"블랜타크 님의 등에는 암스트롱 도사님의 그저 단단한 가슴팍이. 제게는 무리입니다. 있을 수 없습니다. 교대를 강력히 요구할 겁니다."

"소문 대로군, 알폰소 님."

알폰소의 말이 지당하다.

백 퍼센트 근육질인 도사의 가슴팍의 감촉 따위 특수한 취향이 아니면 전혀 기쁘지 않으니까.

"이 사람도 참고 있는 것이다."

"어쭈, 말 다 했나? 도사."

게다가 은근히 도사도 심한 말을 한다.

본인이 말을 못 타 블랜타크 씨의 말을 얻어 타고 있으면서.

"하지만 도사님이 말을 못 타는 건 조금 의외였습니다."

암스트롱 백작가는 군인 가문이므로 평소에 승마 훈련 정도는 할 줄 알았기 때문이다.

"암스트롱 백작가 사람은 대대로 체격이 크다! 체구가 큰 말을 독자적으로 육성, 조교하고 있지만……."

본가에 있을 때는 훈련을 할 수 있었지만 집을 떠나면 큰 말을 구해 유지하기가 어려웠다고 한다. 게다가 도사는 마법사이므로 이런 상황이 아니면 무리하게 말을 탈 필요가 없다.

탈 수 없다기보다 오랜만이므로 무리를 하지 않을 뿐이라는 표현이 정확할지도 모르겠다.

지구식으로 표현하자면 장롱 면허 같은 느낌이리라.

"이 말이라면 나중에 구입해도 좋을 것 같군."

도사는 자신이 평범하게 탈 수 있는 말을 발견하여 기쁜 모양이다.

"도산코 말은 수출 금지 품목인데요. 체격이 크므로 열이 갇혀서 더운 곳을 싫어하고."

"으으으음. 아쉽군."

왕국에서는 도산코 말을 쓸 수 없다는 걸 알고 도사는 무척 아쉬운 모양이다.

"우리도 가난한 귀족이었으니까……."

"너무 무리해서 고삐를 당기지 마세요."

"말에게 맡기는 느낌으로?"

"그래요."

나와 마찬가지로 엘도 가난한 귀족의 5남이지만 승마는 트리스탄 일행에게 배워 제법 잘 타겠지만……지금은 승마 실력이 부족한 게 좋은 셈인가.

하루카와 함께 말을 탈 수 있으니까….

하루카도 본가의 조건은 엘이나 나와 비슷하지만 그녀는 발도대에 발탁됐으므로 정식으로 훈련을 받았다.

그래서 엘은 그녀와 같은 말을 타며 훈련을 받고 있는 것이다.

"잘 타시네요."

"아니, 아직 일말의 불안감이……."

"그건 곧 익숙해질 거예요."

성실한 하루카는 엘에게 꼼꼼하게 승마를 가르쳐 줬고, 그도 성실하게 그녀의 지도를 받았다.

하지만 나는 알고 있다.

도사도 블랜타크 씨도 알폰스도 마찬가지로, 그것은 지도를 너무 열심히 하는 나머지 뒤에서 엘의 등에 몸을 밀어붙이고 있는 하루카에게 엘이 마음속으로 환희를 느끼고 있다는 것을.

"(주로 가슴이군…….)"

"(그렇겠지.)"

"(달리 또 있나? 백작)"

남자들끼리 하는 생각은 그리 다르지 않아서 우리는 동시에 작은 목소리로 비슷한 말을 속삭였다.

"이런, 이런. 저쪽도 열심이군."

필립 공작가 제후군의 선발대가 소비트 대황무지에 도착한 지 사흘 뒤. 나는 남쪽에서 토목 공사를 하면서 멀리 뉘른베르크 공작가군의 정찰대를 발견했다.

마침내 적군이 나타난 셈이지만 우리는 토목 공사 때문에 바쁘다.

바우마이스터 백작령에서도 토목 공사를 했고, 지금도 테레제가 이끄는 본군을 맞이할 수 있는 야전지를 구축하느라 바쁘다.

나는 왕국에서도 제국에서도 토목 공사만 하는 팔자구나. 물론 전쟁보다는 낫지만.

"바우마이스터 백작, 적병은 우리가 처치할 테니까 안심하고 공사를 계속해도 돼."

"어차피 걱정 안했는데요."

지난 사흘 동안 매일 토목 공사를 하느라 바빴지만 작업 자체는 순조롭다.

다만 야전 진지 따위를 만들어봤자 경제에는 아무런 기여를 하지 않으니까…….

전쟁이란 정말로 헛된 일이 많다. 내란 때문에 북부와 남부 사람들의 이동이 금지되어 이 야전 진지는 검문소도 겸하고 있었다.

제국 내의 유통이 남부로 분단되어 있는 상태지만 딱히 내 탓이 아니므로 어쩔 수 없다.

그리고 그런 공사의 모습을 정기적으로 적의 정찰대가 살피러 오지만, 그들도 금방 제거되고 만다. 왜냐하면…….

"우리 미즈호 백작이 자랑하는 발도대가 있으니까."

가끔씩 소비트 대황무지를 엿보러 오는 적 정찰 부대를 향해 미즈호 백작국의 정예 발도대 여러 명이 달려들었다.

적병은 검이나 방패로 그것을 막으려고 하지만 발도대가 갖고 있는 마도에 의해 몸통 째로 베이고 말았다.

그 뒤로는 절단된 몇 구의 사체만 남겨질 뿐이다. 그들을 베어 죽인 발도대 대원들은 그 시체와 말을 회수하여 돌아온다.

"몇 번째였지?"

"다섯 번째입니다, 나리."

"끈질기군. 올 때마다 처치하는 걸 잊지 말도록."

"알겠습니다."

발도대 대원들은 미즈호 상급백작에게 보고하더니, 말과 시체를 놔두고 다시 숨어서 적을 기다린다.

뉘른베르크 공작가군의 정찰대는 기척을 감춘 적이 갑자기 나타나 휘두르는 마도를 강철 검이나 방패 따위로는 막을 수가 없어서 속수무책으로 베이고 말았다.

이 마도는 연비나 정비성 등에 결점이 있는 모양이지만, 그 엄청난 위력은 과거 역사로부터 살펴봐도 명확하다.

그들 자신도 엄중한 선발과 훈련을 뛰어넘은 엘리트로, 나는 어째서 제국 병사들이 미즈호 백작국의 병사들을 두려워하는지 실감했다.

"원군 덕에 아군의 숫자는 늘었지만 언제 적의 선발대가 모습을 보이느냐로군. 녀석들도 이 땅을 확보하고 싶겠지."

우리의 분투도 있고, 마치 스노마타 성을 하룻밤에 쌓았다는 전설처럼 야전 진지는 순조롭게 구축되고 있다.

방어 전력도 테레제가 보낸 추가 병력에 미즈호 상급백작도 스스로 1만의 군사를 이끌고 도착했기 때문에 증강.

북부 제후도 일부를 제외하면 이쪽으로 붙겠다고 명언했으며 이미 제후군을 보낸 귀족도 있었다.

동부나 서부의 제후도 북부 쪽에 영지가 있는 귀족의 대부분이 이쪽 편이다.

"뭐, 귀족은 개나 마찬가지니까. 먹이와 구역이 필요하지."

나, 블랜타크 씨, 카타리나가 야전 진지 건설을 하고 있으려니 시찰하러 온 알폰스가 과격한 발언을 한다.

"알폰스 씨, 개는 좀 심한 것 같은데요……."

"표현은 좀 그렇지만 솔직히 그렇잖아. 카타리나 님."

귀족이라는 것에 집착하는 카타리나 입장에서는 받아들일 수 없겠지만 확실히 맞는 말이다.

"뉘른베르크 공작이 반란을 일으켜 제국 남부와 중앙은 거의 전부 함락됐어. 뭐, 자기 혼자만 반항 해봤자 우르르 몰려들어 망해버릴 테니까. 새로운 보스에게 꼬리를 흔든 셈이지. 북부 지역이나 그와 인접한 곳에 영지를 가진 귀족들은 거의 테레제에게 붙었어. 역시 거역해봤자 우르르 몰려들어 망할 테니까. 서로 자신의 구역이 확보된 상황에서, 이 소비트 황무지 부근에서 첫 번째 전투가 벌어질 가능성이 높겠지."

그것에 대비하기 위해 우리가 방어력을 갖춘 야전 진지의 구축에 힘을 쏟고 있는 것이다.

우리가 비록 용병 대우를 받고 있지만 싸우지 않고 끝나는 게 좋을까.

내가 전망하기에 이번 내란은 역시 뉘른베르크 공작이 유리하다.

사전에 준비를 진행해 제국군의 상당 부분을 끌어들였으며 제압된 남부와 중앙에서는 란족이나 미즈호인의 자산을 몰수하거나 수용소에 가두고 있으니까.

새 황제 즉위 직후였던 탓도 있어서 제도에 있다가 인질이 된 귀족도 많다.

특히 심한 것은 선제후 가문일 것이다. 거취를 알 수 없는 집도 있지만 당주를 인질로 잡혀 거의 뉘른베르크 공작에게 붙어 있다.

"당주를 외면하고 이쪽에 붙을 수는 없으니까요."

"그렇겠지."

그걸 어떻게 알 수 있느냐 하면, 마찬가지로 공사 현황을 보러 온 미즈호 상급백작 뒤에 서 있는, 검은 옷으로 온몸을 감싼 남성 덕분이다. 두건 때문에 얼굴은 보이지 않지만, 나이는 30세쯤 됐으리라. 외모는 시대극에 자주 나오는 닌자 그 자체다.

"통신과 이동이 방해를 받아 정보의 전달 속도가 현격히 떨어져서 곤란을 겪고 있습니다."

"그건 저쪽도 마찬가지지만……. 어쨌든 귀찮아졌군."

뉘른베르크 공작은 그것을 활용해 당주와 연락이 되지 않아 혼란을 겪고 있는 중앙과 다른 선제후가를 함락시켰다.

그중에는 당주 부재로 혼란을 겪는 것만으로도 움직이지 못하는 가문도 있었지만, 그것은 실질적으로 반란군을 유리하게 만들었다.

한조 씨로부터의 보고를 듣고 알폰스는 한숨을 쉬었다.

"한조 씨는 어떻게 제도의 정보를?"

"물론 말과 이 다리로. 우리 '쿠사'의 인간들은 이런 사태도 예상하여 평소부터 대비해 두고 있으니까요."

파발마와 달리기로 적지에서의 정보를 모으고 있는 모양이다.

피차일반이지만 이렇게 되면 뭘 하는 데도 시간이 걸려서 곤란하다.

"바우마이스터 백작님은 '순간이동'과 '비상'이 봉인되어 있으니까요."

달아나려 해도 수단을 찾아야 하기 때문에 곤란하다.

"그 대신 다른 마법으로 압도하고 있지. 불과 사흘 만에 야전 방어진지의 기초 공사가 끝났으니까."

알폰스는 방비를 굳힐 수 있는 야전 진지의 구축이 순조로워 기쁜 모양이다.

말은 하지 않지만 내란은 이로서 교착 상태에 빠질지도 모른다.

필립 공작가와 미즈호 백작국과의 관계에 의해 우리는 양 세력의 균형 상태를 확인했다.

헬무트 왕국은 테레제 쪽을 지원하면서 위험한 뉘른베르크 공작의 세력이 뻗쳐오는 걸 막으면 된다.

그것에 의해 북방과는 교역도 왕성해질 것이다. 가장 핵심인 그 장치 말이지만, 그게 작동하고 있으면 뉘른베르크 공작도 곤란하기는 마찬가지다 교섭을 통해 장치를 정지시키는 방법도 있다. 그런 건 왕국의 외무경 같은 높은 분이 할 일이지만.

양 세력이 교착 상태에 빠지면 우리는 바우마이스터 백작령으로 돌아갈 수 있을 것이다.

"영지가 걱정이네……."

"그런 말을 들으니 괴롭군. 그래서 폐광산을 뒤지도록 허가를 내줬잖아."

분명히 말해서 우리는 용병이 됐지만 보수를 받으리란 기대는 하지 않는다.

전쟁이 일어났기 때문에 앞으로 필립 공작가의 재정 상태는 점점 악화되어 갈 테니까.

손절하고 중간에 달아날 가능성도 있기 때문에 조금이라도 손해를 줄이기 위해 알폰스에게 소비트 대황무지 주변의 폐광산을 뒤지도록 허가를 받았다.

쓸모 있는 광물을 '추출'로 회수하는 것이다. 가는 김에 야전 진지에서 필요한 석재도 함께 가져오므로 알폰스도 바로 허가를 내주었다. 폐광이 된 수준이므로 함유량은 미세했지만 이걸 모으면서 다른 마법들도 매일 한계까지 사용하여 마나의 양도 높인다.

제국의 내란과는 상관없이 나는 매일 마법을 연마하는 노력을 게을리 하지 않는다.

"우와앗! 루이제 아가씨도 강해진 것 같은데."

"삼대일로 우리를 압도하는 도사님이 더 대단한데요……."

"도사님은 너무 세……."

그렇게 이쪽이 열심히 빠져나갈 궁리를 하고 있는 와중에 도사는 즐겁게 마나가 늘어난 루이제와 이나, 빌마 세 사람을 동시에 상대하며 실전 형식의 훈련을 계속하고 있다.

루이제의 주먹도, 이나의 창도, 빌마의 도끼도.

맞기는 하는 것 같은데 전부 도사의 굳건한 '마법장벽'에 의해 튕겨 나왔다.

"너무 공격을 받으면 '마법장벽'이 허물어질 것 같군."

"손이 얼얼한데요……."

"연습용이지만 창이 날이 빠졌어."

"내 도끼도 그래……."

특수한 사정에 의해 내 아내들 모두 마나가 늘어나 더 강해졌는데도 도사는 그녀들을 여유롭게 상대하는 실력을 자랑하고 있었다.

"바우마이스터 백작, 이제 곧 싸움이 시작된다!"

"그렇습니까?"

우리 중에서 유일하게 도사만이 곧바로 시작될 싸움의 고양감에 취해 있었다.

그가 정말로 싸움 광이라서가 아니라…… 아니, 도사는 혹시 진짜 싸움 광인가.

단순히 싸움만 좋아하는 무뇌아라면 좋겠지만 그 뒤에 폐하의 벗으로서 왕국의 이익을 위해 노력한다는 마음이 있어서 더 문제다. 일정한 성과를 올리지 않으면 결코 제국으로부터 물러난다는 제안을 받아들이지 않을 것이다.

"역시 헬무트 왕국의 최종 병기라고 불리는 남자로군."

미즈호 상급백작과 알폰스는 도사의 전투력을 극찬했지만 마음속에 자리한 감정에는 크게 차이가 있었다.

미즈호 상급백작은 원래 영지가 반독립국이므로 최악의 경우 왕국과 손잡고 자국의 안전을 확보하면 된다고 생각하고 있었다.

왕국도 멀리 떨어진 미즈호 백작국의 영토에 대한 야심은 없다. 오로지 뉘른베르크 공작의 확장을 막기 위해 매우 좋은 조건으로 동맹을 맺을 것이다. 그걸 아는 알폰스 입장에서는 결코 유쾌한 얘기가 아닌 것이다.

"조만간 확실히 첫 싸움이 벌어지겠지만 도사님의 활약을 크게 기대하고 있겠습니다."

"맡겨주게! 알폰스 님."

도사는 머리를 쓰는 일이 귀찮을 뿐 딱히 바보는 아니다.

이번 내란에서 필립 공작가를 돕는 일이 왕국에게 최선임을 알고 있는 것이다.

현 상태에서는 세력이 큰 반란군에게 타격을 주어 적어도 양 파벌의 힘이 팽팽해지도록 만들고 싶은 것이다.

사상적으로 위험한 뉘른베르크 공작과 왕국이 손을 잡는 일은 있을 수 없으므로, 필립 공작과 손을 잡고 남북에서 압박하고 싶은 것이리라.

당연히 알폰스와 도사 모두 그것을 이해하고 있기 때문에 우리가 이탈할 타이밍을 잡기가 어렵다.

이렇게 되면 폐하와 도사가 친구 사이라는 사실이 발목을 잡는군.

"카타리나 아가씨, 이 석재를 마법으로 조금 더 깎아줘."

"어렵네요……."

"백작님은 예쁘게 잘 하는데."

"먼저 하셨던 만큼 마법의 정확도에서 벤델린 씨를 이기려면 시일이 조금 더 필요합니다."

"이길 마음은 있나?"

"네, 물론."

"그거 훌륭하군."

블랜타크 씨와 카타리나는 이번 참전의 목적을 마법 훈련을 위해서라고 결론 내린 것 같다. 군소리 없이 토목 공사에 열심히 참여하고 있다.

"자, 오늘은 슬슬 끝낼까."

저녁이 됐기 때문에 공사를 매듭짓고 우리는 우리 집으로 돌아왔다.

직접 자른 석재로 만든 집은 급조이긴 해도 잘 지어졌으며 또한 내부도 카타리나가 마법 훈련 삼아서 마무리했다. 실내에는 갖고 있던 마도구를 늘어놨기 때문에 쾌적한 생활을 보낼 수 있게 됐다.

요리도 엘리제 일행이 교대로 만들어주기 때문에 문제가 없다.

"엘리제 님, 제 것도 부탁드립니다."

어째선지 알폰스도 테이블에 앉아 우리의 밥을 기다리고 있었지만.

"나의 벗이여. 어째서 우리 집에?"

"별 이유 없어. 질렸으니까."

"질렸다?"

"날마다 메뉴가 똑같거든."

필립 공작가에는 가훈으로 전시에는 모두 같은 식사를 한다는 규칙이 존재하는 모양이다.

우리는 용병이라 식재료부터 조미료, 요리사까지 스스로 해결하니 문제가 없지만 알폰스는 그렇지가 않다.

"호밀 빵, 찐 감자, 자우어 크라우트, 베이컨이나 소시지가 들어간 채소 수프. 그리고 비번일 때 아쿠아비트 한잔. 역시 사흘이나 계속 먹으면 당연히 질리겠지."

"미즈호 백작국은?"

"그쪽은 특수하니까."

갓 지은 밥에 절임, 매실장아찌, 된장국에 물고기와 고기도 예사롭게 내고 있다.

누가 봐도 일식이지만 마도구 제조 기술이 뛰어난 미즈호 백작국이므로 식자재 수송에는 어려움이 없는 것 같다.

"가면 색다른 음식을 먹을 수 있지. 맛도 좋고."

"그쪽도 엄청 먹고 싶지만 내가 미즈호 백작국의 진지에 가면 공식 방문 같은 대접을 받아서 불편하니까."

그래서 우리 집에 온 셈이군.

그렇다 해도 미즈호 백작국의 진중식이라……. 한 번 먹으러 가봐야겠군.

"그래서 여기서 밥을 먹기로 한 거야."

알폰스는 시치미 떼는 얼굴로 도사와 블랜타크 씨 사이에 앉아 엘리제가 만든 스튜를 먹기 시작한다.

"내 친구의 부인들은 요리를 잘하네."

"모험자도 겸하고 있으니까 요리를 못하면 힘들어."

"과연. 그래서 우리 주군을 피하고 있는 거로군."

그게 유일한 원인은 아니다. 다른 나라의 공작님을 아내로 삼 아봤자 귀찮기만 하기 때문이다.

"알폰스가 맞아들이면 어때?"

사촌이며 역량도 있기 때문에 그 자격은 충분할 것이다. 둘이 함 께 필립 공작령을 통치한다면 완벽한 체제를 만들 수 있으리라.

"테레제와 나는 어릴 때부터 소꿉친구처럼 자랐어. 그런 관계 가 아니야."

"귀족의 결혼이니까 그래도 상관없지 않을까."

"아니……. 지금 같은 상황이라면 전후의 부담도 크고……."

내전에 승리하면 테레제가 차기 황제가 될 테고 그때는 반란 때 문에 궁정 안도 엉망일 테니 자신도 황궁에 나가야 할 거라는 게 알폰스의 예상이었다.

"성가시지만 새 정권이 또 쓰러지는 것도 그러니까. 테레제가 황위를 물려받고 그녀의 조카가 새 필립 공작이 되면, 이쪽의 후

견인 노릇도 해야 하거든. 아버지들이 있지만 피부색 때문에 나도 돕지 않으면 필립 공작령의 정치도 돌아가지 않을 거야."

"힘들겠군. 나의 벗이여."

"이렇게 되면 하녀의 치마를 짧게 줄여 즐길 수밖에 없을까? 그나저나 엘빈이 안 보이는군."

"아아, 엘빈이라면⋯⋯."

실은 하루카에게 검술을 배우고 있었다.

엘은 칼을 좋아하고 돈도 있기 때문에 모처럼 미즈호도를 '컬렉션'으로 모으려고 하루카에게 의논을 했는데⋯⋯.

"도와 검은 전혀 다른 것입니다. 쓰지 않는 도는 불쌍하지 않나요."

제국에서는 미술품 취급하며 모으는 사람도 있다니까 딱히 적당한 도를 소개해주면 될 텐데, 거기서 고지식하게 그런 말을 하는 것이 하루카라는 소녀였다.

평소에도 열심히 우리를 호위하면서 엘리제 일행이 차를 마시자고 해도 '임무중이니까요'라며 좀처럼 참여하지 않을 정도로 성실한 타입이다.

하지만 내가 명령이라고 부르면 행복한 얼굴로 단 음식을 먹는다. 역시 여성이므로 단 것을 좋아하는 모양이다.

"그럼 도술을 익힐까?"

그렇게 해서 엘은 시간이 날 때마다 미즈호 백작국의 진지로 가서 도술(刀術)을 익히고 있었다.

미즈호 상급백작의 말로는 소질이 있는 모양이다.

"그는 하루카가 목적인가? 아니면?"

"둘 다겠지."

엘은 미소녀도 좋아하고 검이나 도도 무척 좋아한다.

나도 도는 탐나지만, 내가 생각해도 잘 쓰게 되리라는 생각은 전혀 들지 않는다.

"그래서 가능성은 있어?"

"있는 것도 같고 아닌 것도 같고……."

가문 따위로 문제가 될 리는 없지만 성가신 점은 하루카가 너무 성실해서 엘을 어떻게 생각하고 있는지 전혀 알 수가 없다는 점이다. 그리고 또 하나는 하루카 오빠의 존재이리라.

"하루카의 오빠도 발도대에 있거든."

후계자인 이 오빠는 하루카보다도 뛰어난 검사였다. 게다가 하루카를 정말 끔찍이 예뻐한다.

여동생이 우리의 호위를 맡은 것은 주군의 명이므로 불평하지 않지만, 엘이 뭔가 구실을 만들어 하루카에게 말을 걸거나 하는 게 마음에 들지 않는 모양이다. 덕분에 엘은 그 오빠에게 매일 같이 호된 단련을 받고 있다.

"결국 그 오빠를 이기면 문제가 없겠지."

뭐, 성격적으로 지기 싫어하는 면이 강한 엘의 입장에서 그 오빠는 타도해야 할 최종 보스 같은 존재였지만.

'역시 발도대야!'

'이 남자, 생각보다 강하다…….'

검이나 도나 실전에서 사람을 베는 것은 다르지 않다.

하루카의 오빠는 엘이 생각보다 강한 것에 위기감을 더 크게 느꼈다.

"엘 녀석 그렇게 청춘을 즐기고 있군."

"나였다면 그런 전개는 이뤄지지 않았을 거야. 무예는 쥐뿔도 모르고 그런 군대적인 것은 쥐약이니까."

애당초 나는 좋아하는 여자를 위해 그 오빠와 칼을 겨룬다는 발상 자체를 할 수가 없다.

고생 끝에 간신히 승리를 한다거나 패했지만 그 노력을 인정받는다거나 한다면 그야말로 멋진 스토리가 되겠지만 나나 알폰스에게는 불가능한 일이다.

지휘관으로서는 뛰어나지만 알폰스의 검 솜씨도 나와 좋은 승부가 될 정도니까.

"엘 꼬마 얘기는 그렇다 치고 슬슬 오겠죠?"

"앞으로 며칠이겠지."

뭐가 오느냐 하면 이제 슬슬 뉘른베르크 공작의 군대가 이곳에 쳐들어올 거라는 얘기였다.

"제도 바르데쉬로부터의 거리와 행군 속도를 계산하면 그럴 것 같군요."

"역시 블랜타크 씨!"

행군 속도를 계산할 수 있다니 블랜타크 씨는 경험이 풍부하구나.

"칭찬을 받아도 기쁘지가 않군요."

"신혼이라서?"

"전쟁을 좋아하는 사람은 거의 없으니까요."

"그렇지…… 하지만 마지막에 이 얘기를 할 수 있어서 다행이었어. 이곳에 온 구실이 됐으니까. 스튜 한 그릇만 더 주세요."

이나는 알폰스의 뻔뻔함에 혀를 내두르면서 스튜를 떠서 건네었다.

애기가 조금 우울한 방향으로 흘러 버렸지만 알폰스도 돌아가고 슬슬 잘 시간이므로 침실로 이동한다.

야전 진지 안에 자력으로 석재를 쌓아 만든 집은 꼼꼼하게 틈을 메웠기 때문에 바깥의 추운 공기가 들어오지 않아서 따뜻하다. 하지만 방을 그렇게 많이 만들 수는 없었기 때문에 기본적으로 침실은 두 개였다.

"남자 방과 여자 방이네……."

"귀족으로서 바우마이스터 백작에게는 아이 만들기가 필수이지만……."

지금은 전시이므로 피하는 게 무난하리라.

나도 도사나 블랜타크 씨에게 잔소리를 들어가며 하고 싶은 마음은 없다.

"다녀왔어."

"엘, 또 훈련한 거야?"

"그것도 있지만 도를 주문했지."

엘과 하루카는 다른 병사들과 교대로 이 집의 경비를 맡고 있다. 오늘은 하루카 차례라 엘은 본인이 쓸 도를 주문하러 갔다고 한다.

"그래서 사철이 필요했던 거야?"

미즈호 백작국군에는 도를 만드는 대장장이 십여 명이 함께 따라왔다고 한다.

그들은 새롭게 전투에 쓸 미즈호도를 만들어 꼼꼼하게 마무리를 한다.

특히 마도는 특수한 유지 관리가 매우 번거롭기 때문에 전용 마도구 장인과 함께 날마다 바쁘다고 한다.

"엄청 질이 좋은 건 미즈호국에서 사야하겠지만."

전쟁터에서 쓸 분량은 여기서 만드는 것으로 충분하다고 한다.

"마도는 안 사고?"

"그건 관리가 귀찮으니까. 가격을 듣고는 놀라서 주저앉을 뻔했어."

노획을 해도 특수한 유지 관리를 하지 않으면 잘해봤자 몇 주밖에 못 쓴다고 한다.

그리고 그 유지 관리 기술은 대외비인 모양이다. 가격도 마도구라서 값이 엄청나다고 한다.

"엘 꼬마가 하루카를 아내로 맞으면 손에 넣을 수 있나?"

"아니, 무리가 아닐까요?"

엘의 말대로 그리 쉽게 입수할 수는 없을 것이다.

미즈호 백작국군의 질적인 우위를 지탱하고 있는 기술이니까.

"하루카를 아내로 맞을 생각이야?"

"하루카 씨에게 결혼을 약속한 남자는 없대."

과거를 교훈 삼아 이번에는 그런 얘기를 미리 확실하게 해둔 모양이다.

"도술을 배워 하루카 씨의 오빠를 꺾으면⋯⋯."

그렇게 쉽게 될지는 알 수 없지만 엘은 나보다 검술 재능이 뛰어나니 괜찮을 것이다.

"하하하하! 이번에야말로 내 사랑을 성취할 거야!"

"그런 얘기를 들으니까 오히려 안 좋은 예감이 드는구나!"

"도사님, 전혀 불길하지 않아요. 이번만은 절대 그런 일이 없을 겁니다."

얘기를 마친 우리는 침대에서 잠을 청해보지만 여기서 한 가지 커다란 문제가 발생했다.

"크르르르링! 크오옷! 그 모가지를 확 꺾어주마!"

"빠득 빠득 빠드드득!"

"시끄럽네⋯⋯."

"그러게."

신혼이므로 남자로서 당연히 아내들과 자고 싶었지만, 여자 방에는 하루카의 침대도 있기 때문에 그럴 수가 없었다. 게다가 도사는 코를 골며 무시무시한 잠꼬대를 했고 블랜타크 씨는 이를 가는 소리가 너무 시끄러웠다.

함께 잠을 잔 지난 사흘 동안 쭉 이래서 '익숙지 않은 곳이니까 첫날 정도는' 하고 생각했던 우리의 담담한 희망을 무참히 박살 낸 것이었다.

"도사의 아내 분들은 용케도 함께 주무시는군."

"정말로 수면 부족이 될 것 같아."

엘과 나는 담요를 덮고 어떻게든 잠을 자려고 열심히 애쓰기 시작했다.

곧바로 포기하고 '수면' 마법을 걸게 됐지만.

# 제4화 제1차 소비트 대황무지 회전

"절경이군!"
"아니, 절경이니 뭐니 하고 있을 때가 아닐 텐데……."

 소비트 대황무지에 진을 친 지 일주일, 마침내 반란군은 선봉대를 보내 왔다.
 남단의 길을 따라 우리가 설치한 말 대책용 참호나 석조 울타리를 사이에 두고 양군이 노려본다.
 반란군의 추정 전력은 4만 명 정도이며 우리는 총 2만 5천정도. 숫자에서는 불리했지만 질은 떨어지지 않는다.
 게다가 방어전이므로 아주 커다란 실수를 저지르지 않는 한 질리는 없다……고 믿고 싶다.
 처음 겪는 전쟁이므로 우리는 바짝 긴장했지만 도사는 전혀 아랑곳하지 않는 모습이었다.
 블랜타크 씨도 그 대담한 신경에 기가 막힌 것 같다. 분명 도사의 심장에는 용의 체모라도 나 있는 것이리라.
 "제도의 '창백한 무'들을 몽땅 베어버리자!!"
 """"오오오!!""""
 아군 중에 제일 전의가 높은 것은 미즈호 백작국 사람들일 것이다. 자국의 방어전 이외에 출병하는 건 이번이 처음이다. 그들 입장에서는 제국 중앙부나 남부에 있는 어쿼트족 지상주의자는 용납하기 어려운 존재이며 공격해 온다면 모조리 죽여 버리겠다고 할 만큼 투지가 드높다.

방어진지의 동쪽에 있는 그들은 미즈호도를 높이 쳐들면서 반란군을 도발하고 있었다.

또한 '창백한 무'란 미즈호인이 제도에 있는 중앙의 귀족이나 그 관계자를 가리키며 말하는 속어다.

개인적으로는 무를 무척 좋아하기 때문에 욕에는 되도록 쓰이지 않았으면 하는 바람이 있지만.

어젯밤에 미즈호 상급백작이 대접해 준 '오뎅'을 똑 닮은 요리와 '단무지'를 닮은 절임은 맛있었다.

이 요리와 따뜻하게 데운 미즈호슈가 지금 같은 추운 계절과 어우러져 잘 맞는 것이다.

"다행히 전의는 높군. 든든하네……."

그리고 진지의 중앙부에 대장인 알폰스가 필립 공작이 근위기사대와 함께 진을 치고 있다.

"수적으로는 불리하지만 방어 전투로 숫자를 줄이는 싸움이라면 어떻게든 될까요?"

"희생을 줄이기 위해 바우마이스터 백작님에게 기대하고 있어. 도사님과 블랜타크 님도 잘 부탁해요."

"알고 있다!"

"뭐, 우리는 중앙에 있을 수밖에 없겠지."

지금 같은 진짜 전쟁에서는 마법사의 배치가 중요하다.

마법사는 마법이 남아 있는 동안은 일반 병사를 학살할 수 있는 조커 같은 존재다.

당연히 본진에 제일 많은 숫자를 놔둔다. 총대장이 죽어버리면 단숨에 군이 와해되어 버리기 때문이다.

그런데 그걸 역으로 이용해 일부러 본진 수비를 허술하게 하고 우익이나 좌익에 강력한 마법사를 배치하여 단숨에 적의 숫자를 줄이는 기책으로 나설 가능성도 있다. 그런 배치는 군략의 일종이지만, 실은 그 '통신'과 '이동'의 마법을 방해하는 장치 탓에 마법사의 배치에 고민하는 사태가 벌어진 것이다.

날아서 응원하러 갈 수 없기 때문에 안전책을 취하여 중앙에는 우리를, 남은 마법사들은 구석구석 배치한 느낌이다.

필립 공작가는 한 명의 상급 레벨 마법사에 네 명의 중급, 열다섯 명의 초급 레벨로 사실은 블라이히뢰더 변경백작 등과 비교가 안 될 만큼 많은 숫자의 마법사를 거느리고 있었으며, 다른 귀족가에서도 의외로 많은 마법사를 고용하고 있었다.

여기에 모험자 길드에도 임시로 마법사 징집령을 내렸다. 전시에 대비해 그런 제도가 있는 모양이라 여기에 응한 마법사도 많다.

제국의 모험자 길드는 현재 둘로 나뉘어 있다.

북방의 지부는 내전 승리 후 제도 본부로 영전할 수 있다는 테레제의 미끼에 낚여 이쪽 편을 들고 있다.

중앙이나 남부의 지부는 반란군에게 완전히 협력하고 있는 것 같다.

그중에는 중립을 선언하는 지부도 있고 다른 길드들도 제각기 대응이 달라 분열 상태에 빠졌다.

전쟁이 끝난 후 재통합할 때 테레제도 무척이나 애를 먹을 것이다.

"모든 세력이 최대한 마법사를 모으고 있군. 전쟁이 싫어 거부하는 녀석도 많지만, 한동안은 마물 소재나 마도구 공급이 줄어들겠군."

블랜타크 씨는 제국 경제에 미칠 영향을 염려하고 있는 모양이지만 이것만은 내전이 끝나지 않으면 어쩔 도리가 없다. 게다가 그런 건 테레제를 비롯한 제국인이 걱정할 일이다.

"란족과 미즈호인의 마법사가 많군."

"자기 민족의 위급 존망의 고비니까."

뉘른베르크 공작의 수법을 보면 위기감을 느끼는 게 당연할지도 모른다. 갈색 피부를 가진 란족과 미즈호인 마법사가 많으며 특히 미즈호 백작국이 독자적으로 고용한 마법사도 많아서 그 질은 중앙에도 뒤지지 않을 것이다.

"구호 부대의 질도 좋으니까."

"바우마이스터 백작의 부인이 뛰어난 치유 마법사라서 다행이야."

알폰스는 치유 마법사로서의 엘리제의 역량에 큰 기대를 걸고 있는 모양이다.

병사의 부상이 일찍 회복하면 그것은 군의 전력을 대폭 끌어올리기 때문이리라.

엘리제는 교회에서 파견된 치유 마법사들과 함께 조금 뒤쪽의 구호 부대에 소속되어 있다.

전선에 나가도 공격 수단이 빈약하므로 치유에 전념하기 위해서다.

그런데, 그곳에서 소동이 일어나 버린 것이다.

'네에?! 미즈호 백작국과는 구호 부대를 나누는 건가요?'

'엘리제 님, 당신이 교회의 사제이기도 한 사실은 알고 있습니다. 그러므로 이곳은 어른의 배려로서.'

'소문으로 듣기는 했습니다만……'

제국이 미즈호 백작국을 보호국으로 삼을 때 가장 다툰 문제가 종교 건이었다.

실은 미즈호 백작국은 교회와는 다른 종교를 믿고 있었기 때문이다.

일본풍이라 그런지는 모르지만 불교와 신도가 섞인 듯한 미즈호교라는 종교로, 우리도 도리이가 있는 사원 같은 건물을 미즈호 백작국 안에서 몇 번인가 보았다.

'교회에서도 과격한 파벌은 미즈호인을 개종시키라고 압박을 했었지.'

만일 그런 짓을 했다간 미즈호인이 똘똘 뭉쳐 종교 전쟁을 일으킬지도 모른다.

그렇게 되면 양쪽 모두 막대한 희생이 나와 버릴 것이다.

'제국이 프로테스탄트를 국교로 삼을 때 엄청난 피가 흘렸으니까.'

가톨릭 신도 중에서 강경한 자들이 프로테스탄트에 대한 습격을 감행했고, 프로테스탄트 측도 복수를 하는 바람에 내전 직전까지 갔던 모양이다.

같은 종교라도 이러니 미즈호인에게 억지로 개종을 강요했다간 엄청난 일이 벌어지고 말 것이다.

'그래서 타협책을 찾았지.'

같은 신을 모시고 있지만 형태가 조금 다르다. 미즈호의 종교는 교회의 분파와 같은 것이라고 억지 결론을 내렸다고 한다.

'비밀 협정에서 교회는 미즈호 백작국 내에서 포교를 하지 않으며 미즈호교 측도 다른 제국령 내에서 포교를 하지 않기로 조약을 맺었지.'

외지에 있는 미즈호인이 교회 신자가 되거나 미즈호 백작국을 생활의 거점으로 삼고 있던 다른 민족이 미즈호교의 신도가 되는 경우도 있다고 하지만 이것은 극소수이므로 그다지 신경 쓰지 않았다.


'알겠습니다…….'

엘리제는 바보도 아니고 광신자도 아니다.

다른 종료를 믿는 사람들을 충분히 이해했다. 어딘가 납득이 되지 않는 듯한 모습도 엿볼 수 있었지만 그것은 아이 때부터 교회에 관여했기 때문에 어쩔 수 없을지도 모른다.

'나와 종교가 다르니까 인정할 수 없다고 한다면 뉘른베르크 공작과 다를 바가 없으니까…….'

'죄송해요, 여보.'

'엘리제는 어릴 때부터 교회만 보며 자랐으니까. 납득 못하는 것도 이해하지만…….'

애매한 표현이지만 이것도 일본인 출신다운 종교관인 것이다.

'그렇다! 엘리제, 종교란 그저 방편인 것이다!'

'도사는 일단 왕궁 수석 마도사니까 그 나름대로 배려해라.'

나와는 다른 의미에서 종교를 전혀 믿지 않는 도사의 본심에 블란타크 씨가 고언을 했다.

'백작님은 어때?'

'전혀 안 믿는 것도 아닙니다. 보통 이런 싸움 전에는 기도를 하고 싶기도 하니까요.'

'정어리 대가리도 믿기 나름' 같은 개똥철학이지만 평소부터 헌금이니 이권이니 하며 교회에 공헌을 해왔으니까 가끔은 신이 도움을 주신다면 좋겠다.

'저는 머리가 굳은 걸까요?'

'그런 건 아니지 않을까?'

'그래. 정말로 머리가 굳은 사람이라면 억지로 개종을 강요하거나 할 테니까.'

나와 마찬가지로 교회에 대해 무미건조한 감각을 가진 이나와 루이제가 엘리제를 위로했다.

'게다가 전쟁이 시작되면 그런 걸 신경 쓸 겨를이 없을걸.'

'종파가 다르니까 치료하지 않겠다는 말은 할 수 없으니까요.'

빌마와 카티리나의 말대로 전쟁이 시작되면 치료를 담당하는 신관이나 마법사는 크게 바빠진다.

부상자를 신속히 치료하는 것은 전력 유지에 필요한 일이며, 사실 때로는 치료하는 순서도 고려해야 한다.

　어떤 마법사의 마력이 치유 마법을 한 번 쓸 만큼 남은 상황에 눈앞에 두 명의 부상자가 실려 온다.

　한쪽은 평범한 병사고 다른 한쪽은 고명한 기사였다. 전투력 면에서 보자면 기사 쪽을 우선해야겠지만 만약 병사 쪽이 빈사의 중상이라면 어떻게 할까? 치료하지 않으면 죽어버리겠지만 전황을 생각하면 기사를 복귀시키는 것이 그 이후의 사상자를 줄일 수 있다. 병사를 외면하더라도 기사를 치료하는 결단도 필요한 셈이다.

　'유연하게 미즈호 백작국에도 의지하지 않으면 안 되겠죠.'

　'그쪽도 여유가 없을지도 모르지만 의지하지 못하면 죽는 사람이 늘어나는 경우도 있어. 그런 점은 유연하게 움직여야지.'

　'알겠어요, 여보.'

　이런 대화가 오간 뒤 엘리제는 뒤편의 야전 치료소로 향했다.

　그렇다 해도 종교란 매우 성가시다.


　"하지만, 전쟁이란 잔혹한 것이지."

　부상자는 치료를 받고 전선으로 복귀할 위험성이 있으므로 진짜 전쟁에서는 상대를 반드시 죽일 것이 요구된다. 지난번 블로아 변경백작가와의 분쟁이 놀이처럼 여겨지는 것이 2백 년 전에 끝난 진짜 전쟁인 것이다. 거의 전쟁이 벌어지지 않는 것은 이런 사정도 있었다.

"적군 대장이 신분을 밝히는 모양이군."

알폰스가 턱으로 가리킨 쪽에는 호화로운 갑옷을 입고 깨끗한 말을 탄 살찐 중년 남자와 호위로 보이는 두 명의 젊은 기사의 모습이 있었다.

그들은 이쪽으로 말을 몰고 왔지만, 내가 만든 말 대책용 해자 앞에서 오도 가도 못 하고 쩔쩔맸다.

'기사의 미학을 갖추지 못한 야만인 녀석들! 내 말 잘 들어라! 내가 바로 폐하로부터 소비트 대황무지의 해방을 명받은 제국군의 크라젠 장군이다!"

"미학이라……. 전쟁은 이기지 않으면 의미가 없을 텐데."

"흥! 그 흑돼지의 나약한 사촌인가!"

테레제를 흑돼지라고 부르는 걸 보면 평소부터 그녀가 무척 마음에 안 들었던 것 같다.

남에게 미학이니 하며 떠들어놓고 그런 표현은 좀 아니다 싶지만.

"크라젠 장군, 허세만 떨고 운동을 안 하니까 백돼지가 되셨군. 우리 나리보다 본인 배를 본 뒤에 떠들지 그래."

반란군 대장은 제국군에서 배신한 자인 모양이다.

말투로 보아 뉘른베르크 공작의 친구인 것 같지만 그의 도발에 알폰스는 똑같은 도발로 되갚아줬다.

"크으읏! 지금 항복하면 목숨만은 살려주겠다!"

크라센 장군은 분노로 얼굴이 붉게 물들었지만 항복을 촉구한다는 전투 전의 의식만은 가까스로 잊지 않은 것 같다.

"목숨만 살려준다 한들 의미가 있나……."

"우리 어퀴트족의 생존권을 더럽히는 야만인들아! 살려주는 것만으로도 고마운 줄 알아라!"

"그 어퀴트족인지 뭔지가 환상이야. 그런 민족은 없으니까."

"꼬박꼬박 말대꾸로구나, 어린 녀석이!"

"그 어린 녀석에게 논파를 당하면 쓰나. 네가 무능해서 그렇지."

"요즘 어린 녀석들은 말버릇도 없느냐!"

도발하려다 오히려 도발을 당하자 크라젠 장군의 얼굴은 마치 삶은 문어처럼 더욱 빨개졌다.

그리고 도발과 험담에 조금 더 센스가 필요할 듯하다.

"누군지 알아?"

"유명한 바보 아저씨지."

혈통이 좋아 장군이 됐지만 그렇지 못했다면 병장 정도가 고작일 인물인 모양이다.

본가가 제국 성립 전부터 있어온 명문가라는 것이 큰 자랑으로 그게 인연이 되어 뉘른베르크 공작에게 붙은 듯하다.

알폰스의 설명을 듣고 나는 이 크라젠 장군에 대해 대번에 이해했다.

"네 녀석들 모조리 죽여주마!"

4만 명으로 2만 5천 명에게 이길 수는 있어도 전멸시키는 것은 불가능할 것이다.

그 정도의 일도 가능하지 못하니까 알폰스에게 무능력자 취급을 받는 것이리라.

크라젠 장군은 전투를 개시하기 위해 후방으로 물러갔다.

"마법으로 죽이면 편하지 않아?"

"예의에 어긋나니까. 저쪽도 일단 규칙을 지키고 있으니 지금은 그냥 보내주자."

반란을 일으킨 시점에 규칙도 뭣도 없다는 생각도 들지만 여기서는 알폰스의 명령에 따르도록 한다.

얼마 후 보병이 앞으로 나와 내가 파놓은 말 대책용 해자에 판자를 덮어 전진을 개시한다.

"전군! 사격개시!"

사정거리 안에 반란군이 육박해 왔기 때문에 알폰스가 사격을 지시했지만 발사된 화살은 전부 튕겨져 나간다.

"아―하하! 우리 군의 '광역 마법장벽'을 봤느냐!"

본인이 친 것도 아니면서 첫 번째 화살의 공격을 모두 쳐내고 크라젠 장군은 매우 흡족한 것 같다.

아마도 거의 모든 마법사에게 '마법장벽'을 쓰게 하여 이대로 계속 전진하려는 것이리라.

"잘 되면 손실 없이 이 야전 진지에 덤벼들 수 있으니까."

이쪽의 공격을 전부 막아 버리기 때문에 성공하면 손해를 입지 않고 선제공격도 가능할지 모른다.

하지만 이 전법에는 함정이 있다. 이쪽의 공격을 '마법장벽'으로 막고 있기 때문에 본인들도 전혀 공격을 할 수 없는 것이다.

"가끔 이런 전법을 생각하는 사람이 있지만 보통은 망상으로 그치는데……."

확실히 '마법장벽'을 풀 때까지는 공격을 받지 않지만, 반대로 본인들도 전혀 공격할 수 없으며 마나의 대량 소비로 인하여 나중에 힘들어질 것이다. 거기까지 생각이 미치지 못하기 때문에 크라젠 장군이 무능한 것이지만.

"그래도 이건 기회인가."

나는 마법 주머니에서 쌍안경을 꺼내 적진에 있는 마법사를 찾기 시작한다.

초급, 중급 마법사가 구석구석 배치되어 공격해오는 반란군을 거의 균등하게 '마법장벽'으로 덮고 있다.

수적인 우위를 앞에서 서전의 승리를 노리는 반란군에게 어울리는 마법 사용법이다. 마법의 지구력을 고려하지 않았을 때 얘기지만.

"상급 클래스는……."

몇 초 뒤 블랜타크 씨 정도의 마나를 가진 마법사를 한 명 찾아낸다.

역시 중앙을 확보하고 있기 때문에 질 좋은 마법사를 일정 수 갖추고 있는 것 같다.

"(제대로 싸웠다면 좀처럼 쓰러뜨리지 못하겠지만…….)"

대군 전체를 덮는 '광역 마법장벽'의 축이 되어 있기 때문에 마법사들은 자유롭게 행동할 수 없다. 그 증거로 그들은 일반 병사의 모습을 하고 있다. 이쪽의 마법 저격을 막기 위해 일부러 그런 차림을 하고 있는 것이다.

"빌마."

나는 빌마에게 얼굴을 가져가서는 쌍안경을 건네고 그 병사로

분장한 마법사를 알려준다. 그녀에게 저격을 부탁하기 위해서다.

"아직 모르겠는데……."

"마나가 늘어난 지 얼마 안 돼서 그래. 곧 알 수 있을 거야."

빌마는 아직 마법사를 구분하는 일이 익숙하지 않다. 그래서 내가 그녀에게 지시를 내리기로 했다.

"으으으음. 어렵네."

빌마는 그렇게 말하면서 그 철궁에 쇠 화살을 장전하고 그 마법사를 저격했다.

평소 같으면 '마법장벽'에 의해 튕겨 나갈 테니 자유로운 상급 마법사를 저격할 수 있을 리가 없다.

그런데 지금은 대부분의 마법사들이 공동으로 '광역 마법장벽'을 펼치고 있는 것이다. 거기에 전력을 쏟아붓고 있으므로 갑자기 날아온 쇠 화살에 반응할 수 있을 리가 없다.

'광역 마법장벽'은 견고한 방어력을 갖고 있지만 깰 방법은 있다. 방어력을 웃도는 공격력으로 돌파하면 되는 것이다.

빌마가 쏜 쇠 화살은 내가 함께 건 '부스트'에 의해 반란군의 '광역 마법장벽'을 관통하여 곧장 병사로 위장하고 있던 마법사의 머리통을 산산조각냈다.

겉보기에는 평범한 마법이지만 매우 견고한 '마법장벽'을 꿰뚫었기 때문에 대량의 마나를 빼앗긴 감각을 느꼈다.

표적을 뚫은 쇠 화살은 그 뒤편에 있던 병사 몇 명까지 관통하며 죽고 다치게 만들었다.

"히이익!"

상급 마법사의 죽음으로 혼란에 빠진 듯 주변의 대열이 흐트러지지만 '광역 마법장벽'은 사라지지 않았다. 한두 명 죽는 걸로는 없애지 말라는 지시를 받았으리라.

아무리 훌륭한 마법사라도 그 행동을 제한하면 어이없이 죽어 버린다.

그런 것도 모르는 크라젠 장군의 능력은 어차피 뻔할 뻔자이리라.

"쳇!"

블랜타크 씨가 혀를 찬다.

'광역 마법장벽'이 사라지면 단숨에 수기 신호로 아군에게 신호를 보내 활과 마법을 쏟아 부으려고 했기 때문이다.

"백작님, 좀 더 해봐."

"예."

'광역 마법장벽'을 무너뜨리려면 그 상당 부분을 짊어지고 있는 상급 레벨의 마나를 가진 마법사를 죽일 수밖에 없다.

"이나 씨, 저 사람이에요."

"변장하고 있어서 알아보기가 어렵네."

카타리나도 블랜타크 씨와 특훈을 한 성과를 보이고 있는 것 같다.

이나에게 변장한 마법사의 위치를 알려주었고 이나도 향상된 마나를 사용해 창을 투척한다. 여기에도 카타리나의 '부스트'가 들어가 마법사는 몸통 한 가운데 구멍이 뚫리며 쓰러졌다. 틀림없이 즉사했으리라.

"불쌍하지만 부상으로 끝나면 치료를 받고 복귀할 테니까. 반드시 죽여."

블랜타크 씨의 역할은 절대로 알폰스를 죽게 만들지 않는 일과 우리에 대한 지시였다.

역시 이럴 때는 아무래도 경험의 차이가 드러나고 만다. 도사조차 그의 명령에 순순히 따랐다.

"엘 꼬마가 미혼인 채로 죽으면 불쌍하니까."

"블랜타크 씨야말로 신혼의 몸으로 죽을 수 없으니까요."

"그런 말은 결혼한 뒤에나 지껄여!"

"곧 할 겁니다."

내 호위를 맡고 있는 엘이 카타리나를 호위하고 있는 하루카를 쳐다보면서 블랜타크 씨에게 대구하지만 솔직히 가능성이 있는지는 확실히 알 수 없었다.

"어쨌든 마나량이 높은 녀석을 노려. 변장한 녀석은 거의 대부분 그럴 테니까."

"있지, 우리는 언제 싸워?"

"이 사람도 따분하다."

"나중에 추격을 해야 하니까. 두 사람은 한 명이라도 많이 죽일 수 있도록 마나를 보존해 둬."

알폰스는 냉철하게 말했지만 이 의견은 옳다.

반란을 일으킨 뉘른베르크 공작이 악이며 그걸 타도하려는 테레제가 옳다는 사실을 알고 있어도 남부와 중앙을 거의 장악하고 있는 뉘른베르크 공작에게 따르지 않을 수 없는 귀족이 많은 것이다.

여기서 대승을 거둬 뉘른베르크 공작이 채운 족쇄를 풀어줄 필요가 있다.

"전쟁은 이기든 지든 손해니까 정말 곤란하지만."

이미 우리의 저격으로 상급 레벨의 마법사가 두 명, 중급도 여덟 명이 죽었다.

카타리나와 내가 지시하고 빌마와 이나가 저격, 거기에 '부스트'를 걸어 '광역 마법장벽'을 깨부순다.

어설픈 전략급 공격 마법보다 많은 마나를 소비하지만 여기서 상위 마법사를 죽여두면 나중에 편하다.

"저쪽은 큰 손실을 입었군."

"그 녀석의 명령으로 실력 발휘도 못 한 채 죽는 마법사들이 불쌍하다."

도사는 전사한 마법사들에게 연민의 말을 보냈다.

어째서 이런 바보 같은 일이 벌어지느냐 하면 크라젠 장군이 겁쟁이에 무능하기 때문이다.

자유롭게 행동하도록 놔둬야 효과를 발휘하는 마법사를 병사들의 손해를 줄이겠다고 '광역 마법장벽' 역할로서 고정해 버렸기 때문이다.

"과거의 전쟁은 마법사를 어떻게 쓰느냐에 따라 승패가 좌우되는 경우가 많았던 것 같아. 패전군 쪽에 그 나름대로의 역량을 가진 사람이 남아서 분전하면 이긴 쪽에서도 피해가 막대했던 것 같으니까."

덕분에 전쟁의 빈도는 낮아졌다. 이겨도 피해가 막대하기 때문에 손실을 회복하는 데 시간이 걸리고 만다.

그 블로아 변경백작과의 분쟁이 그런 형태가 된 것도 진짜 전쟁으로 번졌을 때 입게 될 막대한 피해에 대한 기피 때문이니까.

"마법사들을 계속 저격하겠습니다. 빌마, 저 녀석이야."

"알았어."

내가 쌍안경으로 찾고 있는 마법사를 눈이 좋은 빌마는 맨눈으로 간단히 확인한다.

"최근에 눈이 더 좋아졌어."

영웅 증후군 때문에 항상 몸이 마나로 강화되어 있어 마나가 늘어난 만큼, 더욱 신체 능력이 증가해 있는 것 같다.

그 중에는 시력이나 청각도 포함되어 있는 모양이며 이건 정말 신기한 현상이다.

빌마는 오감이 날카로워졌다고 했다.

"위력이 크게 떨어졌어."

블랜타크 씨는 반란군이 치고 있는 '광역 마법장벽'이 상당히 약해졌음을 확인했다.

"보통은 해제하고 돌격하지 않나요?"

"그러니까 크라젠 장군이 멍청하다는 얘기겠지."

이쪽과의 거리도 충분히 벌었으니까 이제는 '광역 마법장벽'을 풀고 돌격해야 한다고 생각한다.

남은 마법사를 자유롭게 해주면 해자나 울타리를 파괴하고 병사도 상당히 죽일 수 있으니까.

"현재까지는 손해가 적기 때문 아닐까."

"아니, 마법사는 피해가 막대할 텐데."

사상자가 적다고 해도 대부분은 마법사인 것이다.

귀중한 마법사의 움직임을 봉인한 탓에 죽음을 맞이한 것이기 때문에 역시 크라젠 장군은 무능한 것이리라.

"뉘른베르크 공작은 유능하지 않아?"

"글쎄."

이나의 말대로 유능하다 해도 중앙 제국군의 협력을 얻기 위해 어느 정도 양보가 필요했을지도 모른다.

그런 생각들을 하면서 마법사를 계속 저격하고 있으려니 마침내 전황이 움직였다.

갑자기 좌익의 미즈호 백작국군으로부터 일제히 뭔가가 발사되는 듯한 소리가 들린 것이다.

"저건 뭐지?"

"설마 '마총(魔銃)'을 완성시켰나!"

알폰스가 놀라면서 얘기한 '마총'이라는 단어를 듣고 나는 바로 이해했다.

전국시대부터 에도시대 정도의 일본풍 문화를 가진 미즈호 백작국이므로 마나로 총알을 쏘는 화승총 같은 물건을 개발한 것이리라.

"제1열 교대! 제2열 앞으로!"

미즈호 백작국군과 대치하고 있는 우익 반란군을 보니 그 전위가 붕괴 상태에 빠져 있었다.

우리 때문에 '광역 마법장벽'이 약화된 상황에 마나에 의해 발사된 총탄이 관통하여 병사들을 덮쳤으니까.

게다가 '마총'은 화승총과 달리 사격 간격이 짧은 것 같다.

전장식이지만 총신에 탄만 넣으면 되는 모양이며 마나는 부착되어 있는 마정석에서 공급되어 화약식보다 연발 성능이 우수하다.

다섯 발 정도 쏘면 총신이 가열되기 때문에 그때쯤 다음 인원과 교대하는 모양이다.

이렇게 뛰어난 성능의 신병기이므로 당연히 상대하고 있던 반란군의 동요는 크다.

하지만 철수 명령은 나오지 않는지 우익 반란군은 전진을 계속하며 헛되이 희생을 늘려가고 있었다.

"백작님, '광역 마법장벽'이 사라졌군."

"네."

남아 있는 마법사를 자유롭게 움직이기 위해 마침내 크라젠 장군이 '광역 마법장벽'을 해제한 모양이다.

블랜타크 씨가 그것을 알아채지 못할 리가 없다. 알폰스에게 시선을 맞추자 중앙의 본진에 붉은 깃발이 올라갔다.

공격 개시 신호를 내리는 깃발로 접근해 있던 반란군에게 활이나 마법이 가차 없이 발사된다.

반란군 쪽에서도 반격이 시작되어 마침내 양쪽에 의한 본격적인 사투가 시작됐다.

이 야전 진지를 함락하려고 전진과 공격을 계속하는 반란군과 그것을 저지하려는 우리 편 군대.

희생은 공격 측인 반란군 쪽에서 많이 나오고 있는 모양이지만 그쪽에도 마법사는 남아 있는 것이다.

"제7망대가 완전히 파괴됐습니다! 사상자 다수!"

"포겔 대대장이 전사! 린츠 중대장이 지휘를 물려받습니다!"

아군의 희생을 알리는 보고가 잇따라 들려오지만 지원을 갈 수는 없다.

그곳에도 중급 및 초급 마법사가 일정 간격으로 배치되어 있고 이쪽의 저격으로 마법사의 숫자와 질은 우위에 서 있다. 게다가 우리는 본진의 수비도 있고 정면의 군대의 격파도 도와야 한다.

처음 경험하는 죽고 죽이는 전쟁에서 우리에게 여유라고는 눈곱만큼도 없었다.

"백작님, 너무 큰 마법은 쓰지 마."

"알겠습니다."

소규모의 '윈드 커터' '파이어 볼'을 만들어 잇따라 돌 울타리를 넘으려는 반란군 병사들에게 던져 간다 .

온몸이 찢어지고 불에 타 죽어가지만 적당히 할 수는 없다. 패하면 우리가 죽게 될 테니까.

"전체적으로는 우세로군."

반란군의 공격이 시작된 지 세 시간쯤 뒤 우리 눈앞에는 수많은 반란군 병사들이 쓰러져 있었다. 정확히 세어보지는 않았지만 틀림없이 그 숫자는 수천에 달할 것이다.

아군에도 수백 명의 사상자가 나왔지만 공격하는 적의 마법사의 숫자가 줄어 힘으로만 밀어붙이기 때문에 반란군 측의 손해가 크다.

"크라젠 장군도 이제 와서 물러나지는 않겠지."

갑자기 눈앞에 '파이어 볼'이 날아왔다.

일발 역전의 저격을 시도했겠지만 위력이 약한 탓에 블랜타크 씨에 의해 간단히 막혀버렸다.

"저 녀석이다!"

"예!"

카타리나가 '윈드 커터'를 날려 그 마법사를 노린다.

첫 공격은 '마법장벽'에 튕겨져 나왔지만 이어서 내가 마법으로 나이프를 날리자 머리에 찔려 그대로 쓰러져 버렸다. 확실하게 죽인 것이다.

"역시 대단하네요."

"살인을 칭찬받아도 기분이 그렇군."

"그건 저도 마찬가지니까요."

카타리나와 내 눈앞에는 많은 시신이 있었다. '광역 마법장벽'으로 전진했던 반란군은 수천 명의 손실을 입고도 공격을 멈추지 않았고, 아군의 일부는 돌 울타리를 올라오는 반란군 병사나 기사들을 창으로 찔러 떨어뜨렸다.

"끝이 없군."

"그러네요."

엘과 하루카도 이나에게 예비 창을 빌려, 돌 울타리를 올라오는 적병을 떨어뜨리기 시작했다.

"지휘관 발견."

빌마도 철궁으로 지휘관을 노려 저격을 계속했다.

"엘리제는 괜찮은가?"

그렇다고 보러 갈 수도 없고, 나는 후방에서 부상자 치료를 계속하는 엘리제가 걱정이 된다.

"엘리제 님은 강하니까 괜찮아."

"그런가."

그녀를 동경하는 빌마가 활을 쏘면서 내 걱정을 불식시켜 주었다.

"하지만 이상하군……."

반란군의 공격은 이제 여섯 시간 가까이 계속되었다.

이미 만 명에 가까운 시신이 포개어졌고, 덕분에 적국은 돌 울타리를 오르기 쉬워졌다.


손해 비율로 보면 압도적으로 불리한데 그들은 전혀 공격을 멈추지 않는다.

"간단해. 주력은 선제후의 제후군이니까."

주군이 인질로 잡혀 있어서 그들은 물러설 수가 없는 것이다.

실패는 주군의 처벌로 이어지므로 상대와 함께 죽더라도 이 야전 진지를 함락해야 한다고 무리를 하고 있다.

"그래서 크라젠 장군이 대장인 건가?"

중앙의 군 계통 법의귀족인 그의 입장에선 다른 귀족 따위 얼마든지 없어져도 전혀 속이 쓰리지 않다.

게다가 크라젠 장군은 제국군의 중진이기는 하지만 무능하다. 실패하면 처단하여 뉘른베르크 공작의 독재성을 강화할 수도 있고 선제후의 군대가 궤멸되면 그 영지의 완전 제압도 수월하기 때문이다.

"우리를 통해 선제후의 군대를 처리하고 있는 건가……."

선제후 본인들은 인질이지만 명목상으로는 책임자이므로 패전의 책임을 지고 처단된다.

영지는 몰수되어 뉘른베르크 공작에게 흡수된다는 시나리오이리라.

"그래서 오기로라도 물러나지 않는 거로군."

그 결과가 이 어마어마한 숫자의 시체 더미다.

양쪽에서 수없이 화살과 마법이 날아다니고 미즈호 백작국군은 마총을 연달아 쏘고 있다.

아군의 사상자는 천 명 정도지만 그건 이쪽이 방어인 점과 엘리제 일행의 치료 부대가 애를 쓰고 있기 때문이다.

"야간 전투에 돌입하는 건가?"

"가능하면 피하고 싶군."

"왜?"

"뉘른베르크 공작군이라면 가능할지도 모르지만 이쪽으로서는 밤은 경비에 집중하고 싶어."

반란에 의한 황위 탈취를 노리고 있는 이상 영주군(領主軍)에게 그런 훈련을 시켜도 이상하지 않다고 알폰스는 생각하고 있는 것이리라. 애당초 뉘른베르크 공작군은 막강하기로 유명하다고 하니까.

"그렇다면 빨리 결판을 내야겠군."

"그러기 위해서는 크라젠 장군을 없애야 하는데. 가능할까?"

피해는 크지만 기본적으로 겁쟁이인 크라젠 장군은 후방에서 미친 듯이 싸움을 독려하고 있다.

그리고 그 양 옆에는 아껴둔 두 명의 상급 마법사가 크라젠 장군의 호위에만 전념하고 있기 때문에 저격도 어려웠다. 그들이 크라젠 장군과 자신들만을 지키는 견고한 '마법장벽'을 전개하면 그리 쉽게 쳐부술 수가 없기 때문이다.

"마나를 고갈될 정도로 쓰면 가능하지만……."

전쟁터에서는 무슨 일이 일어날지 모르므로 가능하면 마나는 어느 정도 보존해 두고 싶기 마련이다.

"미안하지만 해주지 않겠어?"

알폰스는 내게 크라젠 장군의 살해를 명했다.

"알았어. ……그렇다는군요, 도사님."

"뒤에서 거드름만 피우고 있다니 형편없는 장군이군!"

내가 신호를 보내자 따분한지 적군에게 바위를 던지고 있던 도사가 방대한 마나를 담아 거석을 수백 미터나 떨어진 크라젠 장군 일행에게 던진다.

"용케 저만큼이나 날아가는군."

"루이제, 한 눈 팔지 말고 어서!"

"맞히는 건 그리 어렵지 않지만……."

루이제도 도사만큼은 아니지만 거석을, 이나도 투척용 창을 연속해서 던졌고 빌마도 철궁을 연사하기 시작한다.

조준은 정확하여 차례차례 크라젠 장군 곁에 도달하지만 호위하는 두 마법사가 펼치는 '마법장벽'에 의해 전부 막혀버렸다.

"카타리나!"

"네에!"

하지만 그것은 미끼다. 그 직후에 내가 나이프 여러 개를 마법으로 발사하고 그것에 강력한 '부스트'를 건다. 또한 거기에 타이밍을 맞춰 카타리나도 '부스트'를 이중으로 걸었다.

느닷없이 하기는 불가능한 재주지만 전에 때마침 연습을 해두길 잘했다고 생각한다.

여러 개의 나이프가 어마어마한 관통력을 지닌 채 크라젠 장군 일행에게 날아간다.

"아무리 공격이 와도 우리 '철벽' '경벽' 형제 앞에서는!"

"형님! 큰일 났어요!"

아무리 강력한 방패라도 그걸 뛰어넘는 힘으로 공격하면 부서지고 만다.

관통력을 높인 나이프에 의해 '마법장벽'이 일점 돌파되고 연달아 두 마법사와 크라젠 장군의 몸을 관통한다.

각기 여러 개의 나이프가 세 사람을 관통하였으며 대량 출혈로 세 사람은 그 자리에서 쓰러져 버린다.

"크라젠 장군이!"

"총대장이!"

주위에 있던 병사들 사이에 동요가 퍼지고, 그것이 전군에 전염병처럼 전파되어 간다.

아무리 무능해도 어쨌든 대장이므로 전사하면 당연히 사기는 떨어져 간다.

"철수한다!"

거기에 지금까지 합동 훈련조차 해본 적 없는, 여러 제후군의 혼성부대라는 약점도 드러났다.

일부 지휘관이 멋대로 퇴각을 시작한다. 이렇게 되면 이 흐름이 전군에 퍼지는 것도 시간문제이리라.

"알폰스. 마나가 떨어졌어."

"저도 틀렸어요."

카타리나와 나는 그 자리에 등을 맞댄 채 주저앉아버렸다.

기절하지는 않았지만 이제 별다른 마법을 쓰지 못할 것이다.

"고마워. 이걸로 우리가 이겼네. 추격 부대를 보낼 거야."

"복병의 위험은?"

"없어. '탐지'를 쓸 수 있는 마법사도 데려갈 거니까."

"'차폐' 마법에 조심해."

역시 전쟁이므로 깨끗할 수는 없는 것 같다. 알폰스는 아껴두었던 기사대에게 추격 명령을 내렸다.

"추격이 필요한가요?"

"필요하지."

귀족다움을 목표로 하는 카타리나의 입장에서는 등을 보이는 적을 추격하는 행위는 귀족에게 어울리지 않는다고 생각하는 것이리라.

"추격이 적의 숫자를 줄일 가장 좋은 방법이지. 등을 보이고 있으니까."

게다가 달아나고 나면 재편성되어 다시 우리에게 맞선다.

적을 줄일 수 있을 때 줄이는 것이 앞으로의 아군의 희생을 줄이는 최선의 방법이니까.

"제가 하는 말은 그저 허울일 뿐인가요."

"평소에는 그래도 괜찮아, 평소에는."

"지금은 전쟁이니까 어쩔 수 없다?"

"그렇게 생각하지 않으면 사람을 죽일 수가 없겠지."

"그렇군요……."

지금까지 마물을 수도 없이 죽였지만, 눈앞에서 본격적으로 인간을 죽인 것은 제국에 오고 나서 처음이다.

쿠데타군으로부터 달아나기 위해 병사들을 죽였고, 오늘도 공격해 오는 적을 수없이 죽이고 있다. 싸우고 있을 때는 정신이 팔려 아무 생각도 없었지만 눈앞에 펼쳐진 피범벅이 된 시체를 보자마자 떨림이 멈추질 않는 것이다.

나도 그럴 정도니 여성들은 더 괴로울 것이다.

어느새 나는 네 명의 아내를 끌어안듯이 주저앉아 있었으니까.

"미안해. 우리 사정 때문에."

"이것도 일이니까. 다만, 시신을 보며 떠는 못난 용병이지만."

"아니, 나도 크게 다르지 않아."

자세히 보니 알폰스도 손끝이 떨리고 있다.

주변 병사들도 긴장이 풀려 창을 지팡이처럼 짚고 서 있는 자도 있고, 부상당한 전우에게 울면서 말을 거는 자도 있다. 유일하게 기운이 넘치는 것은 준비를 갖춰 출격한 추격대이리라.

"그것도 허세야. 진짜 전쟁을 경험한 자는 한 명도 없으니까."

공을 세워 출세하고 포상을 받기 위해. 그렇게 자신에게 되뇌면서 표면상으로는 용맹하게 출진해 간다.

하지만 실제로는 모두들 너무나 겁이 나는 것이다. 살인을 좋아하는 사람은 거의 존재하지 않으니까.

"벨, 나도 갈게."

"괜찮겠어?"

"나는 다른 사람들만큼 소모하지 않았으니까. 무리는 하지 않을게."

엘 입장에선 여기서 공을 세워두고 싶은 것이리라. 바우마이스터 백작가가 너무 커졌기 때문에 연줄에만 기대는 남자라고 엘을 비판하는 사람들도 늘고 있었기 때문이다.

"못 돌아오는 일은 없도록 해."

"조심해. 게다가 하루카 씨도 함께 가니까."

"피비린내 나는 데이트네."

"대단한 격려들이군. 그럼 나는 갈게."

엘은 하루카와의 연줄로 미즈호 백작국군의 추격대에 가세하는 모양이다.

새롭게 주문해 만든 미즈호도(刀)를 쳐들면서 그 '발도대' 대원들과 추격에 나섰다.

그 옆에는 하루카의 모습도 있었다.

"바우마이스터 백작, 이제 쉬어도 돼."

"괜찮을까?"

"오늘은."

전투에 참가하고 있는 것은 추격대뿐이고 나머지는 패주한 적군에 의한 역습이나 다른 적군에 의한 야습 등에 대비하며 척후를 보낼 뿐이다.

"전장의 뒷정리는 우리가 할게. 효과적인 전력인 바우마이스터 백작 일행을 이런 작업으로 피곤하게 만들 수는 없으니까."

"알았어. 엘리제에게 가볼까."

마나가 전부 떨어진 내가 도움이 되지는 않겠지만 어쨌든 지금은 엘리제의 얼굴이 보고 싶었다. 아무리 승전이라고 해도 별로 기분이 좋지 않다. 알폰스의 호위를 블랜타크 씨에게 맡기고, 우리는 후방으로 물러난 것이다.

# 제5화 테레제 님, 전선에 나오다

"프랭크! 정신 차려!"

"으으…… 어머니……"

처참한 전투가 끝난 지 몇 시간 후, 나는 엘리제가 있는 야전 치료소에서 치료를 돕고 있었다.

마나가 떨어졌기 때문에 몇 시간 쪽잠을 자 어느 정도 회복시켰고, 갖고 있던 마정석까지 동원하여 많은 부상자를 구호하고 있었다.

치유 마법은 엘리제에 의존하여 그다지 연습하지 않았으며 마정석도 전부 쓸 수는 없다.

아무래도 치료에는 우선순위가 생기고, 그중에는 너무 늦어버린 자가 나온다.

지금도 이렇게 중상자의 의식이 몽롱해져서 전우들이 격려의 목소리를 내는 장면을 조우했다.

나와 그다지 나이 차가 나지 않는 소년이 다가오는 죽음과 싸우고 있던 것이다.

"백작님! 프랭크를 도와주세요!"

"……"

도와주고 싶은 마음은 굴뚝같지만 이미 쪽잠으로 회복한 마나도 다 떨어지고 마정석도 꽤 많이 써버렸다.

앞으로 무슨 일이 있을지 모르므로 알폰스도 마정석을 잘 아껴 두라고 엄명을 내린 것이다. 속상하지만 그의 생명력에 희망을 걸 수밖에 없다.

"미안하지만 마나가……."

"그럴 수가……. 프랭크! 정신 차려!"

당장이라도 죽을 듯한 전우에게 말을 거는 소년을 보고 있으니 그저 죄책감만이 샘솟는다.

구할 수 없는 것도 아니지만 그를 구하면 다른 부상자들도 구해야 한다. 아니면 불공평하니까.

마정석을 전부 써버린 상황에서 만일 다시 적군이 공격을 해온다면?

불쌍하기는 하지만 지금은 냉혹해도 그를 외면할 수밖에 없었다. 전장의 냉혹한 계산인 셈이다.

"여보……."

"미안해."

옆에 있는 엘리제도 이미 마나가 고갈되어 있다. 마정석이나 전에 내가 선물한 반지의 마나조차 전부 다 써버렸다.

가만 보니 수도복도 온통 피로 더러워져 있어서 얼마나 열심히 치료에 전념했는지를 엿볼 수 있다.

"프랭크! 정신을 잃으면 안 돼!"

"아아……. 어머니가……."

중상을 입은 프랭크라는 소년은 이미 모친을 여읜 모양이다.

그 환영이 보인다는 것은 그가 숨을 거둘 때가 다가온 것이리라.

옆을 지키고 있는 전우들이 계속 말을 걸지만 그의 의식은 서서히 멀어져 갔다.

죽음은 바로 코앞까지 다가와 있었다.

"죄송해요. 제가 더 강력한 치유 마법을 쓸 수 있었다면……."

"아니, 쓸 수 있는 마법은 그 사람의 개성에 따라 달라. 카타리나의 잘못이 아니야."

"벤델린 씨……."

이것만은 적성의 문제이므로 어쩔 수가 없다.

카타리나도 마나가 고갈되어 있었으며 그녀의 치유 마법으로는 경상의 치료가 고작이다.

"여보……."

"벤델린 씨……."

세 사람 모두 한없이 미안한 기분에 휩싸였고, 나는 그저 두 사람의 어깨를 안고 위로할 수밖에 없었다.

"어머니……저를 데리러……."

"프랭크! 정신 똑바로 차리라니까!"

드디어 틀렸구나 싶었던 그 순간 가장 극적인 타이밍에 그 인물이 나타났다.

주인공처럼 보이지 않지만, 늘 소란의 중심에 있을 듯한 그 사람이다.

"부상자는 이곳에 있나?"

작전 상 마나를 보존에 두었으며 또한 아무도 부탁하지 않았는데 추격전에 참가했던 도사가 모습을 나타낸 것이다.

"도사님?"

"백부님?"

"얘기는 나중에 하자!"

도사가 왜 추격전에 참가했는지는 명확하지 않다. 어디선가 손에 넣은, 암스트롱 백작가 사람이 자주 쓰는 육각봉을 한 손에 든 채 도산코 말을 타고 힘차게 달려나갔다.

가능한 한 왕국의 이익을 위해 움직인다.

폐하의 명령이라 의욕을 보이고 있는지도 모른다.

갑작스러운 사태에 알폰스는 아연실색했지만 이렇게 무사히 귀환에 성공했다.

다만 로브가 온통 피로 물들어 있어서 엘리제는 자기도 모르게 주춤 물러선다.

"젊은이! 정신 차려라!"

도사는 '성' 치유 마법을 배웠지만 효과를 발동시키기 위해서는 그 상대를 끌어안아야 한다.

도사는 푸르스름한 '성(聖)' 마법의 빛에 휩싸이면서 양손을 한껏 펼쳤다.

"서둘러 주세요. (뭐지? 매우 감동적인 스토리인데 풍경은 영…….)"

"저기……. 부탁드려요, 백부님."

동성애를 금지하는 교회에서 자란 엘리제 입장에서는 자신의 존경스러운 백부가 소년을 끌어안는 악몽 같은 광경일 것이다. 하지만 이 또한 소년의 목숨을 구하기 위해서다. 그녀도 허튼 생각을 버리고 도사에게 치료를 부탁했다.

도사가 '성'의 푸르스름한 빛을 온몸에서 발하며 소년을 안자 차츰 그 상처가 사라져 간다.

여전히 대상을 끌어안아야 발동하지만 원래 갖고 있던 마나가 엄청나기 때문에 그 효과는 훌륭했다.

"으으……. 어머니."

당장이라도 죽을 것 같던 소년은 도사가 치료한 보람이 있어 차츰 의식도 돌아온 것 같다.

다만 한 가지 딱한 현실이 있다.

"프랭크 씨, 당신을 안고 있는 것은 어머님이 아니……."

"안 돼애애애애. 그 말만은 해서는 안 돼애애애애."

진지한 엘리제는 사실대로 말하려 하지만 이 자리에서 그 말을 해서는 안 되는 것이다.

"저 소년은 이제 살았어. 그 이상은……."

"알겠습니다."

당장이라도 죽을 것 같던 소년을 치유 마법으로 구하는 도사. 엘리제 같은 교회 관계자가 보면 책에 남기고 싶어질 만한 기적이겠지만, 그림만 봐서는 영 기억을 봉인하고 싶어질 광경이다.

근육질의 아저씨가 소년을 힘껏 끌어안고 있으니까.

틀림없이 책에 남기려 했다간 교회에서 금서 취급을 받을 것이다.

"도사님이 평범하게 치유 마법을 쓸 수 있으면 좋을 텐데……."

"네……."

조금 전까지의 슬픔에서 벗어나 엘리제와 나는 그저 마른 웃음밖에 나오지 않는다.

그리고 살아난 프랭크 소년에게도 비극이 일어났다.

"어머니?"

"흐음. 어머니는 아니지만 살아서 다행이구나."

"……."

소년이 말문이 막히는 것도 당연하다.

죽어가며 의식이 몽롱해져 있을 때 죽은 엄마의 모습이 머리에 떠올랐는데, 눈을 떠보니 건달도 새파랗게 질릴 만큼 우락부락한 근육질 덩어리 아저씨에게 안겨 있었으니까.

동시에 도사는 그 소년에게 웃음을 지어 보였지만 역시 도사이므로 웃는 얼굴 그대로 받아들여지지 않는다.

그의 눈에는 도사가 근육질의 저승사자로 보일지도 모르겠다. 한동안은 경직된 채로 멈춰 있었다.

"딱딱해애애애! 어머니가 딱딱해애애애애!"

아무래도 그는 자신의 몸에 일어난 현실을 견뎌내지 못한 것 같다. 귀를 찢을 듯한 비명을 질렀다.

"아하하하하! 이렇게 기운을 차렸으니 이제 괜찮겠지!"

"리히테르! 콘라트! 이게 어떻게 된 일이야?!"부상이 완치된 프랭크 소년은 주위의 친구들에게 묻지만, 그렇다고 도사 앞에서 이상한 소리를 할 수도 없어서 시선을 피하며 아래를 내려다보았다.

"도사님이 살려주셨어."

그저 작은 목소리로 나지막이 사실만을 전한 채.

"프랭크, 살았으니까 그걸로 됐잖아."

"그렇다, 소년! 살아있기만 하면 인생은 아직 즐거운 것이다!"

모처럼의 감동적인 장면도 도사 때문에 엉망이 되었고, 살아난 소년은 다른 부상자들에게 동정적인 시선을 받는다.

하지만 그들은 곧바로 깨달았다. 본인들도 곧 도사에게 안겨 소리 없는 비명을 지르게 되리라는 것을.

"도사님, 마나는 괜찮으세요?"

"추격에서는 거의 쓰지 않았다! 그저 뒤쫓아가며 이 몽둥이로 때려죽이기만 했으니까!"

"그렇군요……."

마법사가 추격에 나서 적병을 육각봉으로 때려죽이는 일의 옳고 그름은 둘째 치고 도사 덕분에 많은 부상병들이 목숨을 건진 것은 사실이었다. 모두들 안겨 마음속으로 비명을 질렀겠지만 말이다.


"그대로 죽느냐 도사에게 안겨서 사느냐. 후자를 택하는 게 당연한데도 심정적으로는 고민되겠네."

"유일한 위안거리는 연애 감정이 전무하다는 점이군요."

"아무렇지도 않게 지독한 말을 하는군, 카타리나 아가씨는."

"스승님, 저는 이제 유부녀입니다만……."

"이크, 미안."


싸움이 있던 다음날 나, 블랜타크 씨, 카타리나 세 사람은 야전 진지의 수리와 증개축을 진행하면서 얘기를 나눴다.

처음에는 적병을 막는데 도움이 됐지만 전투 후반에는 시체가 겹치며 높이가 부족했기 때문에 알폰스가 증축을 부탁한 것이다. 어차피 테레제가 원군을 데려올 테니까 야전 진지는 증개축을 계속해야 한다.

북부로 반란군이 우르르 밀려오는 사태를 막기 위해, 또한 전황에 따라서는 아군이 남하하기 위한 거점이 되기 때문에 아무리 공사를 해도 할 일이 너무 많았다.

밖에 나가 지난 전투에서 발생한 전사자 처리를 하는 것보다는 백배 나았다.

현지 주민에게도 일당을 지불하며 거들게 하고 있지만 그다지 기분 좋은 일은 아니다.

우리는 토목 공사에 전념하기로 한다.

"패해서 저 시신들 속에 함께 들어가는 것만은 피하고 싶군."

"신혼이니까요."

"나도 백작님도 말이지. 그런데 엘 꼬마는?"

"데이트 하나?"

내 호위는 알폰스가 새롭게 마련해줬기 때문에 엘과 하루카는 그렇게까지 호위 일을 열심히 할 필요가 없어졌다.

그래서 엘은 빨리 도술을 익히려고 단련에 몰두하고 있었으며 하루카는 교관 역할로 함께 단련에 참가하고 있다.

"추격전에 이어서 고생이 많군."

필립 공작가군의 정예 부대와 미즈호 백작군의 발도대에서 선발된 부대로 추격이 이뤄졌기 때문에 반란군 4만 중 절반인 2만 명 정도가 주검으로 변했다. 부상자나 포로도 나왔지만 이쪽은 2천 명 정도뿐이다.

패한 채로 돌아가면 주군이 처형될지도 모르고, 자신만 항복하면 가족에게 해가 미칠지도 모른다고 마지막까지 분전을 펼치다 전사하는 병사가 끊이지 않았기 때문이다.

치료도 아군 우선이었기 때문에 어제 죽어버린 부상자도 많다.

시체가 너무 많아 모두들 넌더리를 내면서 처리를 하고 있는 상태였다.

"아군도 상당히 많이 죽은 모양이야."

"네에."

아군의 사상자는 총 2567명이었다.

살상 비율로만 보면 압도적으로 유리했지만 이번 반란군은 그렇게 정예도 아니었다. 안 되면 쓰고 버릴 만한 군대로 이쪽에 10%가 넘는 손실을 입혔다. 뉘른베르크 공작은 결코 자신들이 불리하다고 생각하지 않으리라.

"알폰스 씨는 머리를 감싸 쥐고 있을까?"

"그렇겠지."

적당히 했다간 내가 죽으니까 본격적으로 싸워야 하겠지만 죽이면 죽일수록 제국의 국력은 떨어진다.

테레제의 입장에서도 머리가 아픈 문제일 것이다.

"싸우는 것보다는 돌 울타리의 증설이 훨씬 낫네요."

"그렇지……."

부탁받은 돌 울타리 수리와 증설 공사가 끝났기 때문에 이번에는 후방으로 물러나 황무지를 개간한다.

둔전병은 아니지만 어느 작물의 씨를 심기 위해서였다.

"벨!"

"기다렸어."

현장의 황무지를 마법으로 파내고 있으려니 다른 사람이 일군 밭에서 씨 뿌리는 일을 거들고 있던 이나와 루이제가 모습을 보였다.

"무슨 씨를 뿌리고 있어?"

"바보 무래."

"이게 그거야."

이나가 사쿠라지마 무처럼 생긴 커다란 순무를 보여주었다.

이름은 바보 무인데 실제로는 순무의 사촌인 것 같다.

"말의 사료로 쓰인대."

바보 무는 말의 사료용 작물인 모양이다.

딱딱하고 사람이 먹으면 맛이 없지만 어떤 황무지에서도 쉽게 자란다.

물은 어느 정도 필요했지만, 이것은 우물을 대량으로 파서 대응하고 있다.

'어떤 바보도 기를 수 있다'고 해서 바보 무라는 이름이 붙었다고 한다.

"원산지는 미즈호 백작국이고 순무의 품종 개량 과정에서 생겨났대."

"흐으으으음."

나는 루이제의 설명을 조용히 듣고 있었다.

무라는 말에 오뎅과 단무지가 먹고 싶어진다.

구운 꽁치완 간 무 혹은 치어의 조합도 떠오르고, 어떻게 미즈호 백작국에서 손에 넣을까 하는 생각에 잠겨 있었다.

"씨를 뿌리면 두 달 만에 자라고 추위에도 강해. 황무지에서도 문제없어. 맛이 없다는 게 유일한 결점인가?"

말이 먹는 만큼 그 점도 문제는 없는 것 같다.

황무지에서 바보 무를 수확한 뒤 목초의 씨를 뿌리고, 이번에는 말똥을 흙에 섞어 피, 조, 메밀 등을 심는다.

이렇게 서서히 보리 따위를 재배할 수 있는 땅으로 개량해 간다고 한다.

"바우마이스터 백작령에서도 재배가 가능할까?"

"안될 것 같아. 더위에 약하대."

내 물음에 바보 무의 씨를 뿌리고 있던 이나가 대답했다.

"그거 유감이네."

"흙이니 더위니 잘 모르겠지만, 벨이 마법 같은 걸로 콰쾅, 두둥 하고 해치워버리면 빠르지 않을까?"

"아니, 아니, 그런 편리한 마법은 없어. 게다가 나도 그렇게 개간만 하고 있을 수는 없으니까."

원래 병사 대부분이 평소에는 농사를 짓고 있으니까 둔전은 그들에게 맡겨야 할 것이다.

내게는 우물을 파거나 길을 포장하는 등의 일이 있으니까.

"바우마이스터 백작령에 있을 때와 별로 다르지 않네."

"거기에 플러스 살인이지만 이건 어쩔 수 없지. 그리고 오래 걸릴 것 같아."

"그래. 완전히 지구전이네."

하루에 2만 명의 군대를 날리고도 그것을 타격으로 느끼지 않는 녀석들과 싸우는 것이다.

일발역전을 노리고 제도로 진공하는 도박을 하지는 못할 것으로 보인다.

"말의 사료를 재배하고 있을 정도니까."

보급의 부담을 줄이기 위해서이리라. 하루아침에 목초를 재배하긴 불가능하므로 바보 무로 대용하고 있다.

야전 진지도 일종의 방어 요새로서의 기능이 계속 확대되고 있다.

마법사들이 가공한 석재와 목재를 쌓아 올려, 막사와 감시용 망대 등을 증설 중이었다.

"지구전에도 한계가 있으니까. 역시 몇 개월 안에는 어떻게든 되겠지."

그곳에 블랜타크 씨를 동반한 알폰스가 모습을 보인다.

대장인 그에게는 블랜타크 씨가 자주 호위로 붙게 되었다.

"테레제가 본군을 이곳으로 보낸대."

"어느 정도는 아군을 통합한 건가요?"

"그런 것 같아. 그렇겠죠? 알폰스 님?"

"북부의 거의 모든 제후와 동부와 서부에서 북부에 영지를 가진 자 대부분. 나머지는 개별적으로 참가하거나 중립을 선언하거나 하겠지."

국내를 둘로 나눈 내란이므로 어느 쪽이든 붙을 곳을 결정해야 한다.

명분은 둘째 치고 어쨌든 속으로는 이기는 쪽을 판단하여 붙어야 하기 때문에 귀족이라는 것도 참 힘든 존재다.

세키가하라 전투 때처럼 자칫 판단을 잘못했다간 최악의 경우 작위 몰수니까. 귀족에 따라서는 수천 년 동안 지속해온 가문이 소멸해버리는 셈이니 어느 쪽에 붙느냐 하는 선택 때문에 속이 쓰릴 것이다.

"그래서 언제 오시는 겁니까?"

그녀가 총대장으로서 진두에 서면 그만큼 아군의 사기도 오른다.

위험도는 늘어나지만 딱히 최전선에서 검을 휘두르는 것은 아니니까 여기서는 각오하고 앞에 나설 필요도 있으리라.

"내일 이른 아침이래. 엄청난 대군이라고 하니까."

"예."

그날은 마법을 써서 야전 진지의 확장 공사를 진행했다.


다음 날 아침 무사히 테레제가 이끄는 군대가 모습을 보였다.

"방어전이라 해도 수적으로 앞서는 적을 패주시킨 알폰스의 공적은 매우 크다. 이에 상을 내리노라!"

"예!"

미스릴로 만든 호화로운 체인메일을 입은 테레제가 맞이하러 나온 알폰스에게 직접 칭찬의 말을 전한 후 금화가 담긴 자루를 건넸다.

"다른 자들에게 줄 상도 있지만 이것은 나중에 전달하겠다."

"""""""예!!!""""""""

테레제는 곧장 우리가 석재를 쌓아 만든 건물 안으로 들어갔다. 이어서 다른 귀족들도 모일 예정이었지만 그 틈을 타서 테레제가 내게 안기려고 한다.

"들었어. 나를 위해 큰 활약을 해뒀다고 하던걸. 벌써 며칠이나 만나지 못했으니까 내가 그리웠지?"

"아뇨! 전혀 그립지 않습니다!"

당연히 엘리제 일행이 먼저 나를 에워싸며 테레제의 움직임을 저지해 버렸다.

"벤델린 님은 왕국 귀족으로서의 책무를 다했을 따름입니다."

"표면적으로는 그렇겠지만 실상은 나를 위한 게 분명해. 상으로 내 몸을 마음대로 해도 좋아."

"끈질기네……."

여전한 테레제의 모습에 루이제는 질린 표정을 지었다.

"테레제 님, 벨 님은 우리를 마음대로 하는 일로도 바쁘니까 안 돼."

"너…… 귀여운 얼굴로 발칙한 말을 하는구나."

테레제는 초반 기세는 좋았지만, 밤일에 대해 경험이 부족하기 때문에 금방 얼굴을 붉게 물들였다.

천하의 테레제도 경험하지 않은 남녀의 일에는 약한 것 같다.

"곧 벤델린도 나를 원하게 될 거야."

불리한 상황임을 깨달은 듯 테레제는 내게 안기기를 포기했다.

이제부터 바로 귀족 대부분을 모아 작전 회의를 해야 한다는 이유도 있으리라.


반 뉘른베르크 공작파의 수장이 외국 귀족에게 안겨 있다간 좋지 못한 풍문으로 끝날 일이 아니다.

"적군의 절반을 물리쳤나. 그건 징조가 좋군."

적군의 절반이 사상자인 전투는 거의 보기 힘든 커다란 전과이므로 칭찬하여 사기를 높이는 것은 당연하리라.

다만 꼭 손놓고 기뻐할 상황이 아니었다.

"이겨도 져도 뉘른베르크 공작에게는 득이 되니까."

아무리 생각해도 크라젠 장군은 필립 공작가 제후군을 조금이라도 줄이기 위해 버리는 카드일 뿐이었다.

뉘른베르크 공작의 지배권 강화에 방해되는 자들을 처리해준 꼴이다.

그런데 겉으로 보기에는 대승리다. 방어 작전을 지휘한 알폰스도 칭찬과 포상을 받았다.

나중에 온 귀족들은 이번에는 내 차례라고 공명심에 불이 붙어 버린 것 같다.

"그럼 이걸 계기로 다음 전과의 확대를 노리죠."

"확실히 서전은 대승리를 거뒀지만 뉘른베르크 공작은 방심하지 않는 남자이니 우선은 정찰을 강화해야 해."

"테레제 님, 그건 물론 할 거야. 하지만 거기에 또 일격을 가하여 아군의 사기를 높이는 일도 중요하겠지."

테레제를 제외한 선제후는 모두 붙잡혀 뉘른베르크 공작에게 붙었다고 들었지만 한 사람만은 예외였다.

바덴 공작의 공자 안스가 님은 뉘른베르크 공작의 위협에 굴하지 않고 병사를 보낸 것이다.

그는 몸집이 좋은 호청년으로 보이지만 소국의 왕에 필적하는 영지를 잇는 귀족인 셈이다. 때로는 가문을 위해 영주민을 위해 부모를 버리는 선택을 해야만 하고, 부모를 버리는 선택을 한 것이다.

그것이 대귀족의 무서움이라고 나는 생각한다.

"안스가 헤르가 폰 바덴 공자라고 한다. 바우마이스터 백작의 고명은 익히 들었다. 이번 방어전에서도 큰 활약을 했다지."

그는 나를 칭찬했지만 동시에 외국의 귀족이 큰 공을 세운 것에 조바심을 내비쳤다.

그 외에도 그런 귀족들이 많아서 바덴 공자는 그들을 통합하는 존재가 되어 있었다.

느닷없이 파벌 다툼이 시작돼 버릴 듯한 분위기지만 나는 거기에 전혀 끼고 싶지 않다.

마음대로 하라지.

공식적으로 선언하지는 않았지만 반역자 뉘른베르크 공작에 대항하는 테레제는 가장 유력한 차기 황제 후보다.

그렇지만 그건 절대적인 것이 아니다. 바덴 공자에게도 기회가 있으며 그것에 맞춰 움직이기 시작한 셈이다.

"다음에 어떤 작전도 취할 수 있도록 지금은 이 야전 진지의 정비와 군세를 재편하는 일이 급선무야."

"테레제 님, 저도 그 의견에 찬성입니다."

아무래도 아군은 두 파벌로 나뉜 것 같지만 갑자기 의견이 대립하는 일은 없었다.

섣불리 다투면 뉘른베르크 공작이 바라는 대로 된다는 사실쯤은 이해하고 있는 것이리라.

그래도 앞날이 걱정되는 회의였다.

"이런, 이런, 마음고생이 끊이질 않네. 벤델린, 불쌍한 나를 위로해줘."

회의가 끝나자 테레제는 갑자기 우리가 묵고 있는 집으로 쳐들어왔다.

"벤델린, 이런 불쌍한 나를 위로해주지 않을 거야?"

"그게……."

불쑥 들이닥친 테레제를 보는 엘리제 일행의 시선은 냉랭했다.

갑작스러운 파벌 다툼으로 힘들기는 하겠지만 유감스럽게도 그 나라의 일이므로 어쩔 도리가 없다.

"벤델린, 나를 위로해주지 않을 거야? 침대 위에서."

"풉."

나는 나도 모르게 마시고 있던 마테차를 뱉어버렸다.

엘리제는 무표정해진 것이 조금 무서웠다. 하지만 곧바로 반격에 나섰다.

"알겠습니다. 그건 상관없지만 테레제 님도 여섯 번째 여자로서 함께 벤델린 님을 상대하도록 하죠."

"아니, 그건……."

'당신도 가세해도 좋아요'라는 엘리제의 발언에 그쪽으로 전혀 경험이 없는 테레제는 단숨에 얼굴을 새빨갛게 물들였다. 마치 방금 목욕을 하고 나온 사람처럼 보인다. 속으로는 부끄러워서 견딜 수 없으리라.

"사양 마세요. 테레제 님. 벤델린 님은 지금 전투로 기분이 고양되어 계시니까요."

평소의 엘리제는 절대 이런 말을 하지 않지만 테레제의 유혹에 꽤나 열을 받은 모양이다.

겉모습과 나이에 비해 순진한 테레제를 세차게 몰아붙였다.

"아니……. 그런 건……. 처음 할 때는 단둘이서 이렇게……."

점점 횡설수설 말을 이어가다가……마지막에는 큰 소리로 이렇게 선언했다.

"반드시 벤델린과 단둘이 시간을 보내 기정사실로 만들 테니까!"

마지막으로 그렇게 말하더니 그녀는 달아나듯 집에서 나가 버린다.

"너무 불쌍하게 몰아붙인 건 아닐까?"

"여보. 이 정도로 단호히 해두지 않으면 제2, 제3의 테레제가 나타날 거예요!"

"그렇겠지……."

그보다 더 이상 귀찮은 일을 늘리고 싶지 않다. 가능한 한 빨리 왕국으로 돌아가는 게 최우선이니까.

나는 빨리 영지로 돌아가 모험자 일과 영지 개발을 하며 보낼 거야……

"침실은 남녀 따로따로지만 당신도 속았죠."

"엘리제도 말을 무척 잘하네."

"이쪽에 부담을 주고 있으면서도 억지를 부리니까요."

밖에 나가 봤자 병사들뿐이라 오락거리도 없어서 빨리 자야 그나마 마나도 빨리 회복되어 살아남을 확률도 오른다.

그 전에 잠깐 엘리제 일행의 침실에서 얘기를 나누고 게임을 하며 노는 것도 스트레스 해소와 부부 간의 커뮤니케이션이다.

"모처럼 여섯 명이 당신을 상대하자고 권유를 했지만 말이죠."

"엘리제는 거짓말은 하지 않아. 게임의 상대 말인데."

이나가 보드 게임 준비를 하면서 함께 웃었다.

"그쪽이 멋대로 착각했을 뿐이지. 테레제 님도 마무리가 허술하네. 밤에 슬쩍 침실로 들어가면 될 텐데. 내가 눈치채고 막아 버리겠지만."

루이제도 게임 준비를 도우면서 생글생글 웃었다.

"테레제 님은 제국에서도 손꼽히는 명문 출신. 유혹은 해도 벨 님이 먼저 손을 내밀지 않으면 그런 짓을 하기는 어려워. 양아버지 집안도 비슷해서 잘 알아.

빌마는 테레제 님이 막상 그 순간이 되면 물러나는 이유가 명문가의 영애이기 때문이라고 설명했다. 그렇게 보이지는 않지만 에드거 군무경의 집안도 비슷한 모양이다.

"빌마 씨는 잘도 아는군요. 자, 누구부터 시작할지 주사위를 던져요."

이제 테레제의 일은 끝났다는 듯 카타리나가 빨리 게임을 시작하자고 모두에게 말한다.

실은 이런 시간을 제일 기대하는 사람이 카타리나였다. 지금까지 혼자 외톨이로 보낸 시간이 길었기 때문일까? 나 역시도 이런 것을 좋아했으며 그녀의 이런 귀여운 부분도 사랑스럽다.

"오늘은 꼭 삼연패를 피하고 말겠어."

"나도 꼴찌를 두 번이나 했으니까 오늘은 우승할 거야."

"그럼 시작할까요? 여보."

테레제를 멋지게 격퇴한 우리는 부부의 시간을 즐기고 내일을 위해 잠자리에 들었다.

# 제6화 시스콤 사무라이와의 사투

"에잇! 토옷!"

이른 아침에 옷을 차려입고 엘리제 일행과 집을 나서니 정원에 해당하는 공간에서 엘이 열심히 도를 휘두르고 있다.

어느새 미즈호복을 손에 넣어 겉모습만 보면 외국인 검사 같다.

내가 봐도 도를 휘두르는 모습이 제법 그럴듯하다. 문외한이라 뭘 모른다고 하면 할 말이 없지만.

옆에서 지도하는 하루카도 특별히 아무 말도 하지 않고 그 모습을 지켜보고 있었다.

하지만 역시 미소녀 사무라이 걸, 서 있기만 해도 그럴듯했다.

엘이 얼굴에 미소를 짓지 않는 것이 용할 정도다.

"이야아아아아아아! 엘!"

"벨이구나. 내 칼 솜씨가 어때?"

"그럭저럭?"

문외한인 내게 정확한 논평을 바라는 건 옳지 못하다고 본다.

내게는 도의 재능도 없으며 검도 이미 포기하여 단련을 하지 않으니까.

그럴 시간이 있으면 마법이나 활 훈련을 하는 편이 훨씬 효율이 좋다.

"이래 봬도 느낌이 꽤 좋아."

"그래?"

옆에 있는 하루카에게 물으니 그녀는 환하게 웃으면서 설명을 시작한다.

"엘 씨는 이제 발도대에 입대해도 될 만큼 강해졌습니다. 오라버니와도 거의 호각에 가까운 대련을 할 수 있게 됐구요."

"그거 대단하네."

하루카의 말로는 엘은 검보다 도에 재능이 있는 모양이다.

헬무트 왕국에는 도가 존재하지 않기 때문에 지금까지 몰랐던 것이다.

소유하고 있는 사람도 극소수 있다지만 일부 호사가가 은밀히 수집을 하고 있는 정도다.

하지만 그 짧은 시간에 용케 거기까지 올라갔구나.

그런 생각을 하고 있으려니 엘은 하루카에게 땀 닦는 수건을 건네받고 흐뭇해져 있었다.

엘도 애당초 잘생긴 얼굴이므로 동아리 연습 후 에이스에게 수건을 건네는 미소녀 매니저 같은 구도다. 원래 도의 재능이 있는 데다 하루카에게 멋진 모습을 보여주고 싶으리라. 동기는 사악했지만 성실히 단련하여 실제로 강해졌으니 문제는 없다.

"(여기 리얼충이 한 분 계셨네…….) 도(刀)구나. 그게 처음으로 산 거야?"

"그래. 대량으로 만드는 양산품이긴 하지만."

엘이 자신이 휘둘렀던 도를 내게 보여준다. 일본도에 관한 지식은 전혀 없기 때문에 '분석' 마법으로 재질을 탐색해보니 재료는 매우 순도가 높은 강철이었다.

"미즈호 백작국군의 종군 대장장이가 만들어 준 거야. 재료는 전에 네가 준 거고."

"아아, 내가 준비했었나."

"그걸 까먹냐."

엘이 도를 만든다는 말에 땅바닥에서 적당히 사철을 모아 쓸데없는 성분을 추출하고 쇳덩어리로 만들어 건네준 기억을 떠올린다.

"바우마이스터 백작님께는 대장장이의 재능도 있으신가요?"

"아니, 그냥 마법으로 모았을 뿐이야."

자랑할 일은 아니지만 전생에서도 미술, 기술, 체육 같은 실기 과목은 전부 평균 점수밖에 받지 못했다. 그런 내게 작도(作刀)의 재능 따위가 있을 리 만무하다.

그저 마법을 이용해 땅바닥에서 재료를 추출했을 뿐이다.

나는 하루카의 물음에 그렇게 대답했다.

"폐광이나 광물이 퍼진 연못에서 금속을 모으는 일은 잘하지만 가공은 무리야."

그게 가능하다면 마도구 장인으로서 활약을 했을 텐데 아쉬웠다.

"하지만 재료가 무척 질이 좋았다고 대장장이가 칭찬을 했습니다."

미즈호도 역시 철의 순도가 높은 재료로 만들면 품질이 좋아지는 모양이다.

그런데 광산에서 나온 철광석으로부터 이 세계의 기술로 쇠를 만들면 티탄 등의 불순물이 들어가 합금 같은 금속이 되어 버린다. 그건 그것대로 단단하여 무기에는 적합하다고 하지만 미즈호도는 부드러움도 중요하므로 고가의 도는 일부러 강가 등에서 순도가 높은 사철을 모아 만든다고 한다.

옛날의 일본에서도 그렇게 했다고 들은 적이 있다.

직장 상사 중에 일본도가 취미인 사람이 있어서 송년회 때 그런 얘기를 들은 것이다.

"원래는 대량생산하는 도에는 쓰지 않는 고품질의 철이니까요."

"아하, 그렇군."

아무리 기술이 뛰어난 미스즈백작국도 고품질의 철을 그리 쉽게 도의 재료로 쓰지는 못하는 것 같다. 철에서 불순물을 제거하여 강(剛-강철)으로 가공하는 공정은 아무래도 마법에 의존하는 경우가 많아지기 때문이리라.

왕국이나 제국에서는 말단 병사가 쓰는 검은 그저 내리치는 게 전부인 튼튼하게만 만든 단조품이다. 대장장이가 직접 망치를 두들겨 만드는 고성능의 검은 웬만한 하급 귀족도 돈을 모아야 살 수 있는 물건이니까.

"이것도 대단하지만 좀 더 솜씨가 좋아지면 오리할콘으로 도를 만들고 싶어."

"오리할콘으로? 만들 수 있을까?"

미즈호도가 일본도와 비슷하다면 단단한 철과 부드러운 철의 조합으로 만들어지는 도를 오리할콘만으로 재현 가능할까? 나는 조금 의문을 느꼈다.

"미즈호 백작국의 비전을 보면 미스릴과 오리할콘을 일정 비율로 섞은 연비강과, 순수한 오리할콘을 특수 가공한 경비강을 조합한 미즈호도가 최고급품이라고 합니다.

역시 미소녀 사무라이 걸.

지식을 가진 하루카는 그 겉모습과 어우러져 미즈호도의 해설자 역할로는 최적이었다.

"그런 건 비전이라서 다른 나라 사람에게 말하면 안 되는 거 아닌가?"

"이 정도 지식은 제국의 대장장이라면 모두 알고 있으니까요. 다만 구체적인 혼합 비율이나 특수 가공 방법은 대외비랍니다. 저도 전혀 짐작이 되지 않구요."

"그렇군……."

미즈호 백작국에는 어쨌든 비전의 기술이 너무 많다.

마도는 둘째 치고 그 마총을 보고는 정말 놀랐다. 완고한 국수주의자인 뉘른베르크 공작의 입장에서는 멸망시키든가 지배해야 할 위협으로 보였을 것이다.

내 경우는 일본을 느끼게 해주는, 멀리 떨어진 반독립국이므로 친하게 지내는 게 제일 좋았지만.

"오리할콘도는 마나를 쏟아붓거나 장인이 정기적으로 고도의 손질을 하지 않아도 마도에 필적하는 공격력을 갖고 있습니다. 그러므로 미즈호인 중에서도 탐내는 사람이 많죠."

엘이 손에 넣은 오리할콘 검은 헬타니아 계곡에서 수많은 골렘을 두부처럼 베어버렸다. 오리할콘도라면 훨씬 더 날카로울 거라고 하루카는 말한다.

"엘, 대소(大小) 한 벌의 오리할콘도를 만들어 달라고 해."

"아니, 그건 힘들걸."

"그렇죠. 대금은 둘째 치고 재료가 없으니까요."

하루카의 말로는 재료인 오리할콘이 없다고 한다.

있어도 미즈호가나 중신 가문에서 도를 만들어 버리기 때문에 지금도 재고는 거의 없다고 하루카는 말했다. 미즈호 백작국에는 현재, 신규 오리할콘 광산이 발견되지 않은 모양이다.

"재료라면 있어!"

미개척지와 헬타니아 계곡 등의 광산에서 채굴된 오리할콘은 전부 내게 보내졌고, 어릴 때는 미량이라도 반응만 있으면 헛되이 마나를 써서라도 모았기 때문이다.

오리할콘은 어쨌든 양이 많지 않다.

'유망한 대규모 광상을 찾아 수십 년 걸쳐 채굴하여 간신히 200kg 정도 캤어.'

'이번 광상은 대박이었군.'

광산 관계자 사이에서 이런 대화가 오갈 정도니까.

오히려 고대유적 등에서 출토된 오리할콘 제품이 많을 정도다.

"대소 두 벌을 만들 만큼의 재료를 줄 테니까. 그 대신 너의 오리할콘 검을 줘."

"괜찮아?"

재료만이라고 해도 대소의 미즈호도 두 벌을 만들 정도의 오리할콘과 검 한 자루를 교환하는 것이다

가공 임금을 고려해도 엘은 내가 손해라는 걸 알고 있는 모양이다.

"내가 도를 가져봤자……."

검이라면 최악의 경우 병사 한 명쯤은 벨 수 있을 가능성이 있다.

하지만 도는 무리하게 갖고 있어봤자 지금의 나로서는 잘 다루지 못할 게 뻔하다.

일본인 출신이므로 동경심은 있지만 쓰지 못하는 것은 의미가 없다.

엘에게 주는 것이 제일 효율이 좋은 셈이다.

"게다가 나의 최종 방어라인은 엘 너니까."

"그건 확실히 내 일이지."

"그럼 받아들여."

나는 엘에게 오리할콘 덩어리를 건넸다.

가진 것의 절반 정도였지만 이거라면 필요한 숫자의 도를 만들 수 있을 것이다.

"많지 않아?"

"어쩌면 세 벌쯤 만들 수 있으려나? 일단 만들 수 있는 만큼 만들어 줘."

나는 엘에게 도의 제작 주문을 부탁했다.

"벨도 함께 대장장이에게 가지 않을래?"

"견학이라. 좋지."

나는 엘과 하루카의 안내로 미즈호 백작국군 본진에 인접한 야전 공방으로 이동했다.

여기서는 종군 대장장와 마도구 장인이 무기나 방어구를 만들거나 손질을 한다.

수십 명의 대장장와 마도구 장인들이 도를 두들기고 마총의 손질을 하고 있었다.

"엘벤 님이시군요. 제가 만든 도는 어떠신지요?"

엘에게 말을 걸어온 사람은 숙련된 도(刀)의 장인 같은 풍모를 지닌 초로의 노인이었다.

작업복인 사무에(作務衣)를 닮은 옷을 입고 흐르는 땀을 손수건으로 닦으면서 이쪽으로 걸어온다.

"손에 많이 익었습니다."

"그거 다행입니다. 그나저나 그쪽에 계신 분은 바우마이스터 백작님이시군요."

"그렇습니다. 실은 제 주군이 부탁이 있다고 해서……."

"도의 제작 의뢰입니까요? 아아, 인사가 늦었군요. 저는 미즈호가의 전속 대장장인 87대 카네사다(일본도를 만드는 도공의 이름)라고 합니다."

이름만 들어도 엄청난 도를 만들 것 같다.

미즈호 백작국에도 대대로 작도를 가업으로 삼고 있는 사람이 있는 모양이다.

"벤델린 폰 벤노 바우마이스터입니다. 실은 오리할콘으로 도를 만들어 주었으면 해서요."

내가 그렇게 말하자 엘은 오리할콘 덩어리를 카네사다 씨에게 건넨다.

"용케도 이 많은 양을. 대소 두 벌에 작은 호신용 한 자루는 만들 수 있겠군요."

역시 명장이라고 해야 할 것이다. 오리할콘 덩어리만 보고 제작 가능한 도의 숫자를 바로 알아맞히니 말이다.

"그걸로 엘의 도를 만들어주세요."

"알겠습니다."

"카네사다 씨, 괜찮을까요?"

엘은 카네사다 씨에게 경의를 품고 있는 것 같다. 정중한 말투로 말을 걸었다.

"엘빈 씨는 훌륭한 속도로 실력을 늘려가고 있으니까요. 금방 필요해질 겁니다. 게다가 저 또한 오리할콘을 두들길 수 있다니 기쁘네요. 이래 봬도 저는 욕심 많은 대장장이니까요."

오리할콘 자체가 희소하므로 두드려볼 기회가 그리 많지 않은 모양이다.

대장장이 입장에서는 동경하는 소재라고 한다.

"자만심일지도 모르지만 저는 초대 카네사다와 호각이라는 평을 듣는 대장장이입니다. 틀림없이 명도를 만들도록 하겠습니다."

"그거 든든하네요. 그럼 대 서비스입니다."

마법 자루에서 나머지 반절의 오리할콘도 꺼냈다. 먼저 내놓은 덩어리보다 조금 양이 더 많다.

"대소 다섯 벌에 호신용 칼 한 자루군요."

"기간은 지정하지 않겠습니다. 납득이 갈 때까지 두드려 주십시오."

"감사합니다."

나머지는 재료로 쓸 소량의 미스릴과 대금으로서 내가 성분을 조정한 철 덩어리를 요구받았으므로 그것을 몇 덩어리 건네 둔다.

"바우마이스터 백작님은 마법으로 고품질의 철을 정제하실 수 있군요. 이걸 보면 모두들 기뻐할 겁니다."

"그럼 부탁드립니다."

칼 제작을 무사히 마치고 세 사람이 집으로 돌아오자 입구 앞에 몇 명의 미즈호인들이 기다리고 있었다.

복장으로 봐서 매우 지위가 높은 중신들인 것 같다.

"바우마이스터 백작님. 당신이 재료를 건네고 작도를 의뢰한 미즈호도를 팔아주십시오!"

"제게 팔아주십시오! 딸을 시집보내도 좋습니다!"

"돈이라면 얼마든지 드릴 테니! 30만 냥은 어떻습니까?"

"저는 40만 냥을 내지요!"

내가 대량의 오리할콘을 야전 공방으로 가져간 정보를 재빨리 알아낸 듯 완성될 예정인 도를 팔아달라고 엄청난 기세로 몰려와 버린 것이다.

"아~, 그런 일이 있었군."

그날 저녁 식사 자리에서 그 얘기를 꺼내자 블랜타크 씨가 흥미 깊은 얼굴로 자세히 물어온다.

"미즈호도는 검사의 긍지이자 혼입니다."

"소중히 여기는 마음은 알겠지만……."

하루카가 오리할콘으로 만든 도를 손에 넣으려고 필사적인 동포의 심정을 모두에게 알기 쉽게 설명한다.

이나는 자기 목숨을 구하는 무기를 소중히 여기는 것은 이해할수 있는 모양이지만 긍지니 혼이니 하는 말을 들으면 도무지 의미를 알 수가 없다. 혼자 고개를 갸웃거렸다.

"엘리제는 이해하겠어?"

내가 아는 건 옛 일본에서 무사가 도를 소중히 여겼다는 정도다.

이건 어디까지나 지식이며 나 자신은 그런 감정까지는 갖고 있지 않다.

다소의 동경심과 '소중히 여겨야 한다'고 생각하는 정도다.

"예를 들면 수도복이나 성서를 소중히 하는 일이라거나."

"그렇군요. 소중히 여기긴 하지만 신께서는 '물건에 고집하지 말지어다'라고도 하셨으니까……."

물욕을 억제하기 위한 설화겠지만 이 시점에서 미즈호 백작국과는 종교적으로 뜻이 맞지 않는다는 걸 깨닫고 만다.

실제로는 신관 중에 돈이나 고귀한 물건을 좋아하는 사람이 많지만.

"미즈호 백작국에서도 딱히 물건에 고집하는 것은 아니지 않을까. 오히려 한 번 만들어 준 도(刀)를 되도록 소중히 한다는 의미라고 생각해."

"그러한 사고방식이라면 충분히 이해할 수 있습니다."

종교니 철학이니 하는 얘기는 나는 전혀 이해하지 못한다.

나도 적당히 말했을 뿐이지만 이나 일행은 역시 이해하지 못한 듯 고개를 갸웃거렸다.

도사의 경우는 아예 식사에 집중하고 있는 실정이다.

전혀 흥미가 없는 것이리라. 도사가 소중히 여기는 것은 본인의 육체니까.

"도는 자신의 목숨을 맡기는 짝이라고 해야 이해가 빠를지도 모르겠네요."

"그거예요, 엘 씨."

하루카는 평소에는 조용한 여성이다.

일류 검사로서 빈틈없는 부분과 요조숙녀 같은 부분을 고루 갖추고 있다.

그런데 엘이 관련된 화제가 나오면 즐거운 표정으로 이것저것 얘기를 한다.

"(엘에게 가능성이 있는 건가.)"

엘의 친구 입장에서는 바람직한 일이며 동시에 미즈호 백작국과의 인연도 만들 수 있다.

어쨌든 그 나라에는 내가 원하는 그리운 일본의 것들이 많으니까.

"그래서 하루카와는 어때?"

"내 승리가 눈앞에 왔어."

저녁 식사 후 엘을 불러 단둘이 앉은 자리에서 물어보니 예상대로 가능성이 매우 높은 것 같다.

"다만, 한 가지 문제가 있는데……."

하루카의 오빠가 '적어도 나와 호각이 아니라면 말도 꺼내지 말라!'고 소란을 피운 모양이다.

나는 어디 사는 고집쟁이 아저씨 같다는 생각을 떠올린다.

"배신 가문의 차기 당주가 보기에는 어때?"

어마어마한 사무라이……뭐, 배신(陪臣)과 비슷한 존재다……가 있었지만 하루카의 본가는 원래 지체가 낮은 배신 가문이며 지금 우대를 받고 있는 것은 발도대로 뽑힐 만큼 도에 뛰어난 오빠와 여동생이 있기 때문이다.

자기 자식이 발도대에 들어갈 정도의 실력을 갖춘다는 보장도 없고 원래 작은 가문이기 때문에 여동생이 시집갈 가문에는 그렇게까지 집착하지 않은 것 같다.

"하루카는 결혼 상대로서는 조금 미묘하지."

가문이 지체가 낮아서 중진의 배신 가문에는 정실부인으로 시집을 갈 수 없으며, 설령 받아주는 집이 있다 해도 남편보다도 칼솜씨가 뛰어나다.

칼솜씨가 중시되는 미즈호 백작국에서 남편보다 훨씬 도술이 뛰어난 아내란 매우 골치 아픈 존재인 모양이다.

"그래서 발도대에 소속된 다른 여자도 모두 독신이래."

그리고 오빠의 존재도 있다.

그는 여동생을 끔찍이 아껴서 '이상한 곳에 시집가 고생하느니 그냥 이 집에 쭉 있으라'고 입버릇처럼 말한다고 한다. 결국 그는 속된 말로 시스콤이었다.

여동생을 너무 끔찍이 아껴 가능하면 시집을 보내고 싶지 않은 것이다.

"하루카의 오빠는 나도 몇 번 얼굴을 봤지?"

"그래."

젊고 실력이 뛰어나다고 하여 전에 미즈호 상급백작에게 소개받은 적이 있다.

무척 진지해 보이는 청년 같았는데 설마 그런 인물일 줄은 몰랐다.

"하루카의 오빠에게 물어볼까……."

"부탁해. 지금의 내 실력으로 봤을 때 내가 하루카의 오빠와 대등히 겨룰 수 있는 건 몇 년 뒤야."

엘은 도술로 하루카의 오빠를 따라잡을 자신이 있는 모양이다.

실제로 재능이 있으므로 꼭 허풍만도 아닌 것이다.

"그렇게까지 기다렸다간 하루카도 혼기를 놓칠 테니까."

"잠깐만! 너!"

만일 테레제의 귀에 들어가기라도 했다간 엘의 설화사건으로 번질 것이다. 나는 황급히 엘의 입을 틀어막았다.

"어쨌든 하루카의 오빠 본인에게 물어보면 되겠지."

"부탁해, 벨."

다음 날 아침 나는 엘과 하루카를 데리고 미즈호 백작국군의 진지로 향한다.

그 안에 있는 발도대의 막사로 가자 거기서는 하루카의 오빠가 도술 훈련을 하고 있었다.

"어이쿠, 바우마이스터 백작님 아니십니까? 하루카가 큰 신세를 지고 있습니다."

"별 말씀을요."

역시 시스콤 같지는 않다. 성실하고 멋진 청년으로 보이는 하루카의 오빠는 훈련을 멈추고 내게 밝은 목소리로 인사를 했다.

"하루카가 도움은 되고 있습니까?"

"훌륭한 솜씨를 갖고 있으니까요. 제 검술로는 영원히 이기지 못할 겁니다."

내가 하루카의 실력을 칭찬하자 그는 매우 흡족해했다.

게다가 평소와 다름없는 여동생의 모습을 확인하며 안도하는 듯 보인다.

역시 그는 여동생을 좋아하는 시스콤인 것 같았다.

"실은 잠시 할 얘기가……."

"안 됩니다! 무조건 안 됩니다!"

일찌감치 내가 말을 꺼내려 하자 그 전에 갑자기 거절을 하고 만다. 내가 무슨 부탁을 하려는 지를 거의 본능적으로 알아차린 것 같다.

"오라버니? 무엇이 안 된다는 말씀입니까."

"너는 몰라도 된다!"

"???"

"(뭐?)"

여기서 나는 어떤 사실을 알아차렸다.

아무래도 하루카는 너무 성실한 탓에 그런 방면의 지식이 거의 없는 모양이다.

자신이 엘에게 시집을 갈지도 모른다는 사실을 전혀 눈치채지 못하고 있는 것 같다.

엘에게 호의적인 것은 그저 그녀가 검술을 너무 좋아하여 본인이 가르친 엘의 실력이 빠르게 느니까 기뻐할 뿐인지도 모른다.

"일단 얘기를 좀⋯⋯."

"아뇨! 그것은 안 됩니다! 사랑스러운 동생을 외국으로 보내다니요!"

오빠로서는 사랑스러운 여동생을 외국으로 시집보내고 싶지 않으리라.

이럴 경우 내가 미즈호 상급백작에게 부탁할 수도 있겠지만 위에서 억지로 명령을 내려봤자 감정적인 응어리만 남을 뿐이니 그를 납득시키는 게 좋으리라.

"엘의 어떤 점이 나쁜 겁니까?"

"재능은 있지만 아직 미숙합니다!"

"그렇다 해도 앞으로 몇 년이나 기다리게 할 건지."

"그것은⋯⋯."

사랑스러운 여동생이 곁에 있기를 바라지만 그렇다고 자기 때문에 결혼을 방해하는 것도 오빠로서는 아닌 것 같다. 하루카의 오빠는 마음속으로 계속 갈등을 하고 있는 모양이다.

"⋯⋯. 하루카가 해외에서 산다. 문화의 차이도 있을 테고⋯⋯."

"그렇게까지 걱정하지 않아도 됩니다⋯⋯."

언어가 크게 차이 나는 것도 아니고 식문화도 나 때문에 미즈호식과 꽤 친밀하다.

게다가 나는 제국의 내란 종결에 협력한 대가로 미즈호 백작국과의 교역을 신청할 생각이다. 그리되면 정기적으로 매입을 하러 갈 테니까 그때는 하루카가 좋은 안내자가 되어줄 것이다.

　'순간이동'이 있으면 그녀의 고향 나들이는 언제든 할 수 있으니까.

　"하지만……."

　"당신이 너무 애처럼 떼를 부려도 소용없는 일 아닌가요?"

　나로서는 하루카 본인이 싫다면 강제할 추진할 생각이 없다.

　다른 후보도 얼마든지 있고 엘 역시 그걸 바라지 않을 테니까.

　하지만 오빠의 반대라는 이유로 물러날 생각은 없었다.

　"하루카를 맡길 남자는 강해야만 합니다."

　"하지만……."

　내 여동생을 원하면 오빠인 나를 쓰러뜨리고 가라……이야기로서는 몰라도 현실에서는 귀찮을 뿐이다.

　하루카의 오빠보다 강한 남자 중에 현재 그녀에게 반했으며 그녀를 신부로 맞이하는 이득이 있는 집안은 존재하지 않는 것 같다. 그렇다면 바우마이스터 백작가와 미즈호 백작국과의 가교가 되는 것도 나쁘지 않으리라.

　만일 미즈호 상급백작에게 말하면 당장에 오케이 할 것이다.

　"저를 이길만한 남자가 아니면 안 됩니다."

　이제 몇 년만 지나면 엘은 하루카의 오빠와 최소 호각에 가까운 솜씨를 갖게 될 것이다.

　그런 가능성이 보이는 데도 그대로 몇 년을 기다리는 것도 말이 안 된다. 적어도 장래성을 높기 사주었으면 한다.

"엘이라면 몇 년 뒤에는 할 수 있지 않을까요."

"지금이라야 합니다! 어쨌든 안 됩니다!"

하루카의 오빠는 완강했다.

감정적인 면이 컸지만 작은 배신 가문이므로 정략결혼으로 가문을 키운다는 발상이 없을지도 모른다.

자, 어떻게 본인을 납득시켜야 할까.

"엘이 도가 아니라 검으로 싸운다거나."

"아니, 지금 내 실력으로는 검으로도 못 이겨."

내가 보기에는 엘의 검술 실력도 매우 뛰어났지만 하루카의 오빠는 더 뛰어나며, 미즈호 백작국에는 그 하루카의 오빠를 웃도는 달인이 수십 명이 있다고 한다.

"(일단 해보는 게 어때? 어쩌면 이길 수 있을지도 모르잖아.)"

"(그랬다가 지면 얘기가 다시 원점으로 돌아가잖아)"

"(그건 그렇지…….)"

이기지 못하면 하루카를 신부로 내주지 않겠다고 하니까 어떻게든 하루카의 오빠를 쓰러뜨려야만 하는 것이다.

"바우마이스터 백작님이라도 상관없지만요."

"네? 나요?"

갑작스러운 하루카 오빠의 제안에 나는 당혹감을 느낀다.

"바우마이스터 백작님은 엘빈 님의 주군이 아닙니까? 당신이 강하다면 저는 안심할 수 있으니까요."

어째서 나라도 상관이 없는 건지 전혀 이해가 안 된다.

딱히 하루카를 시집보낼 생각도 없고 내 검술로는 엘보다 더 가능성이 없으니까.

"제 검술 실력을 알고 하는 얘깁니까?"

"아뇨, 저는 바우마이스터 백작님의 마법과 겨뤄보고 싶습니다. 그게 당신의 가장 강력한 무기죠?"

"마법이요?"

나는 하루카의 오빠가 사실은 엄청난 전투광이 아닐까 하는 생각이 들었다.

도(刀)로 마법에 대항한다. 이종격투전이 되겠지만 설마 이런 승부를 도전해 올 줄은 몰랐다.

"벨, 부탁해."

"으으……. 알았어……."

친구이자 배신이기도 한 엘의 부탁이다.

나는 하루카의 오빠와의 결투를 받아들인 것이다.


"너무 큰 마법은 쓰지 마."

"그리고 죽여서는 안 된다."

"알고 있습니다."

"일단 다짐을 해두지 않으면 백작님의 마법은 가끔 장난이 아니니까 말이야."

"그렇다. 재해급 위력인 것이다."

"두 분은 대체 저를 어떤 파괴자로 생각하는 건가요? (남 말 하실 처지가 아닐 텐데요?).

"".......""

"그 부분은 농담으로라도 평범하게 대답해 주십시오."

엘과 하루카의 혼인을 인정받기 위해 하루카의 오빠를 만나러 갔는데, 나는 어째선지 미즈호 백작군의 연병장이 있는 초원에서 그와 결투를 벌이는 신세가 됐다.

어디서 들었는지 초원에는 테레제, 알폰스, 미즈호 상급백작을 비롯한 많은 관중들이 모여 있다. 블랜타크 씨와 도사도 어느새 내 세컨 역할을 맡고 있다.

야전 진지나 둔전을 넓히면서 벌어지는 지구전이라 전부 오락에 굶주려 있던 모양이다.

모두들 제각기 먹고 마시면서 구경하는 모습에 나는 은근히 살의가 솟구쳤다.

이건 프로레슬링이나 야구 관람이 아닌데…….

"방심하지 마."

"그야 물론이지."

너무 강력한 마법은 쓸 수 없겠지만 하루카의 오빠는 마도를 갖고 있다. 아직 실제로 상대한 적이 없기 때문에 어느 정도까지 '마법장벽'을 깰 수 있을지 가늠이 잘 안 된다.

"마도의 성질을 보건대 초급 마법사라면 자칫 베일 수도 있겠다."

"마법사를 죽인다구요?"

"전쟁이 아니면 귀중한 마법사를 벨 기회가 없기 때문인지도 모르지만 가능성은 높다!"

도사의 말이 맞기는 하지만 그렇다면 하루카의 오빠는 실전 형식을 빌린 나와의 결투로 그 요령을 파악하고 싶은지도 모르겠다. 아무래도 나는 실험대이기도 한 것 같다.

"여보, 부상에 조심하세요."

"최악의 경우라도 엘리제가 고칠 수 없는 만큼은 안 다칠 테니까."

엘리제가 걱정스럽게 내게 말을 걸어왔지만 나는 걱정하지 말라고 농담을 건넸다.

"벨, 하루카의 오빠는 엘과는 격이 달라."

"그렇군. 나는 그저 대단하다는 것밖에 모르겠어."

도와 창이라는 차이는 있지만 이나는 하루카의 오빠의 뛰어난 실력에 놀랐다.

내게는 그저 엘보다는 강하겠지 하는 느낌밖에 들지 않는다.

마법사의 역량은 거의 측정할 수 있게 됐지만 도술에 관해서는 문외한이다.

"벨도 옛날에는 검술 훈련을 받았는데."

"재능이 없으니까 어쩔 수 없지."

"마법이라면 질 일은 없겠지만 벨은 '마법장벽'의 마나를 아끼지 않는 편이 좋아."

루이제도 나와 20미터쯤 떨어져 대치하는 하루카 오빠의 실력에 경계심을 드러냈다.

"거리를 허용하면 안 돼."

"작은 마법을 연발하여 어쨌든 상대가 선제공격을 하지 못하도록 해야 해요."

빌마와 카타리나의 조언까지 들은 뒤 나는 하루카 오빠와 싸우게 된다.

"이유를 전혀 이해할 수가 없는데……. 원래는 엘이 겨뤄 기적적인 모습을 보이고 하루카의 오빠가 '제법이구나' 하며 훈훈하게 마무리될 장면이잖아."

그런데 어째서 내가 엘의 주군이라는 이유로 싸우는 신세가 되어 있는 걸까. 전혀 의미를 알 수가 없었다.

"저 사람 전투광인가?"

"자신의 목표를 높게 가진 사람인 건 확실해. 마법사와도 그 나름대로 싸울 수 있는 힘을 갖고 싶은지도."

"나는 그 실험대인가……."

"죄송합니다. 오라버니가……."

나도 모르게 엘에게 푸념을 늘어놓았지만 옆에서 사과하는 하루카를 보니 승부를 포기할 수는 없다.

내가 이기면 적어도 하루카와 엘의 결혼에 대해 하루카의 오빠의 동의는 얻을 수 있으니까.

"뭐, 괜찮아. 내가 이기면 되니까."

하루카를 위해 가볍게 받아넘겼지만, 사실은 속으로도 승리를 확신하고 있다.

이쪽에 '마법장벽'이 있는 이상은 아무리 생각해도 저쪽의 공격이 통하지 않을 테니까.

"그럼 시작할까요."

"바우마이스터 백작님, 그럼 정정당당히 승부를."

내 주위에서 엘리제 일행이 떠나고 블랜타크 씨가 상공에 신호의 불덩이를 쏘아 올린 것과 동시에 승부가 시작되었다. 상대가 도를 쓰는 이상은 내게 접근하지 않으면 의미가 없다.

내 쪽은 사정권 밖에서 일방적으로 공격하여 대미지를 축적 시키는 게 유리하므로 우선은 마법으로 돌멩이를 잔뜩 만들어 내서는 차례차례 시간차를 두고 하루카의 오빠를 향해 날렸다.

몇 발만 명중하면 전투 불능에 빠질 것이다.

역시 여동생 앞에서 그를 죽일 수는 없다. 게다가 주군인 미즈호 상급백작의 앞이기도 하니까.

"어설퍼!"

그런데 하루카의 오빠는 도를 뽑아 전광석화 같은 움직임으로 돌멩이를 잇달아 베어서 바닥에 떨어뜨렸다. 그 움직임은 마치 모 3세에 나오는 참철검의 검사 같았다.

"실화냐!"

돌멩이를 전부 잃은 나는 이번에는 작은 '파이어 볼'을 하루카의 오빠에게 연달아 날렸다. 그러자 그는 비장의 무기인 세 번째 칼 마도를 뽑았다.

하루카의 오빠가 푸르스름하고 희미하게 빛나는 도신을 휘두르자 불덩이는 잇따라 '치익' 소리를 내면서 꺼졌다.

"물 속성인가!"

"마도는 사용하는 속성과 마나 양을 조절할 수 있으니까요!"

계속해서 소형 '윈드 토커'를 연속해서 날리지만 이것도 노랗게 빛나는 도신에 의해 잇달아 소멸되어 간다.

흙 속성의 마나를 도신에 깔아 '윈드 토커'를 소멸시켜 버린 것이다.

"(미즈호의 마도는 좀 위험한 거 아냐?)"

마도의 달인이라면 어설픈 초급 마법사쯤은 쉽게 죽일 수 있을 것 같다.

뉘른베르크 공작이 경계하는 게 당연하다.

"(이건, 접근시켜서는 안 되겠군.)"

마도의 결점은 내장된 마정석의 마나가 떨어지면 평범한 도가 되어버리는 점이다.

그렇다면 가급적 소모시키며 이쪽에 접근하지 못하도록 하면 되는 것이다.

'파이어 볼' 정도로는 발을 묶을 수 없으므로 이번에는 옛날에 스승님에게 받은 도신이 없는 검을 마법 자루에서 꺼낸다.

곧바로 화염의 도신을 만들어 지면에 찔러 넣고는 하루카의 오빠를 향해 땅으로 뻗어가는 '불뱀'을 연속 발사한다.

"쳇!"

당연히 맞을 리는 없지만 하루카의 오빠는 그것을 회피하기 위해 전진을 멈추고 만다.

그사이 나는 서서히 뒤로 물러서 갔다.

"'얼음 뱀'이랑 '지바시리'랑 '카마이타치'랑 어떤 게 좋아?"

하루카 오빠의 대답은 기대하지 않았기 때문에 잇따라 페인트를 걸면서 연속 발사했다.

어쨌든 카타리나와 빌마의 말대로 공격 거리를 허용하지 않도록.

"마도에 불가능은 없다!"

내 마법을 계속 회피하던 하루카의 오빠였지만 크게 옆으로 이동한 뒤에 마도를 지면에 찔렀다.

한순간 도신이 빨갛게 빛나더니 마치 불붙은 도화선 같은 불길이 나를 향해 왔다.

아무래도 내 마법을 흉내 낸 모양이다.

"(마법사도 아닌데, 마도는 정말 엄청난 물건이군. 하지만…….)"

나는 이걸 기다리고 있던 것이다. 대단하긴 하지만 이런 공격은 마도에 남은 귀중한 마나를 소비시킨다.

마법사가 아닌 하루카의 오빠는 마도의 마나를 잃으면 그저 뛰어난 검사로 돌아가 버린다.

실제로 몇 방인가를 '얼음 뱀'으로 없애버리자 그의 마도에서 빛이 사라졌다.

"후후. 마도의 마나가 사라졌다고 생각하나?"

갑자기 하루카의 오빠는 마도의 자루를 열더니 마나가 떨어진 마정석을 빼고 품에서 꺼낸 예비 마정석을 갈아 끼웠다.

충격적인 사실이다. 놀랍게도 마도에 내장된 마정석은 마나가 떨어지면 건전지처럼 교체가 가능했던 것이다.

"하지만 이대로 가다간 끝이 없겠군요. 이제부터 제 혼신의 일격으로 상대하죠."

하고 말하자마자 하루카의 오빠는 일직선으로 이쪽으로 돌진

해 온다.

나는 황급히 '파이어 볼'을 연발하여 접근을 막으려고 하지만 그것들은 그가 마도를 크게 한 번 휘두르자 전부 사라져 버린다.

"아닛!"

마나를 아끼지 않고 내게 단숨에 접근을 시도한 것이다.

원래의 신체 능력의 차이도 있어서 내가 후퇴하기에는 이미 늦었다.

하루카의 오빠가 매우 가까운 거리까지 육박해왔기 때문에 이번에는 지름 1미터 정도의 불덩이로 막아 보지만 이것도 물 속성을 머금게 한 마도의 일격에 둘로 쪼개져 버렸다.

"'마법장벽'!"

이제 하루카 오빠와 내 사이에는 남은 거리가 거의 없다.

여기까지 접근을 허용했다면 이제 '마법장벽'으로 공격을 계속 막을 수밖에 없는 것이다.

따라서 선택은 오직 '마법장벽' 뿐이지만 왠지 한순간 안 좋은 예감이 들었다.

일종의 직감이었지만 이런 것을 무시하면 대개 심한 꼴을 당하는 것 같다. 듯하다 ?

그래서 평소보다 '마법장벽'을 두껍게 쳐봤는데 역시 내 감이 옳았던 것 같다.

"미즈호 신음류 오의 '아랑(牙郎) 찌르기!'"

하루카의 오빠는 베는 게 아니라 한 곳에 집중한 찌르기 기술을 펼쳤다.

마도의 끝에만 마나를 담아 일점 돌파를 노렸다.

결국 내 판단이 옳아서 그의 일격은 평소보다 두껍게 친 '마법 장벽'의 대부분을 관통하여 거의 얇은 껍질 한 장 만큼만 남은 상태였다. 직감에 따르지 않았다면 나는 급소를 찔려 크게 다쳤을 것이다.

서로 죽이는 대결이 아니라서 마법의 위력을 낮췄다고 해도 질 뻔한 것이다.

"제 패배군요."

혼신의 일격이 미치지 않은 순간 하루카의 오빠는 마도를 칼집에 넣고 자신의 패배를 인정했다.

"어쩐지 안 좋은 예감이 들어 '마법장벽'을 두껍게 치지 않았다면 내가 졌겠죠."

"그 감은 바우마이스터 백작님이 본인의 연마에 의해 얻으신 겁니다."

"당신은 정말 강하군요."

"아뇨, 아뇨. 저는 아직 미숙합니다. 그건 그렇고 하루카 문제 말입니다만, 승부에 진 이상 인정하도록 하겠습니다. 바우마이스터 백작님 곁에 있다면 하루카도 안전하겠죠. 엘빈도 곧 강해질 테구요."

"그거 잘됐군요."

일부러 결투까지 한 보람이 있었다. 이것으로 마침내 하루카와 엘의 결혼에 장애물이 사라졌으니까.

"하루카 씨."

"엘 씨."

그리고 당사자인 엘과 하루카는 서로를 바라보았다.

이제 엘이 멋진 패기만 보여주면 되는 것이리라.

"이번 전쟁이 끝난 뒤가 되겠지만 바우마이스터 백작령으로 와주겠어? 하루카 씨."

"네, 기꺼이."

엘의 프러포즈를 하루카는 망설임 없이 수락했다.

"마침내 엘 꼬마도 결혼하는 건가."

"잘된 일이군."

"벤델린도 내게 이런 프러포즈를 해주지 않을까?"

"아뇨, 그건 어렵겠죠."

"알폰스, 이럴 때 꼭 그렇게 냉정하게 대답할 필요는 없잖아."

일부 구경꾼들이 시끄럽게 떠들었지만 어쨌든 무사히 수습되어 다행이었다.

주변의 시선은 프러포즈를 마친 엘과 그것을 받아들인 하루카에게 향해 있었다…….

그런데 어째선지 여기서 예상치 못한 사고가 발생한다. 하루카가 곧이어 엄청난 말을 내뱉은 것이다.

"엘 씨의 검술 교관이군요. 기꺼이!"

"네?"

엘은 프러포즈를 한다고 했는데 하루카는 엘의 검술 교관으로 바우마이스터 백작령에 가는 걸 인정받았다고 인식한 것이다. 자신의 오빠는 그저 여동생이 외국에 가는 것을 반대했을 뿐이라고.

전혀 예상치 못한 하루카의 대답에 엘의 눈은 초점을 잃었다.

"그러고 보니 엘에게 시집간다는 얘기를 누가 하루카에게 한 적 있나?"

돌이켜 생각해 보니 직접 결혼 얘기를 한 적이 없었던 것 같다. 적어도 나는 안 했다.

"그래서 오빠분은 어떤가요?"

"죄송합니다⋯⋯. 저도 말로는 그저 바우마이스터 백작령에 가는 것을 반대했을 뿐입니다⋯⋯."

검의 재능 문제도 있었지만 기본적으로 시스콤인 하루카의 오빠는 여동생이 시집간다는 사실을 용납할 수가 없어 그런 교육을 전혀 하지 않은 것 같다.

미인에 검술 재능도 뛰어나고 요리와 바느질까지 잘해서 이것이 요조숙녀인가 하는 이미지를 가진 여성이지만 연애나 결혼에 대한 지식이 거의 머릿속에 들어있지 않은 것 같다.

"여동생분이 발도대의 동료에게 구애를 받거나 한 적도 없나요?"

"그런 괘씸한 녀석들은 제가 훈련으로 깨닫게 해주었습니다."

남매가 모두 발도대에 있으므로 하루카에게 이상한 벌레가 꼬이지 않도록 분전을 한 모양이다.

그야말로 시스콤의 귀감이라고 할 만한 남자다.

"미즈호 상급백작에게 허가를 받을 테니까 오빠이자 차기 당주로서 여동생에게 잘 설명을 하도록."

"그것은 거절하도록 하겠습니다."

대번에 거절해왔다.

"(역시 시스콤이군······.) 인정 못 해! 어서 하란 말이야!"

나는 이긴 것이다.

그것만은 양보할 수 없다고 강한 어조로 하루카의 오빠에게 명령한다.

"알겠습니다······."

나는 하루카 오빠의 두 어깨를 양손으로 움켜쥐고는 그의 설득에 성공한다.

하지만 아무리 다른 나라라 해도 백작의 요청을 거절하다니, 이 남자는 정말 무시무시한 시스콤이다.

겉모습은 고풍스러운 검사이며 평소에도 그렇게 행동하므로 이 남자의 마음속에 흐르는 시스콤의 본능을 알아차린 사람은 많지 않으리라.

"이제 미즈호 상급백작의 허가를 얻기만 하면 되겠군."

마침내 엘과 하루카의 결혼에 장애물이 사라지자 나는 진심으로 안도의 한숨을 내쉬었다.

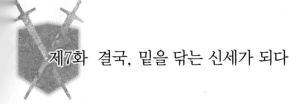

# 제7화 결국, 밑을 닦는 신세가 되다

"으으음……. 의외로 먹을 수 있을 것 같다."
"맛이 있지는 않군요."
"어쨌든 말의 먹이니까."

하루카 오빠와 결투를 벌인 2주 후, 양쪽의 대치가 이어지는 가운데 나는 오늘도 마법 훈련을 마친 뒤 취미인 요리 연구에 매진하고 있었다.

미즈호 백작국군 진지 안에 있는 단련소 끝에서 셋이 마도 휴대 곤로에 큰 냄비를 올리고 조림 요리를 만들고 있다.

최근의 과제는 그 말의 먹이로서 야전 진지에도 대량으로 밭이 만들어져 있는 바보 무의 활용법이었다.

이 맛없는 바보 무를 얼마나 맛있게 요리하느냐.

좀처럼 해내기 어려운 난제이기 때문에 시간을 소비한다……
아니 불태우는 것이다.

'벤델린은 참 특이한 짓을 하는구나.'
'인간은 먹지 않으면 살아갈 수 없습니다.'
'뭐, 마음대로 해. 나는 이것저것 바쁘니까.'

이미 확장이 끝난 야전 진지에 상주하는 테레제가 어이없어했지만, 나의 시행착오는 계속되었다.

뉘른베르크 공작이 이끄는 반란군도 이 야전 진지를 경계하여 수천 명의 부대를 근처 곳곳에 배치해 두고 있지만 당장 대군을 보내올 낌새는 없다.

밀정의 정보에 따르면 생각 이상으로 중앙과 남부 인근의 동서 지역을 파악하는 데 애를 먹고 있는 것 같다.

당주가 인질로 잡혀 있지 않은 귀족 중에 반항적으로 나오거나 기회주의적인 모습을 보이는 자도 있을 것이다.

"이쪽도 비슷한 처지지만."

필립 공작가 외에 유일하게 이쪽에 붙은 선제후 바덴 공작가가 주도권을 쥐려고 이것저것 획책을 시작한 모양이다. 반란군을 물리친 이후에 황제 후보가 둘밖에 없는 탓에 차츰 욕심이 생기는 것이리라.

지금으로서는 목표가 같기 때문에 서로 완전히 발목을 잡는 상황은 아닌 것 같지만 바덴 공자는 이 상황에 조바심을 내며 몇몇 곳의 거점이나 마을을 공격하자는 말을 꺼내기 시작했다.

첫 전투에서 승리했다는 소식을 듣고 자신도 전공을 세워 입지를 강화하려는 의도이리라.

다른 귀족들도 꼬드겨 파벌을 만들고 공세로 나가자고 테레제에게 번번이 진언을 하고 있다.

총대장인 테레제는 신중론을 주장하고 있다. 그녀는 뉘른베르크 공작의 군사적인 재능을 높이 평가하고 있으므로 졸속적인 행동은 위험하다고 판단하는 것이다. 그리고 동시에 바덴 공자로부터 조바심 같은 감정을 느끼고 있는 것 같다.

테레제보다도 빨리 우위에 서고 싶어 한다. 바덴 공자나 파벌을 이루고 있는 다른 귀족들 모두 이번 내란에서 크게 활약하여 지위나 영지를 하사받고 싶다고 조급하게 서둘고 있으리라. 이런 감정은 귀족의 본능이었지만 확실히 조바심은 금물이다.

나는 전혀 조바심이 없는데. 빨리 돌아가고 싶기는 하지만.

"이 조림 요리는 평범한 무를 써야 맛있겠군."

"된장 조림이니까 될 줄 알았는데…….'

마도 휴대 곤로 위에 올린 큰 냄비 안에는 된장으로 양념한 내장과 채소 조림이 보글보글 소리를 내며 끓고 있다.

"확실히 평범한 무가 맛있긴 하지만 전혀 맛이 없는 것도 아니잖아."

도사는 푹 끓인 된장 조림을 큰 냄비에서 그릇에 덜어 먹기 시작한다.

블랜타크 씨는 조금 맛을 보고 나서는 먹기를 그만두었다.

"역시 바보 무 자체의 맛이 좋지 않아."

나는 오늘도 실패라고 결론을 내리고는 마법 자루에서 마도 휴대 곤로와 커다란 냄비를 꺼내 데우기 시작한다.

내용물은 감주였다. 위에서도 마법으로 가열하여 감주는 몇 분 만에 적당한 온도로 데워졌다.

"블랜타크 씨, 한 잔 하실래요?"

"그래. 아침부터 술을 마실 수는 없으니까. 감주라니 고맙군."

아직 춥기 때문에 카스니(술지게미를 푼 국물에 재료를 넣고 끓인 요리)에라도 쓸까 하고 미즈호 백작국군 진지에 있던 행상인에게 술지게미를 사두기를 잘했다.

미즈호 요리는 거의 일식이므로 내 입맛에도 잘 맞아 그야말로 만만세다.

"너무 많이 마시지는 마십시오. 엘리제 일행이 아침을 해놓고 기다리고 있으니까요."

"알고 있다."

"이 사람도 한 잔 다오."

블랜타크 씨와 내가 실패작이라고 판단한 된장 조림을 모조리 먹어치운 도사는 감주도 요구했다.

도사의 경우는 딱히 지금 많이 먹어도 아침 식사에 전혀 영향이 없기 때문에 아무도 주의를 주지 않는다.

"드세요."

"쌀쌀한 아침에는 이만한 게 없지."

"셋이 여기서 뭐 해?"

"그냥 너를 기다리고 있는데."

"창피하니까 하지 마!

많은 미즈호 백작국군 병사와 사무라이들이 열심히 훈련하고 있는 옆에서 우리 세 사람은 주변 시선도 신경 쓰지 않고, 마도 휴대 곤로에 냄비를 얹어 음식을 만들고 있었다.

이걸 타락이라고 하면 할 말이 없지만 그만큼 반란군의 반응이 없어 심심했던 것이다.

"딱히 바덴 공자처럼 공세론을 부추기는 것은 아니니까 상관없지만."

"그래. 백작님 말이 맞다. 감주 좀 더 다오."

"이 사람들 일은 신경 쓰지 말고. 훈련을 계속하거라. 나도 한 잔 더."

"신경 쓰입니다!"

엘은 우리 존재가 창피한 모양이다. 냄비에 요리를 만드는 일을 그렇게 신경 쓸 필요가 있나 싶긴 하지만.

"감주 마실래?"

"······응······."

그래도 감주는 마시려는 모양이다. 도사에게 감주를 따른 컵을 슬그머니 받는다.

"하루카도 마실래?"

"예."

엘 옆에 있는 하루카는 블랜타크 씨에게 컵을 받아들었다.

"뭘, 계속 기다려야 하는 이상 적당히 긴장을 늦추는 것도 중요해."

블랜타크 씨 말대로 전쟁이 빨리 끝나는 게 제일 좋겠지만 조바심을 내다가 진다면 그것도 의미가 없다.

때로는 기다리는 것도 전쟁에는 필요했다.

"엘은 내란이 일찍 끝나면 결혼이 빨라지니까 서두르는 기분도 이해할 수 있지만."

내 지적에 하루카는 얼굴을 붉게 물들였다.

미소녀 사무라이 걸의 붉은 얼굴은 그야말로 한 폭의 그림이다.

엘은 표면상으로는 평정심을 유지하고 있었다.

조금은 여자에 익숙해졌기 때문에 노골적인 부끄러움은 내비치지 않는 것이다.

"아니, 결혼하기 전에 조바심내다 전사하기는 싫으니까. 기다리는 건 이해할 수 있어. 내가 하고 싶은 말은 단련소 구석에서 요리를 하는 문제인데……."

"배가 고프면 싸울 수가 없어. 가축 사료로밖에 못 쓰는 바보 무의 효과적인 활용 연구야."

"언뜻 듣기에는 맞는 소리 같지만 겉모습은 전혀 그렇게 안 보여."

그저 커다란 냄비에서 끓고 있는 요리를 지켜보는 나, 중년 그리고 초로의 세 사내 모습에 엘은 기가 막힌 표정을 지었다.

결국 엘의 결혼은 미즈호 상급백작과 하루카의 오빠가 인정했기 때문에 정식으로 약혼이 성립되었다.

하지만 처음에는 하루카가 크게 동요하는 바람에 애를 먹었던 것이다.

'제가 결혼을요?'

하루카 본인은 엘의 마음을 전혀 눈치채지 못했다.

애당초 연애 분위기도 잘 모르는 것 같고 본인은 검술을 익히며 평생 독신으로 살 생각을 한 모양이다.

자신을 아내로 삼을 남자가 없다고 여긴 측면도 있었다.

"엘이 싫다면 강요하지는 않겠지만."

"아뇨, 싫지는……. 오히려 엘 씨에게 저 같은 여자가……."

발도대 안에서 하루카는 물론 미인이었지만 구애를 하려는 괘씸한 놈들은 오빠에 의해 제거되었고, 연습 따위도 여자에게 지는 게 싫다고 대원들이 피했던 모양이다.

훈련 상대는 몇 안 되는 여자 대원과 오빠, 하루카보다 강한 대원들뿐이었다고 한다.

그런 그녀 입장에서는 자신이 여자라도 진지하게 검을 배우는 엘이 바람직한 남자로 보였으리라.

설령 엘 입장에서는 하루카에게 검을 배우는 일 자체가 상이었다고 해도 말이다.

"엘이 좋다고 하는 이상 이제 하루카가 어떻게 생각하느냐만 남았어."

"제가요…….

"그래. 하루카 본인이 어떻게 생각하는지."

"바우마이스터 백작님은 무척 특이하시군요. 강제로 명령을 내리셔도 될 텐데."

"나는 소심한 사람이니까. 불만을 품은 가신의 아내에게 기습이라도 당했다가는 어찌 될지 모르잖아. 억지로 강요할 생각은 없어."

"그렇군요. 이 말씀은 받아들이도록 하겠습니다."

"그거 다행이군."

"지금까지 저를 여자로 대해 준 건 발도대의 여자 동료들과 오빠와 엘 씨뿐이었습니다. 엘 씨는 평소에 저를 다정하게 대해주시니까요."

엘은 미즈호 미인인 하루카에게 홀딱 반했으니까 잘해주는 것은 당연하다.

하지만 그 당연함이 그녀에게는 기쁨이었으리라. 조금 얼굴을 붉히면서 기쁜 듯 나의 요청을 수락했다.

"그럼 결정됐군."

이렇게 해서 엘과 하루카의 약혼은 순조롭게 결정됐다.

미즈호 상급백작은 '더 신분이 높은 배신 가문의 딸도 괜찮다' 고 귀족적인 의견도 내놓았지만 엘이 하루카가 좋다고 하자 순순히 물러났으며 하루카의 오빠도 상부의 명령이라면 거역할 수 없다.

나와의 결투에서 졌다는 사실도 있기 때문에 표면적으로는 흔쾌히 여동생의 결혼을 받아들였다.

그 대신 매일 아침 함께 즐겁게 단련하는 두 사람을 한쪽 귀퉁이에서 원망스러운 듯이 쳐다보는 모습이 명물이 되었다.

엘은 우리가 음식 하는 걸 신경 쓰기보다 그를 어떻게든 하는 편이 나으리라.

그리고 결혼이 결정되고 행복에 겨워하는 엘이 조금 짜증 났다.

'뭐, 너무 들떠서 전사하지는 마. 옛날부터 병사가 『나는 이번 전쟁이 끝나면 결혼할 거야……』라고 하면 상당한 확률로 전사한다고 하거든.'

'그런 얘기는 들어본 적 없는데.'

'어라? 유명한 줄 알았는데.'

'어느 이야기책에서 본 거야?'

아무래도 지구에서는 흔한 편인 사망각이 이 세계에는 존재하지 않는 모양이다.

적어도 엘은 몰랐다.

'나는 알아.'

'이나는 안다는데.'

'이나는 말이지…… 역시 이야기에서 나온 거겠지.'

'그렇지만 작자의 과거 경험담이라고 후기에 적혀 있었는걸. 그 밖에도 『이제 곧 아이가 태어난다』라든가…….'

역시 그런 설정은 이 세계에도 존재하는 모양이다.

'부부가 쌍으로 재수 없는 소리를……. 나는 전쟁이 끝나면 하루카 씨와 행복하게 식을 올릴 거야.'

행복의 절정에 있는 엘은 이나와 내 말을 완전히 무시했다.

나로서도 무서운 이야기이므로 더 이상 떠올리지 않기로 한다.


'우리의 음식 조리보다 저 깝깝한 녀석 좀 어떻게 해봐.'

우리가 음식을 하는 일은 그리 큰 잘못이 아니다.

지금도 도사가 희망자에게 감주를 나눠주며 호평을 받고 있고, 단련한 후 영양이 풍부한 감주를 마시는 건 건강에도 좋으니까. 그렇다, 감주는 건강식품인 것이다. 동아리 활동 끝나고 스포츠 드링크를 마시는 일과 다를 바 없다.

"그 얘기는 발도대의 높은 분들에게도 들었지만 어떻게 되긴 될까?"

지금도 하루카의 오빠는 엘과 하루카를 원망스럽게 쳐다보고 있다.

단련이나 일은 빈틈없이 하고 있지만 발도대 간부가 '분위기가 나빠지므로 어떻게든 해달라'고 엘에게 고충을 털어놓는 것이었다.

　도사가 딱하게 여겨 그에게도 감주를 나눠줬지만, 다 마시고 나더니 또 원망스러운 표정으로 엘을 쳐다보고 있다.

　"하루카, 오빠는 뭘 좋아하지?"

　"그러니까……. 역시 도겠죠."

　무척이나 알기 쉬운 대답이었다. 결국 그 오빠에 그 동생이리라.

　"그렇다면……. 이봐~, 하루카의 오빠분."

　"바우마이스터 백작님, 저는 타케오미라고 부르셔도 상관없습니다만……."

　하루카의 오빠는 귀여운 여동생을 빼앗은 엘에게는 원망스러운 시선을 보냈지만, 백작이자 결투에서 자신을 이긴 내게는 경의를 표하고 있다. 내가 부르자 공손히 고개를 숙였다.

　"실은 지난번에 주문한 오리할콘도(刀)의 시험 베기를 부탁하고 싶은데."

　카네사다 씨는 이 짧은 기간에 이미 대소 두 벌의 도를 완성시켰다고 한다.

　그 시험 베기를 부탁하고 싶다고 타케오미 씨에게 요청한다.

　"엘은 아직 도를 다루는 데 서투니까. 이번에는 타케오미 씨에게 시험 베기를……."

　"맡겨 주십시오! 설마 살아서 오리할콘도의 시험 베기를 할 수 있을 줄이야……."

　미즈호의 사무라이에게 오리할콘도란 언젠가 꼭 손에 넣고 싶은 보물이라고 들었다.

타케오미 씨처럼 지체가 낮은 배신 입장에서는 만져보기만 해도 행운이라고 할 정도의 물건이다.

"아침 식사 후 이 단련소에서 할 겁니다. 카네사다 씨가 완성된 오리할콘도를 가져오겠다고 했으니까요."

"맡겨 주십시오."

타케오미 씨의 언짢은 표정은 완전히 사라졌으며 오히려 갓 완성된 오리할콘도의 시험 베기를 할 수 있게 되어 그 얼굴은 기쁨으로 가득 찼다.

"(검술광 같으니……) 저기, 그리고 말이죠……."

엘에게 너무 언짢은 표정을 짓지 말아 달라고 일단 부탁은 해 두었다. 아마도 소용은 없겠지만.

일은 똑 부러지게 하며 나한테 그런 표정을 짓는 것도 아니므로 사실은 주의를 줄 근거가 없기도 한 것이다.

"아무리 바우마이스터 백작님의 명령이라도 이것은 본능이니까요."

"그렇군요……."

그의 망설임 없는 대답에 나는 시스콤의 깊은 업을 진심으로 이해하게 된 것이다.


"아름다운 도이군요."

"도신을 보고 있으니 마치 빨려들 것 같군."


엘리제 일행이 만든 아침을 먹은 뒤 우리는 다시 미즈호 백작국군 진지에 있는 단련소에 집합했다.

그곳에는 지난번 전투에서 노획한 반란군 전사자의 플레이트 메일과 방패 수십 개가 훈련용 허수아비에 장착되어 배치돼 있다.

손상이 심해서 다시 녹여서 쓸 수밖에 없는 고철이므로 시험 베기를 위해 제공된 것이다.

허수아비 앞에는 나, 엘리제 일행, 블랜타크 씨, 도사, 하루카, 타케오미 씨 등 평소의 멤버가 모여 있었다.

그밖에도 미즈호 상급백작과 그 측근들, 그리고 카네사다 씨가 완성된 두 벌의 오리할콘도를 소반 같은 곳에 올려 제자들과 함께 대기하고 있었다.

곧바로 카네사다 씨가 한 자루의 오리할콘도를 뽑아 도신을 보여주었지만, 그 아름다움에 도와는 인연이 없는 엘리제조차 황홀한 표정을 짓는다.

미즈호 상급백작 일행도 감탄의 한숨을 내쉬었다.

"역시 카네사다로군. 초대 카네사다의 작품과 비교해도 전혀 손색이 없어. 하지만 유감인 건 내 것이 아니라는 점인가."

이 두 벌의 칼의 소유자는 엘이었다.

"마법사를 죽일 때 쓸 수 있겠군."

"예, 초급 마법사에게는 위협이 되겠죠."

블랜타크 씨가 빛나는 도신을 보면서 복잡한 미소를 지었다.

오리할콘도는 어설픈 '마법장벽' 정도는 돌파할 수 있는 힘이 있다.

마도와 비슷한 성질을 갖고 있어 오리할콘제 검으로는 하기 어려운 일이 오리할콘도라면 가능하다.

이러한 기술이 미즈호 백작국이 독자성을 띨 수 있는 가장 큰 요인이리라.

"바우마이스터 백작님, 세 벌의 작도를 더 의뢰했다고 들었는데……."

"예."

"역시 팔지는 않을 건가?"

"판다고 할까 전후에 맺을 통상협정이나 이런저런 일들이 있겠죠?"

단순히 시대대로 파는 일은 어렵지 않지만 그게 능사가 아니다.

바우마이스터 백작가를 위해 더 큰 가치를 갖게 하는 것이 귀족이라는 존재이리라.

"(라고 엘리제가 말했지.)"

"점점 귀족다워졌군, 바우마이스터 백작님은."

"익숙해진 거죠."

미즈호 백작국과 바우마이스터 백작령은 거리가 너무 멀다.

교역 조건을 유리하게 만드는 일에 쓸 수 있다면 더 바랄 것이 없겠지.

"지금 억지로 부탁해도 바우마이스터 백작님의 심기를 거스를 뿐인가."

나와 미즈호 상급백작이 얘기를 하고 있으려니 카네사다 씨에게 오리할콘도를 건네받은 타케오미 씨가 조용히 자세를 잡은 뒤 허수아비를 연속으로 베어간다.

플레이트 메일을 걸치고 있던 허수아비는 대각선으로 베인 모습을 고스란히 드러냈다.

"강철제 플레이트 메일을 두 동강 낸 건가요…….."

"타케오미는 촉망받는 신예 검사니까. 여동생만 얽히면 폭주하는 버릇은 있지만……."

주군에게까지 알려져 있을 만큼 타케오미의 검술은 뛰어난 것 같다.

더불어 시스콤인 사실도 유명한 것 같지만.

"타케오미도 바우마이스터 백작에게 한동안 맡기기로 하지."

"무슨 말씀이십니까?"

"지금 테레제 님이 무엇을 하고 있는지 아는가?"

"회의라고 들었습니다."

그 덕분에 내게 구애를 못 하는 건 다행한 일이지만, 미즈호 상급백작의 얘기로는 그 회의야말로 두통의 씨앗이라고 한다.

"물론 테레제 님이나 알폰스 님의 두통의 씨앗이기도 하지."

마침내 바덴 공자 일당이 공세로 나설 것을 강력하게 주장하는 모양이다.

"여기서 병력을 분산하는 우를 범하는 겁니까?"

"서전 이후에 지금까지 공격을 해오지 않는다면 함정일 가능성도 고려할 필요가 있지. 하지만……."

"원하는 것은 전공(戰功)인가요?"

"그렇지. 테레제 님을 넘어서 반 뉘른베르크 공작파의 꼭대기에 설 수 있는 전공이 필요한 거야. 서전은 바우마이스터 백작님, 미즈호 백작국군, 그리고 알폰스 님은 테레제 님의 대리인이었다. 결국 테레제 님의 공인 거야. 거기까지 얘기하면 알아듣겠지?"

과연, 아무리 크라젠 장군이 멍청이고 그 군이 오합지졸이라도 대군은 큰 위협이니 그 절반을 섬멸한 우리의 전공도 그만큼 큰 셈인가.

"상식적으로 군대의 절반이 당했다면 전멸 취급을 하니까. 만 명이 넘는 병사의 섬멸. 수백 년 만의 커다란 전과이지. 바덴 공자가 조바심을 내는 게 당연해. 우리를 회의에 부르지 않은 이유는……."

여기서 우리가 또 참가하여 전공을 올리면 외국 귀족과 반독립국인 미즈호 백작에게만 수훈을 빼앗기게 되는 꼴이니 그것은 바덴 공자 일행에게 전혀 바람직하지 않은 상황이다.

"저는 딱히 집 보는 역할도 전혀 상관없지만요……."

"우연이군. 이런 졸속적인 행동은 나도 좋아하지 않아."

오리할콘도의 시험 베기는 무사히 끝났으며, 우리가 집으로 돌아왔을 때 이미 바덴 공자 일행에 의한 공격안은 가결됐다. 테레제와 알폰스는 끝까지 반대했지만 다수결에 의해 작전이 가결된 모양이다.

반 뉘른베르크 공작파는 테레제의 독재권이 그렇게까지 강하지 않기 때문에 그녀는 바덴 공자에게 신경을 쓸 수밖에 없었다.

"여기부터 남쪽으로 30km. 상업도시 하바트의 공략이 제1목표야. 그리고 그 근처에 있는 성새 등도."

바덴 공자 일행은 이 소비트 대황무지에 있는 야전 진지를 안

전한 후방 거점으로 삼아, 전선을 하바트와 그 주변에 있는 여러 성새의 라인까지 전진시키고 싶은 모양이다.

"흐으으으음. 작전이 성공하면 좋겠네."

"벤델린, 반응이 조금 차가운 거 아냐?"

"나는 용병 대우를 받는 외국 귀족인걸. 군대도 없고 작전에 대한 발언권도 없어. 그저 아군으로서 성공을 빌 수밖에 없잖아."

"그렇게 말한다면 할 말은 없지만……."

어차피 원군으로 가봤자 좋은 얼굴을 할 리가 없다. 공을 빼앗으러 왔다고 생각할 테니까.

"그래서 우리는 이제부터 차 모임에 갈 거야."

바덴 공자 일행이 지휘하는 군이 출진하는 모습을 지켜본 후, 똑같이 외면당한 미즈호 상급백작이 주최하는 차 모임에 참가한다.

"여보, 특이해서 재미있네요."

일본풍인 미즈호의 차 모임이므로 미즈호 상급백작은 공터에 조립식 암자를 만들고 그 안에서 차 모임을 열었다.

"바우마이스터 백작님도 부인분들도 격식은 신경 쓰지 말고 천천히 즐겨주게."

차 모임에서는 미즈호 상급백작이 우아한 동작으로 말차를 따라주었고 우리는 차례대로 돌려 마셨다.

입가심으로 과자도 먹으며 마지막으로 찻잔을 감상한다.

"투박하면서도 멋진 찻잔이군요."

"투박한 내게 잘 어울리는 찻잔이지?"

차를 따르는 동작으로 보아 미즈호 상급백작은 상당한 교양인일 테니 이것은 겸손이리라. 당주이므로 그런 교육을 받았을 것이다.

"그 찻잔은 바우마이스터 백작에게 선물하지."

"감사합니다."

다기를 선물로 받자 왠지 VIP가 된 기분이다.

"부담가질 필요 없네. 나중에 나도 오리할콘도를 사고 싶으니까. 완성된 것은 하루카와 타케오미에게 대여해 주었다지. 미즈호인에게는 오리할콘도를 쓸 수 있는 것만으로 명예니까. 나도 나중에 감상을 듣겠네."

결국 완성된 두 벌의 오리할콘도는 엘이 소유했으며 그중 한 벌은 엘이 하루카에게 선물했다. 평범한 여자는 꽃이나 장신구를 받으면 기뻐하겠지만 하루카는 이 선물을 받고 크게 기뻐했다.

거기에 한 벌이 더 추가로 완성되었고 이것은 타케오미 씨에게 빌려주었다.

이 세 사람이 지켜준다면 나도 안전할 거라고 믿고 싶다.

"그나저나 작전은 성공할까요?"

"글쎄."

차 모임이 끝나자 이번에는 마총의 시범 사격회에 초대받았다.

미즈호 상급백작과 내가 바덴 공자 일행의 공세가 성공할지를 예상하고 있으려니 연달아 총성이 울려 퍼졌다. 백 미터쯤 앞에 있는 표적에 잇따라 구멍이 뚫렸다.

"사정거리와 명중률은 활보다 훌륭하군요."

"그런 목적으로 만들었으니까. 바우마이스터 백작 일행도 쏴볼

텐가?"

"그거 좋죠."

시험 사격이라니 재미있을 것 같다.

우리는 쏘는 법을 배우면서 표적을 향하여 마총을 발사했다.

"안 맞네……."

이 마총은 활보다 사정거리와 명중률이 뛰어나다. 하지만 반동이 매우 심해서 겨냥이 크게 흔들렸다.

"마총은 힘이 있는 자밖에 다룰 수가 없는 것이다."

"벨, 이 마총이라는 거 무거워."

마총은 쇠뭉둥이므로 루이제에게는 무거울지도 모른다.

이나, 엘리제, 카타리나도 표적에 명중시키지 못했다.

"나는 괜찮아. 아직 개량이 필요하지만 좋은 무기라고 생각해."

유일하게 빌마만은 잇따라 표적에 명중시켰다.

제일 큰 문제인 반동도 영웅 증후군인 그녀와는 상관이 없는 것 같다.

"오오! 벨마 님은 멋진 솜씨를 가졌군. 그 시제품이라도 괜찮은가?"

이어서 미즈호 상급백작에게 다른 것보다 길고 두꺼운 마총을 건네받았다.

힘센 거구의 사내도 혼자 들지 못할 무게라고 했지만 빌마는 가볍게 훌쩍 들고는 정확히 조준하여 발사했고, 멋지게 명중하며 표적은 판자째로 산산조각이 나서 흩어진다.

"대통(大筒–일반 총보다 총구가 큰 총)은 맞기만 하면 위력이 엄청나군."

하긴, 제대로 표적을 향해 쏠 수 있을 때의 얘기다. 어차피 보통 사람은 무거워서 들지도 못하겠지만.

"그 철궁을 당기는 빌마 님이라면 당연한가. 좋아! 빌마 님, 그 대통을 빌려드리지."

"쓸모가 있으니까 좋아. 자료 수집에도 협력해 줄게."

"이거 한 방 먹었군. 예비 마정석도 빌려주겠지만 물건이 물건인지라 이틀에 한 번은 정비를 위해 가져와 주시게."

"알았어."

"빌마, 정비도 열심히 해. 폭발하면 위험하니까."

"고마워. 벨 님은 자상해."

이렇게 해서 바덴 공자 일행이 공세를 펼치는 와중에도 우리는 전력을 정돈하는 데 성공했다.


그런데 그로부터 사흘 후 테레제가 우리에게 달려오게 된다.

"내 우려가 들어맞았어. 벤델린에게 원군을 부탁하고 싶은데……."

"결국 안 좋은 예감이 맞았군."

바덴 공자 일행은 처음에는 순조롭게 상업도시 하바트와 그 주변 성채를 함락했다고 한다.

"그런데, 그게 함정이라서……."

저항도 거의 없이 무사히 목표로 했던 성채를 점령했지만 그곳에는 식량 등의 물자가 거의 존재하지 않았다.

"가벼운 초토 작전을 당한 셈이지."

점령한 토지의 주민에게 약탈이나 징발은 할 수 없다.

나중에 있을 황제 선거를 생각하면 평판을 떨어뜨릴 만한 그런 짓은 하고 싶지 않았기 때문이다.

게다가 이것은 내란이다.

다른 나라와의 전쟁이라면 몰라도 같은 나라 사람에게 약탈을 한다는 것은 말이 안 된다.

그리고 어느새 돌아온 적군에게 오히려 포위되어 버렸다.

농성을 하려 해도 식량이 없는 탓에 테레제에게 원군 요청이 도착했다고 한다.

"파벌의 일원화를 위하여 차라리 처참히 깨지도록 놔두는 것은?"

"우리한테 그럴 여유가 있을 것 같아?"

"없겠죠……."

그런 자들이라도 병력은 병력이므로 테레제는 외면할 수가 없다.

상비병인 제국군의 상당 부분을 아군으로 받아들인 뉘른베르크 공작이 유리한 셈이다.

"상업도시 하바트 방면은 알폰스에게 맡길 거야. 다른 한쪽을 벤델린에게 맡기고 싶어."

"군대가 없는데 누구를 붙여줄까? 아니면 단독으로?"

그렇다면 거절하겠다. 마법사 혼자 원군으로 보내는 무능한 대장과 함께 할 이유가 없다.

"미즈호 상급백작에게 부탁해 둘게. 미안하지만……."

결국 밑을 닦는 역할로 출진하는 신세가 됐다.

\*\*\*

"꽤나 산 안쪽이군!"

미즈호 백작국군이 주체가 되고 우리도 조력자로서 가담한 원군은 남동쪽으로 20km쯤 떨어진 곳에 있는 타벨 산지 요새로 향했다. 이 산악 요새는 표고 600m가량 되는 위에 있었다.

"어째서 이런 곳을 함락한 거지?"

"글쎄? 일단 함락해 두면 수훈이 될 거라고 여긴 게 아닐까?"

"구하러 가는 우리 신세도 생각을 해달라구⋯⋯."

나는 호위인 엘과 불평을 주고받으며 진군을 계속했다.

아군의 한 부대가 연대도 제대로 취할 수 없는 이 산 위의 요새를 함락한 것은 좋지만, 역시 이곳도 함정이라 병력이나 식량도 거의 없었고, 어수룩하게도 요새를 점령한 뒤 몇 배의 적에게 포위당했다고 한다.

"아아~, 산을 오르는 건가~?"

"블랜타크 씨의 나이를 고려해 줬으면 좋았을 텐데."

"사람을 노인네 취급하지 마!"

쓸데없는 말을 지껄인 엘에게 블랜타크 씨가 꿀밤을 날린다.

"지도로 보면 언젠가는 함락할 필요가 있는 요새다!"

"현재의 타벨 산지 요새는 산적에 대비해 소수의 병사가 주둔해 있을 뿐이지만, 옛날에는 제국의 북방 공략 전선기지였습니다. 뉘른베르크 공작의 군대가 점령한 채로 놔뒀다가는 아군이 제도를 향해 진격할 때 보급로를 차단당할 가능성이 있습니다."

도사도 일단 왕국의 중진으로서 군사에 관한 지식이 있으며 하루카도 발도대 소속이므로 기본적인 지식은 있는 것 같다.

"하지만 그 일은 나중에 해도 되잖아."

지금 이런 산꼭대기의 요새를 함락해봤자 보급에 부담만 될 뿐이다. 뭐든지 점령해 두면 전공이라고 생각하는 멍청이 귀족에게도 난감할 따름이다.

"바우마이스터 백작, 적은 타벨 산지 요새를 포위하는 데 열중하고 있다는군. 야음을 틈타 후방에서 습격할까."

현지에 밀정을 보낸 미즈호 상급백작이 내게 작전안을 제시했다. 나는 병력이 없으므로 사실 딱히 반론할 여지가 없다. 미즈호 상급백작이 무모한 짓을 할 리도 없으니 이 작전대로 해도 괜찮겠지.

"타벨 산지 요새에서 농성하고 있는 아군에게 집중하고 있는 뒤에서, 나쁘지 않군요. 뒤에서 또 다른 군대가 공격해 오지만 않는다면 말이죠……."

"그럴 염려도 있었기 때문에 한조에게 중점적으로 탐색하게 했네. 그쪽도 병력이 무한정은 아니니 대부분 하바트 방면의 아군을 포위하고 있는 것 같아. 뉘른베르크 공작은 아직 주력군을 전선에 보내지 않았어."

뉘른베르크 공작이 의지하는 정예. 뉘른베르크 공작가 제후군과 제국군의 일부 부대는 최후의 히든카드인 셈이다.

그리고 그리 신용할 수 없는, 배신자일지도 모르는 아군과 반 뉘른베르크 공작파의 군대를 싸우게 하여 소모시킨다.

본인은 아무것도 하지 않고도 뉘른베르크 공작은 상대적으로 힘을 늘린 셈이다.

"테레제 님은 울고 싶을지도."

"나도 내가 총대장이 아니라 다행이라고 생각하네."

우리는 예정대로 진군하여 잠시 눈을 붙인 뒤 타벨 산지 요새에서 농성 중인 아군을 포위한 적군의 뒤로 이동했다.

"야습이라⋯⋯."

"우리 미즈호인은 밤눈이 좋은 자가 많으니까. 야습 훈련도 충분히 해뒀네."

미즈호 백작국군은 정예일 뿐 아니라 야습에도 능한 모양이다.

"나리, 마총대의 준비도 끝났습니다."

"그래."

"마총을 야습에 쓰는 겁니까?"

"낮보다는 명중률이 떨어지지만 소리가 커서 적군을 혼란시키는 데 효과적이지. 빌마 님도 기합이 들어있지 않을까."

빌마가 마총대에 섞여 시제품인 대형 마총을 조준하고 있다.

"처음에 갈길 수 있을 만큼 갈긴 뒤 적군이 혼란에 빠졌을 때 돌격한다. 타벨 산지 요새에서 농성 중인 아군에게는 한조가 상황을 보고한다."

한조라⋯⋯. 역시 닌자는 편리하군. 우리도 필요한데 미즈호 상급백작이 양도해 주지 않으려나.

"섣불리 공격에 가담하면 이쪽이 혼란스러워 고전할 테니까. 최악의 경우 우리끼리 싸울 수도 있다. 적군을 패주시킨 뒤 아군을 구출하여 철수하는 흐름이지."

괜히 관심을 가져 농성하고 있던 군대가 야습에 참가해 버리면 최악의 경우는 패할지도 모른다. 미즈호 상급백작은 한조에게 특별히 그 점을 강조하여 전하도록 명령했다.

"그럼 시작한다! 마총대! 사격 개시!"

능숙하게 적군 후방으로 돌아들어 간 미즈호 백작국군은 먼저 마총대가 총격을 가했다.

갑자기 뒤쪽에서 총성이 연속해 울려 퍼지고 불화살도 대량으로 날아와 텐트가 불길에 휩싸였다.

"말도 안 돼! 마법사는 뭘 하고 있었지!"

보통은 적에게 들키지 않고 이렇게 가까운 거리까지 접근하기는 어렵다.

마법사들이 교대로 적의 반응을 살피고 있기 때문이다.

"유감이군. 힘들긴 해도 마법사는 이쪽의 마나 반응을 없애는 일도 할 수 있거든."

블랜타크 씨의 지휘로 카타리나와 나는 적군 마법사의 '탐지'를 속였다.

야습에 익숙한 미즈호 백작국군은 소리를 내지 않고 이동했고, 말도 울지 않도록 철저히 대책을 세웠다.

그 덕분에 적군은 지근거리까지 이쪽을 전혀 눈치채지 못했다.

낮에 타벨 산지 요새를 포위하느라 지쳤으리라. 잠들어 있다가 뒤쪽에서 야습을 당하고 큰 혼란에 빠졌다.

"돌입한다!"

마나 은폐 같은 세세한 일은 다른 사람에게 맡긴 도사는 다시 육각봉을 한 손에 들고 적진으로 뛰어들었다.

"가족이 있는 자는 물러나도록 해라!"

완벽한 야습이기 때문에 적군은 우왕좌왕했다. 잇따라 미즈호 백작국군 병사의 칼을 맞고 쓰러졌고, 여러 제후군의 합동군이므로 연대도 이뤄지지 않아 뿔뿔이 흩어져 패주해 간다.

"깊이 쫓지 마라! 우리의 목적은 아군의 구출이다!"

미즈호 상급백작도 집요하게 추격하지 않고 타벨 산지 요새 부근에서 적군을 쫓아내는 일에 집중했다.

"이렇게 적과 아군이 섞여 버리면 광범위하게 퍼지는 마법을 쓸 수가 없네……."

"같은 편을 죽이게 될 테니까요."

카타리나와 나는 작은 '전격'을 연달아 쏘며 차례차례 적병을 쓰러뜨려 간다.

사실은 대장을 노리고 싶지만 어두워서 좀처럼 찾을 수가 없는 것이다.

"벨, 너무 앞으로 나가지 마."

"바우마이스터 백작님, 선도 역할은 저희가 맡겠습니다."

엘과 하루카는 새롭게 만든 오리할콘도를 휘두르며 마치 시대극의 라스트 신처럼 적병을 베어 버렸다.

오리할콘도의 위력은 막강해서 방패로 공격을 막아도 방패째 베어 버리기 때문에 무시무시했다.

"벨, 야습은 대성공이네."

"너무 약해서 타벨 산지 요새의 녀석들이 욕심을 부리지 않으면 좋겠네."

이나도 창을 휘둘러 차례차례 적병을 찔러 쓰러뜨렸고 루이제도 쿵푸 영화처럼 대활약을 펼치고 있었다.

"좀 더 쏘고 싶었는데……."

대여받은 마총은 접근전에 맞지 않다 보니 빌마는 평소에 쓰는 도끼로 바꿔 적병을 쓰러뜨려 갔다.

"결국 이게 제일 효율이 좋지만 딱히 멋있지는 않네."

루이제는 내 옆에서 돌을 던졌다. 유사 이래 이 세계에서도 돌멩이는 전장에서 큰 위력을 발휘했다.

그녀의 경우 더욱 늘어난 마나를 이용하고 있다. 방출 마법을 전혀 쓸 수 없기 때문에 '부스트'가 걸린 상태를 마투류에서 재현하고 있는 것이다.

"돌이 다 떨어졌네. 벨, 돌 좀 있어?"

"있지."

"나는 마법 자루에서 가죽 주머니를 한 아름 꺼낸다. 이 안에는 미리 주워둔 돌이 들어있다.

"안 그래도 전쟁은 돈이 드니까. 경비는 절약해야지."

최악의 경우 중간에 달아나더라도 적자액을 줄여야 한다.

"맞아. 어? 블랜타크 씨는?"

"여어, 찾았다. 마법사님."

블랜타크 씨는 적군 속에서 마법사를 찾아 처리하고 있었다.

카타리나와 나는 아직 주저하는 마음이 있기 때문에 그가 떠맡아 준 것이다.

난전이므로 신중히 움직일 필요가 있어서 베테랑인 블랜타크 씨가 최적임자였다.

"적의 마법사인가! 내가 바로 '질풍'의 알렌이다!"

"이름을 밝히는 건 좋지만 상대방의 실력 정도는 확실하게 가늠을 해둬라. 그게 살아남는 요령이다. ……너는 이미 죽어있지만."

"너 지금 무슨 말을……."

그 직후 적 마법사의 등에 '윈드 커터'가 찔리며 쓰러졌다.

"싸구려 로브는 위험해. 뭐, 내 충고는 이제 활용할 수가 없겠지만."

"선수를 빼앗겨 버린 것이다!"

"도사, 다른 먹이는 없나?"

"거의 전부 쓰러졌거나 패주하고 있다!"

미즈호 백작국군에 의한 야습은 대성공을 거둬 적군은 큰 희생을 치르면서 패주해 간다.

내가 예상했던 것보다 시간이 걸렸는지 조금씩 하늘이 하얘지기 시작했다.

"원군으로 와주셔서 감사합니다."

적군이 완전히 사라진 직후 타벨 산지 요새에 갇혀 있던 아군 지휘관이 모습을 드러냈다. 백작이라고 신분을 밝혔지만 그리 좋은 인상은 아니다. 한조를 전령으로 보내 혼란스러우니 야습에 가담하지 말도록 전했는데, 전투가 종료된 직후에 나와 적이 남기고 간 물자에 눈길을 보내는 짓은 참아주기 바란다.

이번 싸움은 내란이므로 약탈은 금지되어 있다. 스스로 발등을 찍는 듯한 행위이므로 당연한 일이지만, 전쟁에는 돈이 들고 참가한 병사들에게 어떤 이익이 필요하다. 그래서 적군에게 거둔 전리품에 주목이 집중된다.

하지만 이것은 미즈호 백작국군과 우리에게 권리가 있다.

이미 미즈호 백작국군이 확보를 끝냈지만, 그렇다면 이제 남은 건 전장에 남겨진 시체로부터 장비나 옷을 벗기는 정도다. 우리는 기껏해야 쓰러뜨린 마법사가 갖고 있던 범용 마법 자루나 지팡이를 회수한 정도.

시체에서 장비를 벗기는 일은 모두들 부담감을 느꼈다. 어차피 변변한 물건도 없을 것이다.

그래도 타벨 산지 요새에 농성했던 녀석들에게는 매력적으로 보이는 모양이지만.

"시간이 없으므로 조속히 퇴각합시다."

"벌써 말입니까."

"필립 공작님의 명령입니다."

역시 백작은 남겨진 시체에서 장비를 벗겨내고 싶은 모양이다. 이 백작이 특별히 쪼잔한 것은 아니다. 병사들은 영주민이므로 어떤 이익을 제공해야 하는 것이다. 다른 귀족이나 그 병사들에게 배려할 필요도 있다.

하지만 지금 여기서 우물쭈물하고 있다간 다른 적군이 올 가능성도 있다. 적군의 물자를 확보한 미즈호 백작국군은 이미 철수 준비를 시작했다.

"심정은 이해하지만 언제 적군이 습격해올지 모릅니다. 하바트 방면으로도 원군이 갔지만 정세는 알 수 없으니까요. 따라서 서둘러 철수를 개시합니다."

섣불리 동정심을 발휘했다가 다시 전투라도 벌어졌다간 차마 눈 뜨고 볼 수가 없으리라. 야습이었기 때문에 미즈호 백작국군의 희생도 최소한으로 끝났지만, 적군과 정면으로 부딪치면 희생자도 늘어난다. 따라서 미즈호 상급백작도 승낙하지 않을 것이다.

"다음번에는 도울 수 없을지도 모르니까요."

"알겠습니다."

즉시 퇴각하는 것에 동의는 했지만 그 백작의 얼굴은 매우 원망스러워 보였다. 병사들에 대한 수당을 어떻게 줘야 할지 고민하고 있는 것이리라. 그들의 대부분은 징집된 영주민으로 봉급이 나오지 않기 때문에 노획품의 분배는 군의 사기를 유지하는 데 필요했다.

"미즈호 상급백작님, 원망을 사는 역할을 제게 떠넘기지 마십시오."

철수 도중에 나는 미즈호 상급백작에게 불평을 털어놨다.

"미안하군. 내가 얘기하면 같은 나라의 귀족이므로 자칫 응어리가 남을 테니까."

미즈호 상급백작은 미안한 표정을 짓는다.

"어? 미즈호 백작국은 반독립국 아닌가요?"

"그렇게 심술 맞은 소리 그만하게. 나중에 맛좋은 미즈호슈를 선물할 테니까."

"오오! 이 사람에게도 꼭!"

야습에서 크게 활약한 도사는 그 피로를 풀기 위해 말 위에서 와인 병으로 나발을 불고 있었다.

술을 마시면서 철수하다니 호기롭기 짝이 없다. 그리고 그가 마시고 있는 와인은 내가 제공한 것이다.

바우마이스터 백작이 된 뒤에도 자주 하사를 받았지만 나도 엘리제 일행도 술은 많이 마시지 않는다.

점점 창고가 꽉 들어찼고 그것에 도사가 눈독을 들인 것이다.

"대신 좋은 와인을 선물해 주시오, 도사님."

"우리 집 저장고에 풍년이 든 해의 좋은 와인이 있다."

"그거 기대되는군."

아저씨들은 술이 기대될지 몰라도 나는 어쨌든 피곤했다.

빨리 집에 돌아가서 자고 싶은 기분이다.

"어쨌든 빨리 돌아가서 자고 싶군."

"벨 님, 같이 자자."

"그래. 다 같이 자자."

졸음이 점점 쌓여갔다. 빨리 침대에 들어가고 싶다.

"엘리제 님도."

"그래요. 다 같이 잘까요."

내 옆에서 말을 몰고 있는 엘리제가 빌마의 의견에 찬성했다.

"그렇게 자는 거 말고 정말로 그냥 침대에 들어가서 자고 싶어."

"이나 의견에 찬성."

"나도 당장이라도 눈꺼풀이 달라붙을 것 같아."

오늘은 여섯 명이 함께 자게 될 것 같다.

무사히 당도한다면 그것도 나쁘지 않으리라.

"저기, 하루카 씨. 함께 자지 않을래요?"

"네? 하지만 아직 결혼도 안 했으니까⋯⋯."

"엘빈, 칼의 녹이 되어도 괜찮겠느냐?"

"농담입니다!"

반쯤은 졸고 있던 탓일까? 엘이 묘한 말을 지껄이다 타케오미의 분노를 샀다.

아마도 함께 누워서 자는 정도의 의미로 말했겠지만, 미즈호인들 말로는 그래도 결혼 전에는 금지되어 있다고 한다.

타케오미 씨가 무서운 얼굴로 도를 뽑아 엘을 겨눈다.

"우리는 아직 결혼을 하지 않았으니⋯⋯. 하지만 그런 게 싫지는 않습니다. 조금 동경심 같은 것도⋯⋯. 그래서 아침에 다정하게 엘 씨를 깨워드린다거나. 예전에 본 '젊은 부인 분투기'라는 이야기책에서⋯⋯."

하루카는 얼굴을 빨갛게 물들이며 자신의 세계로 젖어들어 갔다.

인간은 졸음이 심하면 잠꼬대 같은 소리를 내뱉는 모양이다.

"벨, 이번 싸움에 의의가 있었을까?"

"단순한 밑 닦이일 뿐이지만 아군의 희생은 적고 적의 희생은 많았어. '그래서 뭐?'라고 한다면 할 말 없지만⋯⋯."

이나가 회의를 느끼는 건 당연했다.

우리가 구원하러 간 타벨 산지 요새 방면의 전투는 결과적으로 적군의 큰 손해로 끝났다. 하지만 주력군이 전개했던 하바트 방면에서는 식량이 부족해 위기감을 느낀 바덴 공자가 알폰스가 지휘하는 원군이 도착하길 기다리지 못하고 결전을 개시.

결전 후반에 간신히 알폰스가 당도하여 전술적으로는 승리를 거뒀지만 아군의 희생도 크고 보급도 이어지지 않아서 한 차례 점령한 하바트를 포기하지 않을 수 없게 됐다.

양쪽 모두 결정타를 날리지 못한 채 제국의 내란은 여전히 끝날 기미를 보이지 않았다.

# 제8화 귀족은 전쟁(전투)에 이기면 거만한 얼굴을 할 수 있다

"오오! 잘 해줬어, 벤델린!"

그럭저럭 큰 희생 없이 타벨 산지 요새에서 철수하는 데 성공한 우리를 테레제가 마중 나왔다.

"미즈호 상급백작도 큰 공을 세웠네."

"칭찬을 해주시니 영광입니다. 내란이 끝난 뒤의 상을 기대하겠습니다."

테레제는 모두의 앞에서 우리를 크게 칭찬했다. 타벨 산지 요새는 결국 포기했지만 나중에 간단히 되찾을 수 있다. 또한 아군의 희생은 적고 적군의 희생은 컸다.

전체적인 수지로 보자면 소모한 물자까지 계산하여 그럭저럭 본전인 셈이리라. 하바트 방면에 비하면 훌륭한 전과라고 할 수 있었다.

"없는 꼬리는 흔들 수 없다고 했나. 돈이 없다는 건 정말 고통스러워……."

이번 내란에서 테레제를 제일 고민하게 만드는 일은 자금 부족이다.

필립 공작가는 제국에서 으뜸가는 대귀족으로 당연히 이럴 때를 대비하여 큰돈을 비축해 두고 있다. 그런데 그 정도의 자금이 순식간에 날아가 버린다. 하물며 이번 전쟁은 내란이다.

국내의 돈과 물자를 서로 거덜 낼 뿐이라서 제국의 국력은 날로 야위어 간다.

만일 승리한다 해도 테레제는 자신을 따라준 귀족에게 상을 내려야 한다.

여기서 불만이 나오면 다시 내란이 일어날 테니 지금 그녀는 돈 문제로 날마다 골머리를 앓고 있었다.

돈이 없는 이상 쉽게 상을 줄 수도 없어서 미즈호 상급백작에게는 전후에 포상을 해주기로 약속했고, 내게는…….

"벤델린, 상으로 나를 마음대로 해도 좋아."

"사양하도록 하겠습니다……."

그런 짓을 했다가는 나는 점점 더 제국의 내란에 발을 들여놓게 된다. 절대로 있을 수 없는 일이었다.

"벤델린은 의외로 담백하네."

"저는 엘리제 일행으로 만족하고 있으니까요."

지금의 테레제는 세상의 어떤 여인보다 비싼 대가를 치러야 하리라.

그런 여자에게 손을 댈 만큼 나는 어리석지 않다.

"테레제 님도 여전히 끈질기군요."

"엘리제 님, 내가 원래 좌절을 모르는 성격이라서."

테레제가 나를 유혹하고, 엘리제 일행이 그것을 견제하며 불평을 늘어놓는 이 모습이 일상이 되어가고 있었다.

"이크, 잊고 있었네. 바덴 공자 일행이 돌아오면 회의를 열 예정이야."

처벌이 없는 군법회의가 되리라. 테레제는 바덴 공자를 처벌할 수 있을 만큼의 독재권을 갖고 있지 못했다. 섣불리 처벌하려고 했다간 뉘른베르크 공작에게 붙어버릴 것이다.

"벤델린 일행과 미즈호 상급백작도 참석했으면 좋겠어."

"우리가 나가도 문제가 없을까?"

나는 외국 귀족이고 미즈호 상급백작의 입장은 매우 미묘하다. 섣불리 회의에 참석했다간 반발이 클 것 같다.

"그래도 부탁해."

"".......""

그렇게 막무가내로 얘기를 해도……우리는 테레제가 힘을 과시하기 위한 구성원이 아닌데…….

"참석만 하는 거라면 그렇게 하지."

"나도 참석만 하는 거라면…….

미즈호 상급백작도 나와 비슷한 걸까. 일본인다운 협조성을 유지하기 위해 무심코 회의에 참석한다고 말해버렸지만 나는 그것을 후회하게 된다.


"손해를 입기는 했지만 뉘른베르크 공작에게 가담한 자들의 손해가 더 크니까! 우리가 이긴 것이다!"

"그걸 말이라고 해? 이번에 싸운 상대는 뉘른베르크 공작이 거의 믿지도 않던 자들이야! 훈련도 낮고 무엇보다 뉘른베르크 공작가 제후군은 전혀 손실이 없잖아! 전략적인 패배야!"

"그렇다 해도 그 녀석들에게 타격을 주지 않으면 뉘른베르크 공작은 나오지 않잖아!"

 '회의는 춤춘다. 그러나 진전은 없다'라는 글귀를 역사 수업 시간에 들은 적이 있다.
 상황은 전혀 다르겠지만 우리의 눈앞에서는 이번 바덴 공자의 실패를 추궁하여 테레제에게 반 뉘른베르크 공작파의 실권을 쥐게 하려고 획책하는 가신이나 귀족들과 그것을 저지하려는 바덴 공자 일파의 꼴사나운 말다툼이 계속됐다.
 미즈호 상급백작과 나는 완전히 무시당하고 있다. 테레제의 지지자는 우리에게 그 자리에 있으며 존재감을 보여주기만 하면 된다, 오히려 쓸데없는 입을 놀리지 말고 가만히 있어 달라는 분위기를 띄고 있었고, 바덴 공자파는 섣불리 들쑤셨다가는 우리가 자신들을 공격할지도 모른다는 생각에 방치하고 있는 것처럼 보였다.
 결국 우리가 이 회의에 참석한 의미가 없는 것이다.
 "(오지 말았어야 했는데요.)"
 "(그렇군.)"
 미즈호 상급백작도 실망하는 기색을 감추지 못했다
 어차피 미즈호인은 제3자이니 여기서 섣불리 힘을 실어 줬다가 제국 내에서 정치적으로 대두되어도 곤란하다고 양 파벌 귀족들의 얼굴에 적혀 있었다.
 유력한 마법사는 장수에 버금간다는 듯 도사, 블랜타크 씨, 엘리제 일행도 전원 회의에 참석했지만 발언할 기회도 없기 때문에 모두들 따분해 보였다.

테레제의 의도는 적에게 포위당한 바덴 공자파를 구출한 우리의 존재로 그들에게 압박을 가할 작정인 모양이다.

하지만 바덴 공자 일행은 일부러 우리를 외면하고 있다. 말다툼을 벌이는 데 정신이 팔려 우리를 완전히 무시한 것이다.

"(여보.)"

내 옆에 앉은 엘리제가 '어떻게 할까요?'라는 표정을 지었다.

폐하의 명령으로 제국에 남아 있지만 내란은 테레제 일행이 패할지도 모른다.

뉘른베르크 공작은 거역하는 자는 물리적으로 제거하면서까지 파벌의 일원화를 진행하고 있다.

쿠데타를 일으킨 반란자이므로 각오가 그만큼 비정하다고 할 것이다.

그럼에도 바덴 공자와 그 일파의 눈치를 봐야 하는 테레제보다는 압도적으로 유리하다.

이렇게 되면 탈출할 타이밍을 엿볼 시기가 왔는지도 모른다.

"(테레제 님이 진다고 해도 가능하면 뉘른베르크 공작에게 타격을 주고 싶군.)"

만일 뉘른베르크 공작이 승리하더라도 내란으로 제국이 피폐해지면 왕국으로서는 대응하기가 편하다.

나는 제3자이고 섣불리 양쪽 사이를 중재할 필요는 없다. 유일하게 존재하는 미련은 미즈호 백작국의 생산품을 구입할 수 없게 될지도 모른다는 사실이다. 이것은 미즈호 백작국과 왕국의 군사 동맹 체결을 도우면 될까.

테레제는 최악의 경우 망명할 때 도와주기만 하면 될 테고.

그런 생각을 하기 시작했더니 눈앞의 말다툼이 너무도 한심하게 들렸다.

"여보?"

"잠깐만. 벤델린 씨!"

이제부터 여자를 좋아하는 한심한 귀족이 되도록 하자. 갑자기 엘리제와 카타리나의 어깨를 안고 생글생글 웃으면서 양 파벌의 말다툼을 자못 즐거운 듯이 견학하고 있는 것처럼 꾸몄다.

"미즈호 상급백작님, 차라도 드시지 않겠습니까?"

"나도 딱히 할 일이 없어서 말일세. 엽차나 한 잔 주게."

역시 다도 형식으로 말차를 끓일 수는 없기 때문에 마법 자루에서 주전자와 찻잔, 미즈호 백작국에서 구입한 엽차를 꺼냈다.

"미즈호 상급백작님, 이 물은 찻집에서 구입한 샘물입니다."

"차는 물이 생명이니까."

"이 물로 마테차를 끓여도 맛있겠네요."

"그렇겠지? 엘리제 님."

엘리제도 그들의 말다툼에 질린 듯 나의 흉계에 동참해 주었다. 역시 내 아내다.

"벤델린 씨, 물을 팔팔 끓이면 안 된다고 했죠?"

"그래, 그래."

"미묘한 조절도 훈련이지."

"알겠습니다, 스승님."

엽차로 쓸 뜨거운 물의 적정 온도는 80도 정도다. 팔팔 끓기 조금

전. 이 미묘한 조정을 하는 것도 카타리나의 마법의 훈련이 된다.

"모두들 과자를 늘어놔 줘."

"알았어, 벨."

"미즈호에서 산 과자도 놓을까?"

"그래. 전병이 있으면 엽차와 잘 맞겠네."

"그렇지."

"벨 님, 다른 과자도 놓을게."

"그래. 미즈호 상급백작님의 마음에 들면 미즈호 백작국에서 수입을 할지도 몰라."

루이제와 빌마는 왕국과 바우마이스터 백작령에서 채취하는 마의 숲의 과일을 잘라서 접시에 담고 초콜릿이나 케이크 등도 테이블 위에 늘어놓았다.

말다툼을 벌이던 귀족들이 기막혀하고 있지만 너희는 안 줘.

어차피 선물해봤자 내란 때문에 가난해져서 살 수도 없을 테니까.

테이블 위에는 온갖 과일이나 과자가 차려져 훌륭한 간식 시간이 시작되었다.

"오오! 진수성찬이구나!"

테레제에게 약한 도사도 역시 오늘의 회의에는 질렸으리라.

차를 단숨에 들이키고는 전병을 와작와작 먹기 시작했다.

"으음! 이 전병과 차가 잘 맞는구나!"

"그렇지? 미즈호에서는 기본이오. 과일과 초콜릿은 미즈호에서도 인기가 많겠군. 역시 교역을 하는 게 좋겠어."

아무런 의미도 없는 회의를 무시하고 도사와 미즈호 상급백작은 차와 과자를 즐기는 일에 집중하기 시작한다.

"여기에 술만 있으면 더할 나위 없을 텐데."

"술은 밤까지는 안 됩니다."

"내 새 제자는 정말 성실하군."

술이 필요하다고 한 블랜타크 씨에게 카타리나가 일침을 놓는다.

다 함께 차를 마시고 과자를 먹고 누가 봐도 회의를 보이콧하고 있는 것처럼 보일 것이다.

예상치 못한 사태에 그들은 말다툼을 멈추고 말았다.

"(이나.)"

"(정말로 해?)"

"(그래. 그것도 아주 요란벅적하게.)"

"(알았어). 자, 아~~ 해봐."

내가 작은 목소리로 신호를 보내자 이나는 자른 과일을 포크로 찔러 내게 먹여줬다.

"아~~앙. 아아, 맛있다."

마의 숲의 과일은 마법 자루에 들어있었기 때문에 여전히 신선하고 맛있었다.

"아! 나도 할래!"

"이런 게 꿈이었어."

루이제와 빌마도 번갈아 가며 내게 과일과 초콜릿을 먹여주었다.

내가 일부러 그들을 도발하고 있음을 알아차리고 완전히 신이

난 것이다.

"뭐, 나만 안 하는 것도 이상하니까."

"사실은 자기도 벨에게 먹여주고 싶으면서."

"그, 그렇지 않……은 건 아니에요."

말하는 의미를 잘 모르겠지만 카타리나도 내게 과일을 먹여 줬다.

그녀는 수줍음이 많아서 항상 이런 말투가 되어 버리는 것이다.

"여보, 입에 과즙이."

"닦아 줘."

"어머, 어쩔 수 없죠."

회의 중임에도 일부러 부인들과 애정행각을 벌이며 도발을 계속했다.

그래도 전투에서 연승을 거뒀기 때문에 나는 패하고 돌아온 그들에게 거드름을 피울 수 있는 것이다.

나는 노골적으로 '전투에 이길 수 있는 귀족님이니까 훌륭하다'는 표정을 지으려고 애썼다.

그것이 먹혀들어 마침내 한 젊은 귀족이 내게 대들었다.

"바우마이스터 백작! 당신에게는 의욕이 느껴지질 않아! 이 미증유의 위기 앞에 부인들과 무얼 하고 있는 거지?"

"무얼 하다니요…… 간식 시간입니다. 인간은 충분히 영양을 섭취해야 하잖아요. 누구 때문에 쓸데없이 배가 고파졌으니까요."

"권위 있는 회의에서 이런 건방진 태도를 보이다니! 결국 우리를 무시하는 건가?"

"권위 있는 회의? 그저 패전의 책임을 서로 떠넘기고 있는 건 아닌가요?"

내 지적에 모두의 얼굴 표정이 흐려졌다. 패전이므로 거기서 교훈을 얻거나 책임자를 처벌하고 질책하는 회의는 필요하다. 하지만 이 회의에서는 누구도 처벌받지 않을 것이다. 바덴 공자는 이번 패전의 책임을 뒤집어쓰고 차기 황제 레이스에서 탈락하게 될 것을 두려워하여 아무 말도 하지 않는다.

테레제 역시 섣불리 처벌하면 바덴 공자가 이반할까 두려워 발언을 망설이고 있다. 이래서는 회의를 여는 의미가 없는 것이다.

"뭐, 나는 어떻게 결말이 나든 상관없습니다. 결국은 제3자이고 최악의 경우 중간에 도망갈 수도 있겠죠. 하지만 패전했을 경우 뉘른베르크 공작도 새삼 당신들을 용서할까요? 그는 중앙의 힘이 강력한 제국을 만들고 싶을 테니까 한 번은 용서한다 해도 나중에 트집을 잡아 제거할지도 모르죠. 그렇게, 이기지 않으면 내일이 없는 상태에서 집안싸움을 할 여유가 있다니 놀랍군요."

빈정거리는 내 말에 그들은 입을 꾹 다물어 버렸다.

"말씀이 지나쳤군요. 사과의 뜻으로 왕국으로 망명할 때는 잘 얘기해드리죠."

하고 싶은 말을 다 떠들고 난 후 나는 다시 간식을 즐겼다.

"확실히 지금 이대로는 각개격파 당할 위험이 있나……."

"본격적인 연합군의 편성이 필요하겠군……."

그 이후의 회의는 그 나름대로 결실이 있었다. 용병인 우리가 간섭할 수 있는 영역은 아니었지만.

"벤델린, 잘 얘기해줬어."

"뭘 말인가요?"

회의가 끝나서 일을 하러 가려고 했더니 테레제가 나를 불러 세웠다.

그녀는 내가 반 뉘른베르크 공작파의 화합을 가져온 공로자라고 생각하는 모양이다.

나는 그저 몇 마디 빈정거렸을 뿐이지만.

"모두들 자신이 처한 상황을 깨닫고 협조적으로 변했어. 이건 벤델린의 공이야. 상으로 내 포옹을!"

테레제는 나를 껴안으려고 했지만 이 사람은 남녀 간의 일에서는 아예 학습 효과가 없는 타입인 것 같다.

"으읏! 여기서 벤델린에게 엘리제 님께 뒤지지 않는 가슴을 들이밀다니. 그렇다면……."

"테레제 님, 가슴은 엘리제와 카타리나로 충분하니까."

"가슴이 빈곤한 루이제는 좀 나와!"

"빈곤하지 않아! 내 가슴은 조신한 게 장점인걸."

"대는 소를 겸비한다고 하니까."

"반대지. 소가 대를 겸비하는 거야."

"그런 말은 들어본 적 없는데!"

"방금 내가 생각했으니까."

테레제의 움직임을 루이제가 교묘히 방해하여 그녀의 의도는 멋지게 저지당했다.

나는 딱히 그렇게까지 기특한 인간이 아니다. 사실은 저쪽이 격노하여 우리에게 '나가!'라고 말하기를 기대한 것이다. 귀족들에게 쫓겨났다면 중간에 빠져나가도 폐하게 변명할 거리가 되니까.

"(어차피 용병 취급을 받는 우리니까. 군사를 이끄는 것도 아니고, 언제든지 빠져나갈 수 있어…….)"

그런 생각을 하고 있는데 야전 진지에서 작업을 하고 있던 병사들이 무기를 들고 돌 울타리 쪽으로 달려가기 시작했다. 아무래도 적이 쳐들어온 모양이다.

"이봐, 적인가?"

"그게, 묘하게 지저분한 집단이 모여 있는데 그 대표인 듯한 자들이 할 얘기가 있다고 합니다."

근처에 있던 젊은 병사에게 사정을 물어보니 그는 자기가 아는 모든 정보를 알려주었다.

"적이라고 하기에는 공격을 해오지 않아. 혹시 우리 쪽에 가담하기를 원하는 병력인가?"

테레제는 제도로부터 달아나 이쪽에 가담하려는 녀석이라고 판단한 모양이다.

확인하기 위해 다 함께 돌 울타리로 가자 그곳에는 한 마디로 얘기해서 지저분한 녀석들이 있었다.

인원수는 천 명을 넘었다. 산적인가 싶기도 했지만 행색이 지저분한데도 질서정연하게 대열을 갖추고 있는 모습은 틀림없이 훈련을 받은 흔적이 있었다.

"탈주한 제국군인가?"

""바우마이스터 백작!""

"뭐? 나?"

테레제가 고개를 갸웃거리자 그 집단의 지휘관인 듯한 인물 두 명이 갑자기 내 이름을 외쳤다.

나는 산적 중에 아는 사람이 없는데…….

"바우마이스터 백작! 나야!"

"나라니…… 하지만 본 적이 있는 것 같기도 하고……."

"저도 있습니다!"

이 두 사람 분명히 어디서 본 적이 있는 것 같은데……. 행색이 지저분해서 나는 좀처럼 떠올리질 못했다.

"이 녀석! 몇 달 전에 분쟁에서 싸웠었잖아!"

덩치가 큰 쪽 남자의 얼굴을 자세히 보니 틀림없이 전 블로아 변경백작의 적남 필립처럼 보인다.

그렇다면 옆에 있는 작은 쪽 남자는 크리스토프인가?

"그게…… 완전히 몰락해 버려서 제국으로 와 귀족이라도 될 생각인가?"

"그럴 리가 없잖아!"

"중요한 정보를 갖고 있습니다. 보호를 부탁드립니다."

"테레제 님?"

"허가하지."

테레제의 허가가 떨어졌기 때문에 나는 전 블로아 형제와 그들이 이끌고 온 병사들을 받아들였다.

그들은 장비 대부분을 방치하고 온 듯했으며 전혀 목욕조차 하지 못했다. 마법으로 물을 데워 샤워시키고 갈아입을 옷을 제공하고, 식사도 제대로 못 한 모습이라 밥까지 챙겨 먹이니 그제야 꼴이 조금 사람다워졌다.

"그래서? 대체 이런 곳에서 뭘 하고 있지?"
"아아, 내란을 틈타 왕국군이 뉘른베르크 공작령을 공격했거든."
"그래서 대참패를 했습니다."
전 블로아 형제는 간결하게 사정을 설명했다.
"마도비행선을 쓸 수도 없는데? 바보 아냐?"
대군이 기간트 단열을 마도비행선도 없이 넘는 일은 거의 불가능하다고 봐도 좋으리라. 아마도 수천 명의 병력으로 무리하게 제국 영토에 침입했다가 거기서 참패를 했으리라.
"독단?"
"아니야! 명령이 떨어졌어!"
"에드거 군무경이 용케 허락했군."
"그건 말이죠. 병사를 모은 것이 레거 후작이기 때문입니다."
"그게 누군데?"
왕국 귀족은 숫자가 너무 많아 전부 기억을 할 수가 없어서 큰일이다.
"군무경의 중진이자 에드거 군무경의 정적입니다. 대 제국 주전론자이기도 하죠."
크리스토프의 설명에 따르면 레거 후작이 억지로 출병 안을 통과시킨 후 제후군과 왕국군의 일부를 거느리고 기간트 단열을 로

프로 횡단, 당연히 뉘른베르크 공작에게 들키지 않을 리가 없어서 횡단 직후 뉘른베르크 공작이 몸소 이끄는 군에게 공격을 받고 파멸했다고 한다. 레거 후작은 뉘른베르크 공작에 의해 직접 참수된 모양이다.

필립과 함께 도망쳐 온 병사가 직접 눈으로 목격했다고 한다.

"어? 두 사람은 에드거 군무경의 파벌 아닌가?"

"레거 후작은 한 마디로 그냥 평범한 인물이에요. 결국 감시자 역할이죠."

"위험한 만큼 살아남으면 평가도 올라갈 거라고 부탁을 받았거든. 결과는 보다시피 완전 꽝이었지만."

뉘른베르크 공작이 이쪽으로 오지 않은 이유는 남쪽의 왕국군에 대응하고 있었기 때문이었나.

그리고 왕국군의 생존자를 이끌고 전 블로아 형제는 달아났다.

"사전에 에드거 군무경에게 바우마이스터 백작 일행의 얘기를 들었거든. 뉘른베르크 공작의 습격을 받으면서 단열에 로프를 다시 치고 건너는 일은 무리니까. 일말의 희망에 기대를 걸고 북상한 거야."

"그렇군. 제법 좋은 판단이네."

"뭐? 적국을 종단하는 건 무모한 거 아닌가요?"

나는 테레제의 말에 의문을 던진다.

"지금의 제국은 혼란이 극에 달해 있으니까. 전혀 잘못된 판단은 아니야. 게다가……."

"게다가?"

"벤델린, 네게는 휘하의 부대가 없다는 약점이 있었는데 이걸로 해결됐네. 같은 왕국인끼리 쓸데없이 다툴 일도 없을 테니까 최고 아냐?

"그런……."

전 블로아 형제, 너희는 내게 원한이라도 있는 거냐?

있기는 하겠지만 여기서 이렇게 복수를 하나? 타이밍을 노려 제국 내란으로부터 달아나려고 기회를 엿보고 있는 내 작전이 물거품이 되어버렸다.

"무척 마음이 아프지만 우리만의 문제가 아니야."

"병사 1,500명을 저버리는 일은 왕국 귀족으로서 옳지 못하다고 생각합니다. 대부분이 왕국군 병사니까요."

전혀 예상치도 못한 전개에 따라 나는 왕국군 병사들을 맡게 됐고, 귀환은 그야말로 물 건너갔다고 속으로 눈물을 글썽였다.


"그리고 병사들에게도 무기와 방어구의 지급을……. 도주할 때 방해가 돼서 전부 버리고 왔습니다. 갈아입을 옷도 없고, 여기까지 도망쳐 오는 동안 정말 처참하고 가혹했습니다. 용돈 몇 푼이라도 주실 수 없을까요?"

크리스토프가 변명하듯 내게 말한다. 예로부터 군대 유지에는 돈이 드는 법이다. 테레제의 포상은 전쟁이 끝난 뒤에나 기대할 수 있는데, 나는 병사들의 의식주를 몽땅 책임지는 신세가 되어 거액의 지출 때문에 머리를 감싸 쥐었다.

## 제9화 왜 적의 대장은 결전 전에 이쪽과 얘기를 나누고 싶어 할까?

"그야말로 결전의 때가 임박했네."

테레제는 야전 진지에 더욱 높이 증설된 토벽 위에서 눈 밑으로 다가오는 뉘른베르크 공작이 이끄는 반란군을 내려다보고 있었다.

도망쳐 온 헬무트 왕국군 잔당을 받아들여 장비 지급과 편성이 막 끝났을 무렵에 서서히 반란군의 군대가 집결하고 있음을 확인할 수 있었다.

"몇 명 정도나 될까?"

"글쎄? 15만 명쯤."

왕국군 부대를 이끄는 필립이 내 물음에 대답했다. 상속 다툼때는 실수를 저질렀지만 원래 뛰어난 전술 지휘관인 그는 반란군의 전력을 거의 정확하게 파악하고 있다.

"많군……."

"전선에 있는 녀석들은 버리는 말이군."

"뭐?"

"손해 담당이라고도 하지. 과거의 전쟁에서는 흔히 있었던 일이야. 신경 쓰지 마."

"손해 담당이라니……."

필립의 말에 나뿐만 아니라 엘과 이나 일행도 '또야?' 하는 기분을 느꼈다. 클라젠 장군의 부대와 똑같다고.

"뉘른베르크 공작은 말의 손실을 억제하고 싶어 해. 그와 동시에 제국 통치에 방해가 되는 녀석들도 전쟁을 통하여 합법적으로 처리하거나 소모시키고 싶어 하지."

"확실히 전선의 녀석들은 장비나 훈련도도 2선급이야. 후트 자작도 있군. 뉘른베르크 공작과는 견원지간이라 처분된 줄 알았더니 선봉에 서서 혹사를 당하는 건가. 세상 살기 참 어렵네."

그렇게 말하면서 테레제는 자기 목에 걸린 망원경을 내 앞으로 가져온다.

테레제와 내 얼굴이 달라붙으며 향긋한 그녀의 냄새가 코를 간질였지만, 신경 쓰지 않으려고 애쓰면서 적군의 전위를 관찰했다.

"대열이 들쭉날쭉하군요. 정예인 듯한 자들도 일부 있나요?"

"충성심이 의심스러운 귀족이나 뉘른베르크 공작이 필요 없다고 판단한 녀석들이겠지. 그 분은 모든 일을 합리적으로 진행하고 싶어 할 테니까."

우리와 다른 마법사들 그리고 많은 병사까지 동원되어 소비트 대황무지에는 대규모 야전 진지가 완성되었다.

북상하는 반란군을 막기 위해서 흙과 바위를 이용하여 대규모 성벽에 필적하는 석벽이 크고 길게 만들어진 것이다.

석벽 앞에도 말 대책용 울타리가 몇 겹으로 박혀 있고 해자도 곳곳에 파여 있다.

해방군…… 지난번 회의에서 명칭이 결정됐다. 반란군에게서 제국을 해방하는 군대라는 의미인 것 같다. 하지만 그 해방군은 아무리 발버둥 쳐도 반란군보다 많은 병사를 갖출 수가 없다.

그래서 테레제는 일단 소비트 대황무지에서 방어 위주로 전투를 치르며 적군을 소모시키는 전략을 선택했다.

반란이 일어난 지 이미 석 달가량. 소비트 대황무지는 해방군의 일대 군사 거점으로 변해 있다.

테레제는 군사 거점화의 지휘, 장기전에 대비한 후방 통치와 귀족들의 통제, 해방군 편성과 보급체제 유지 등 그야말로 정신없이 일을 하고 있다.

우리도 제각각 주어진 일을 수행하고 있다.

카타리나와 나는 야전 진지의 확장 공사와 다른 마법사들을 지도하는 블랜타크 씨의 보좌.

루이제와 빌마는 전투 훈련 보좌.

엘은 필립 밑에서 군의 지휘를 배웠으며 또한 하루카와 함께 도술 훈련도 했다.

그러고 보니 도사는 평소에 무엇을 하고 있을까?

어째선지 야전 진지 공사나 개간 등으로 땀을 흘리기도 하고 근처에서 수렵도 하는 것 같았지만.

타케오미 씨는 내 옆에서 나를 철저히 호위했다.

가끔 시간이 나면 엘과 하루카에게 분노 어린 표정과 시선을 보냈지만, 엘과 하루카는 전혀 신경 쓰지 않고 두 사람만의 세계를 잘 만들어가고 있었다.

"하루카는 어릴 때는 오라버니, 오라버니 하며 저를 무척 잘 따르는 아이였…….”

“그 아이도 언젠가는 어른이 되지.”

“그런 것은 인정할 수 없어어어어어어어!”

블랜타크 씨가 추억담을 늘어놓는 타케오미 씨에게 핀잔을 주자 울부짖으면서 뛰어가 버린 적이 있었다.

이제 그만 어른이 되었으면 좋겠는데 시스콤은 그리 쉽게 낫지 않으리라.


“필립 님, 적은 거의 전군으로 봐도 될까?”

“현재로서는 그렇겠지. 좀 더 시간이 있었다면 전선에 내보낼 수 있는 병력이 더 늘었을지도 모르지만.”

“제도 주변의 지반을 다지고 침입한 왕국군을 퇴치하느라 시간이 걸렸으니까. 그동안 야전 진지는 완성됐어. 이곳을 빠져나가려면 희생이 필요하겠지. 자기 말이 희생되는 건 피하고 싶을 테니까 전선에 있는 건 혹사를 전제로 한 자들인 셈이지.”

테레제는 전선에 있는 귀족 중에 얼굴을 확인할 수 있는 자들을 보며 확신했다.

필립 말대로 전선에 있는 자들은 손해담당 부대인 셈이다.

그래서 그들은 장비가 나빠도 훈련 부족이라도 문제가 없는 셈이다.

“격퇴나 섬멸도 가능하겠지만…….”

“그래. 우리 군도 소모되겠지.”

상대가 아무리 약해도 희생은 나오고 피폐해진다. 화살도 대량으로 소모될 것이다.

전부 소모해버린 상황에 진짜 정예 부대의 공격을 받는다면 야전 진지가 함락될 위험성도 있었다.

"지독한 책략이지만 상당히 효과적이네요."

"막을 방법도 없지."

필요 없는 귀족이나 병사를 소모품으로 밖에 보지 않는다. 무서우리만치 합리적인 사고라고도 할 수 있었다.

"생각하는 사람은 꽤 있을지도 모르지만 진짜로 실행에 옮긴다는 것이 뉘른베르크 공작의 무서움이지."

"영격 준비!"

테레제의 명령이 전군에 전달됨과 동시에 반란군은 움직……이지 않았다.

임전 태세를 취하고는 있지만 그 안을 다섯 명이 말을 타고 이쪽을 향해 다가온다. 세 명은 호위 기사인 듯 흰 깃발을 쳐들고 있다. 나머지 두 사람은…… 한 명은 본 기억이 있다. 뉘른베르크 공작이다. 설마 호위 몇 명만을 거느리고 여기까지 올 줄이야.

"있잖아, 벨이 마법으로 날려버리면 내란도 끝나지 않을까?"

"백기를 든 자를 공격해서는 안 되지."

"역시 안 되나……."

백기에는 항복한다는 뜻 외에 교섭 등을 위해 사람을 보내니까 오인하여 공격하지 말라는 뜻도 있었다. 만일 지금의 뉘른베르크 공작 일행을 공격하면 테레제는 확실히 비겁자 취급을 받을 것이다.

내란이라고 해도 그 점은 최소한의 규칙인 셈이다.

"뭐, 어차피 소용없겠지만."

"어째서죠? 블랜타크 씨."

"뉘른베르크 공작도 훌륭한 마법사를 곁에 두고 있으니까."

엘의 의문에 블랜타크 씨는 재빨리 대답했다.

"후방에도 있는 것이다! 제국 중앙을 확보하면 질 좋은 마법사를 갖출 수 있는 모양이다!"

뉘른베르크 공작 옆에 있는 마법사의 마나량은 상급 중에서도 꽤 위쪽이다. 역시 쿠데타를 일으킨 인물이 그렇게 부주의할 리가 없다.

후방에도 실력 있는 마법사 여러 명이 임전 태세를 갖추고 이쪽을 살피고 있어서 우리가 마법을 쏴도 거의 맞추지 못할 것이다.

"우리에게 대담한 모습을 연출하면서 안전은 확실하게 확보하고 있군. 맥스답네."

"맥스?"

"그래, 뉘른베르크 공작의 이름이야. 나이도 비슷하고 둘 다 어린 나이에 가문을 이었으니까. 친구까지는 아니어도 지기라고 할 수 있지."

"냉정하군, 테레제. 우리는 예전에 함께 놀기도 했던 친구 사이잖아."

테레제의 말이 들렸는지 뉘른베르크 공작은 그녀에게 가볍게 말을 건넸다.

"맥스…… 아니, 뉘른베르크 공작. 세상의 일반적인 친구들은 보통 서로를 죽이거나 하지 않아."

"우리는 귀족이야. 그것도 공작이지. 때로는 친구를 해칠지도 모르는 것은 직업병이야. 그러니 그 점은 감수해주면 고맙겠군."

"홍. 말은 잘하네. 그런데 무슨 볼일이지? 설마 항복이라도 하라고?"

"가능하다면 그게 좋겠지. 희생을 막을 수 있으니까."

"네 입에서 그런 말이 나오니 조금 웃기는걸."

뉘른베르크 공작은 테레제에게 항복할 것을 재촉했다. 하지만 그녀가 받아들일 리도 없거니와 뉘른베르크 공작 또한 그 사실을 알고 있을 것이다. 더 이상은 강하게 밀어붙이지 않았다.

"그래서 사이비 황제 놀음에 바쁜 네가 여긴 뭐하러 왔지? 설마 나랑 세상 돌아가는 얘기나 하자고 온 건 아닐 테고."

"역시 테레제야. 나 다음 황제 자리에 어울리는 인물이군."

"그딴 말로 칭찬해봤자 전혀 기쁘지 않아."

"이런, 미안하군. 자, 내 목적은……."

뉘른베르크 공작은 그 특징적인 날카로운 시선을 내게 보낸다.

"역시 테레제 옆에 있었군. 바우마이스터 백작."

"어째선지 제도에서 쿠데타를 일으킨 바보 멍청이가 있어서 말이지. 중간에 끼어서 여간 힘든 게 아니야. 영지를 정비하느라 한창 바쁜 시기인데."

나는 일부러 뉘른베르크 공작을 멍청이 취급하며 도발해 봤다.

"제법 배짱도 있는 것 같군. 점점 탐나는걸. 바우마이스터 백작, 내 한쪽 팔이 되어 린가이아 대륙 통일을 도와줘."

뉘른베르크 공작은 나를 가신으로 삼고 싶은 것 같다. 대놓고 권유를 하자 아군 진영에서 속닥거리며 얘기를 나누는 소리가 들려왔다. 내가 배신할 가능성에 대해 얘기를 하고 있는 걸까?

"죄송하지만 지금도 무척 바빠서 말이죠. 더 이상 바빠졌다가는 과로사할 겁니다."

나는 빨리 바우마이스터 백작령으로 돌아가고 싶은 것이다. 뉘른베르크 공작의 천하통일 놀이에 장단을 맞춰줄 여유가 없다.

"게다가 옆에 있는 마법사님이 울겠네요."

"타란토 말인가? 그는 특별해. 바우마이스터 백작이 내 한쪽 팔이 되어도 시기하지 않을 거야."

그 마법사의 이름이 타란토인가? 사실 내 관심은 뉘른베르크 공작보다 그에게 향해 있었다.

처음에는 뉘른베르크 공작 옆에 있을 수 있는 뛰어난 마법사, 그 정도 인식밖에 없었지만 실제로 얼굴을 마주하자 나는 등골이 얼어붙는 것 같았다.

블랜타크 씨도 그의 마나를 탐지하고 있지만 그 표정은 여전히 굳어 있다. 도사도 이 추운 계절에 식은땀을 흘리고 있다.

그 사형제보다 실력이 위라는 건 알겠지만 아무튼 이 남자는 가늠할 수가 없다.

거기 있는데도 잠시만 눈을 떼면 그의 인상이 전혀 남지 않을 만큼 존재감이 없는 것이다.

이만한 실력자의 존재감이 없다. 대체 어떤 마법인가 하고 탐색해 보지만 블랜타크 씨도 그의 정체를 알 수 없는 모양이다. 약간이긴 하지만 그의 뺨에도 땀이 맺혀 있었다.

"바우마이스터 백작. 타란토의 실력을 안 것 같군. 말해두지만 바우마이스터 백작은 절대로 이기지 못해! 또 한 사람 암스트롱 도사, 당신도 말이지!"

나는 물론이고 헬무트 왕국 최강의 도사가 이기지 못하는 마법사?

마나량에서는 앞서지만 뉘른베르크 공작의 예언을 당장에 부정할 수 없을 것 같다는 점이 대략 난감이다.

존재감이 희박한데도 실력이 뛰어난 마법사인 타란토. 어쨌든 그저 기분이 나빴다.

"바우마이스터 백작, 나는 너를 높이 평가한다. 단순한 전투광이 아니라 오히려 너는 평화로운 치세에 필요한 인물이지. 그러니까 여기서 타란토의 손에 죽기는 아까워. 조속히 투항할 것을 권한다. 아니면 테레제에게 반하기라도 했나?

"아닙니다."

"야! 벤델린! 그렇게 곧장 부정할 필요는 없잖아!"

"천하의 테레제도 좋아하는 남자를 넘어오게 만드는 데 필요한 경험은 부족한 모양이군."

"너한테 그딴 말 듣고 싶지 않아! 그 나이에 독신인 주제에!"

"나는 워낙 바쁜 몸이라서 말이야. 일이 곧 아내거든. 그럼 교섭은 결렬된 것 같으니까 이만 실례하지. 내가 해야 할 말은 아닐지도 모르지만 너희가 무사하길 빌겠다."

마지막으로 그 말을 남기고 뉘른베르크 공작은 화려하게 말을 돌려 자기 진영으로 돌아갔다.

"결렬됐군요."

"벤델린은 교섭이 이뤄질 줄 알았어?"

"아뇨, 그냥 해 본 소리입니다."

아무리 나라도 테레제와 뉘른베르크 공작이 화해할 거라고 믿을 만큼 낙천가는 아니었다.

"그렇겠지. 그나저나 뭘 그렇게 불안해하는데?"

"저 타란토라는 마법사 때문이겠죠."

나만이 아니다. 블랜타크 씨도, 도사도 엘리제 일행도 실제로 얼굴을 보고 섬뜩함을 느낀 것 같다. 그가 떠나가자 안도의 한숨을 내쉬었다.

"마법사가 아닌 나한테는 그냥 기분 나쁜 사람 정도로만……."

"테레제 님, 타란토의 얼굴을 떠올릴 수 있습니까?"

"지금 막 봤잖아. 그 남자는…… 어라? 어떤 얼굴이었지?"

그 녀석은 이상하다.

불과 몇 초 전에 본 얼굴의 기억이 남지 않는다니…… 뭔가 특수한 마법을 쓰고 있을 것이다.

그게 무엇인지는 실제로 싸워보기 전에는 알 수 없다. 압도적인 마법이라면 도사라고 해도 질지 모른다.

어째서 그토록 단언할 수 있느냐 하면 이건 마법사로서의 직감이었다.

감이라는 불확실한 것에 의지한다고 하겠지만 실은 그게 중요하다는 것을 스승님에게도 블랜타크 씨에게도 배웠다.

"시간이 없다! 여기는 이 사람이!"

"아니, 셋이 에워싸고 없애버리자. 전쟁에는 비겁이고 뭐고 없는 거야!"

"그 방법밖에 없다!"

대략적인 작전이 결정된 상황에서 반란군이 크게 움직인다.

대략 4만 명의 전위 부대가 일제히 야전 진지를 향해 돌격을 개시한 것이다.

"반란군 전위는 약 4만 명으로 추정. 이쪽의 영격 능력을 포화 상태로 만들려는 거로군."

중앙 본진을 정면의 문 위로 옮기고 테레제는 다가오는 반란군 전위 부대의 돌격을 우아하게 바라보았다.

당연히 화살과 마법이 날아왔지만, 그때마다 블랜타크 씨와 카타리나가 대기하며 '마법장벽'으로 막아냈다.

마법은 초급 레벨의 마법사가 쏘는 것뿐이므로 두 사람에게 가볍게 막히고 만다.

테레제가 지휘하는 중앙군에는 미즈호 백작국군도 있기 때문에 그들은 신속히 마도구용 바리스타와 마대포를 쏘고 있다.

'마대포(魔大砲)'란 마나로 포탄을 날리는 대포를 말한다. 실은 왕국이나 제국 모두 연구가 진행되고 있는 병기인데 마총에 비하면 크기 때문에 제작 정밀도는 낮은 듯하다.

하지만 포신에 사용하는 소재의 강도가 조금 약한 탓에 양국 모두 실전 배치는 소원한 상태였다.

나는 미즈호 상급백작에게 처음으로 그 얘기를 들었다.

마총과 아울러 그걸 실용화해버릴 정도니까 뉘른베르크 공작이 미즈호 백작국을 경계하는 이유를 알 것 같다.

강도나 비용 면에서는 아직 문제가 있는 무기였지만 그래도 사정권 내에 들어온 많은 적병들을 무참하게 날려간다.

일반적인 포탄이 아니라 천 주머니에 못과 돌을 담아 유탄과 같은 형태로 쓰고 있는 것이다.

더군다나 해자나 울타리에 발이 묶인 상황에서 화살과 총탄이 날아온다.

적병들은 잇따라 쓰러졌으며 부상자는 후방으로 옮겨지고 사망자는 그대로 방치되었다.

제일 앞에 있던 소부대가 거의 괴멸되지만 곧바로 다음 부대가 투입된다.

희생은 많지만 해자에는 차례차례 판자가 깔리고 울타리는 말에 의해 쓰러졌다.

반란군 전위 부대는 많은 희생을 내면서도 차츰 석벽으로 다가오고 있었다.

"석벽에 달라붙기 전까지 얼마나 죽일 수 있느냐겠지."

왕국군 부대를 맡은 필립은 엘과 내게 간단히 설명하면서 왕국군 부대에게도 화살을 쓰도록 명령했다.

여전히 말투는 거칠었지만 그건 과거의 경위를 생각하면 어쩔 수 없는 부분도 있다.

그는 지휘관의 임무를 맡고 있으며 단기간에 엘을 확실하게 교육시켰기 때문에 딱히 불평은 할 수 없다.

"병력의 낭비 같은데……."

"딱히 그렇지도 않아."

필립은 뉘른베르크 공작의 전법에 전혀 의문을 느끼지 않는 것 같다.

"먼저 정예 부대를 내보내든 버리는 말을 내보내든 이 야전 진지를 함락하지 않으면 반란군은 북으로 공격해 올라갈 수 없어. 그렇다면 버리는 말로 이쪽을 먼저 소모시키는 게 보통이겠지?"

전력을 수치로밖에 보지 않는 무미건조한 감각.

지휘관에게는 필요한 것이겠지만 나는 그렇게까지 딱 잘라 결론을 내릴 수가 없다.

결국 나는 군인에 적합하지 않은 셈이다.

"무리하게 정면으로 공격하지 않아도, 예를 들면 우회해서 기습을 한다거나……."

"바우마이스터 백작. 한 마디로 얘기해서 기습은 그리 쉽게 할 수 있는 게 아니야."

"그래?"

"이 야전 진지보다 북쪽에 영지를 가진 제후는 대부분 해방군에 속해 있다. 우회해도 곧바로 보고가 되어 역습을 받겠지. 한 마디 덧붙이면 필립 공작과 미즈호 상급백작의 적 수색망에 간단히 포착될 거야."

전기(戰記)에 실린 내용처럼 그리 쉽게 기습으로 전황이 바뀌는 게 아닌 모양이다.

기습에 성공한 사람이 역사서에서 높은 평가를 받는 셈이다.

"그럼 당신은 왜 졌지? 필립 님."

"뉘른베르크 공작이 우수하고 지리적 우위에 있던 점과 레가 후작이 두려울 만큼 군인으로서 무능했기 때문이야. 본대가 기습을 받고 와르르 무너진 이상 희생을 줄이기 위해서라도 남은 병력을 모아 달아날 수밖에 없었지."

그런 상황에서 필립은 북상하여 이곳으로 도망쳐 왔다.

지금도 지휘관으로서의 행동은 매우 훌륭했으니까 에드거 군무경의 인물 평가는 틀리지 않았던 셈이다.

"그 군인으로서의 능력을 지난번 분쟁 때 써먹었더라면 좋았을 텐데……."

"누가 아니래."

"형님, 처음부터 그게 가능했다면 분쟁에 지지도 않았을 테고 그 전에 분쟁 자체가 일어나지 않았을 겁니다."

왕국군 부대의 후방을 지탱하는 크리스토프가 속삭이듯 말했다.

이 두 사람은 거느리고 있던 외척이나 가신에게 억눌려 잘못된 길로 가고 만 것이다.

만약 상속 문제로 다투지만 않았다면 애초부터 그 출병은 하지 않았을 것이다.

카를라를 내게 떠안길 계산이나 하고 있던 편이 차라리 더 건설적이며 비용도 들지 않으니까.

"여기서 이기면 작위 정도는 받을 수 있을지도 모릅니다. 마구 죽입시다. 화살 재고는 한동안 괜찮아요."

크리스토프의 말투가 조금 거슬렸지만, 그 내용은 틀리지 않았다. 우리는 그저 반란군 장병을 죽일 수밖에 없는 것이다.

"바우마이스터 백작은 마나를 아껴두는 게 좋아."

세 시간쯤 지나자 석벽에 적 부대가 달라붙고 있다.

버리는 부대치고는 분전을 한다고 느꼈지만 그 이유는 간단하다.

뒤에 있는 독려 부대가 언제든지 대량의 화살을 쏠 수 있도록 준비하고 있었기 때문이다.

게다가 뉘른베르크 공작은 고위 마법사를 자신의 직위 부대에 모아두고 있었다.

달아나거나 배신하면 마법도 날아올 거라는 위협을 받고 있을 것이다.

그리고 가족 등도 인질로 잡고 있으리라.

"참으로 극악무도하구나!"

"뭐, 효과적인 수단이긴 하지."

뉘른베르크 공작으로서는 전위 부대가 전멸해도 예비 병력이 적은 해방군에게 손해를 입힐 수 있다면 승리나 다름없다. 게다가 그들이 사라지면 그 영지나 작위를 자유롭게 쓸 수 있다. 자신의 졸개들에게 나눠주면 뉘른베르크 공작의 지배권은 더욱 커질 테니까.

그 사실을 알고 있는 도사나 블랜타크 씨는 평소와 같은 말투로 대화를 나누고 있지만 내심 탐탁지 않게 여기고 있는 것 같다. 블랜타크 씨의 맞장구와 함께 도사가 거대한 바위를 독려 부대를 향해 날렸다.

거암이 그대로 부딪친 궁병들이 마치 벌레처럼 깔려 죽어간다.

설마 그 거리에서 날아올 줄은 몰랐던 지휘관이 후퇴하려고 했지만 도사가 또 다시 던진 바위에 깔려버렸다.

"울화가 치밀지만 모든 독려 부대를 처치할 수는 없다!"

투석으로 깔아뭉갠 독려 부대는 하나뿐이었지만 반란군의 간담을 서늘하게 만드는 일에는 성공한 것 같다.

최전선의 부대도 공격의 기세가 떨어졌다.

"저기…… 블랜타크 씨."

"백작님은 아직 마나를 아껴둬."

본진에서는 테레제가 우아하게 의자에 앉아 싸움을 독려하며 아군의 사기를 높이고 있다.

날아오는 마법이나 화살은 전부 블랜타크 씨와 카타리나가 '마법장벽'으로 막았다.

두 사람은 테레제를 꼭 지키기 위해 이 일에 집중한다는 작전이었으므로 그 대신 필립 공작가의 전속 마법사들은 각 부대에 배치되어 마법으로 공격과 방어를 강화했다.

"엘리제는 괜찮을까?"

"부상자는 아직 그렇게 나오지 않았대."

공격 수단이 빈약한 엘리제는 이번에도 후방에서 병사들의 치료를 맡고 있다.

이나는 투척용 창을 계속 던지고 있으며 루이제도 그 근처에서 모아온 많은 돌과 바위를 끈 모양의 투석기로 던지고 있다.

약간의 마나로 위력을 강화하여 능숙하게 병사의 안면을 맞혔지만 얼굴에 맞으면 이마가 깨져 후방으로 이송되거나 최악의 경우 죽는 병사도 있었다.

"좀처럼 공세가 약해지질 않아."

"정말 끈질기네."

똑같은 작업의 반복이라 두 사람은 정신적으로 지치는 것 같다.

"찾았다."

빌마는 미즈호 상급백작이 빌려준 시제품 저격용 마총으로 지휘관과 마법사를 계속 저격하고 있다.

결국 이 마총은 원거리 저격에 많은 재능과 기량을 필요로 해서 잘 다룰 수 있는 사람이 지금으로서는 빌마 뿐이었기 때문에 그녀 혼자만 운용하고 있었다.

잇따라 저격하며 마나가 부족하면 미리 준비해 둔 마정석으로 보충한다.

과묵한 빌마는 어딘가의 ㅇ르고 13급의 저격을 계속하고 있다.

"벤델린 씨는 아껴두는 건가요."

"그 녀석이 나오면 곤란하니까."

"그 남자 말인가요…… 분명 타란토라고…….."

이제 얼굴도 떠오르지 않지만 뉘른베르크 공작이 소중히 옆에 거느리고 있는 마법사의 이름이다.

뉘른베르크 공작이 나나 도사조차 쓰러뜨릴 수 있는 비밀병기라고 했으니 아무래도 그 투입 타이밍이 신경 쓰이는 상황이다.

그런 생각을 하고 있으려니 반란군 쪽에서 뭔가 소란이 일어난다.

마침내 그 남자가 마치 유령처럼 걸어오면서 우리와의 거리를 좁히기 시작한 것이다.

이 전장에서 타란토는 적도 아군도 신경 쓰지 않았다. 그저 천천히 우리가 있는 정면 문으로 걸어온다.

그에게는 오싹한 점이 한 가지 더 있었다.

어째선지 우리 쪽 수비병이 접근하는 그를 향해 활이나 마법을 쏘지 않는 것이다.

"(타란토를 인식하고 있는 사람이 적은가?)"

나는 그의 그런 점에 식은땀을 흘린다.

"벨! 저 녀석 이상해!"

"기척이 희미한걸…… 레이스도 아닌데!"

그래도 빌마가 저격을 하고 루이제가 큰 바위를 던져보지만 그것들은 전부 그의 '마법장벽'에 의해 막혀 버린다.

역시 그는 뛰어난 마법사였다.

"저기, 타란토 님……."

"내게 신경 쓰지 말고 공격을 계속해라."

"예."

아군들조차 타란토에게서 떨어져 이제 혼자가 된 그는 정면 문 앞에 서서 조용히 소리를 높였다.

"바우마이스터 백작, 당신을 죽여주지."

작게 중얼거리는 듯한 목소리인데도 온갖 소리들 가득 찬 전장에서도 내 귀에 또렷하게 전달되었다.

아까는 말이 없었기 때문에 처음으로 듣는 타란토의 목소리였지만 역시 아무런 특징도 느낄 수가 없다.

그저 담담하게 얘기할 뿐인데, 나는 더욱 정체를 알 수 없는 섬뜩함을 느끼고 만다.

"정말로 오싹하다."

그 도사조차 타란토에게 뭐라고 형언할 수 없는 오싹함을 느끼는 것 같다.


"백작님, 테레제 님에게 허가를 받고 왔다. 나와 도사도 함께 싸우지. 일대일이 아니면 비겁하다는 시시한 긍지를 버리기로 하겠다."

"알겠습니다."

"그럼 간다!"

우리는 사다리로 석벽을 내려가 정면 문 앞에 선 타란토와 대치한다.

이미 정면 문 앞에 있던 반란군은 그 자리에서 떨어져 있었다.

타란토가 높은 사람이므로 방해하고 싶지 않다는 걸까 아니면 반란군도 그를 오싹하게 여기는 걸까, 아무도 가까이 오지 않았던 것이다.

"뭔가 수상쩍은 광경이군."

정면 문 근처만이 양군 모두 전투를 멈추고 우리의 싸움을 지켜보고 있다.

다른 곳은 지금까지와 마찬가지로 사투가 계속되고 있으므로 그 차이가 어쨌든 오싹했다.

어째서 이런 상태가 됐느냐 하면 역시 이 타란토라는 남자로부터 나오는 정체를 알 수 없는 분위기 때문이리라. 달리 설명할 길이 없다.

"미안하지만 이 사람들이 일대일 결투를 받아들일 이유가 없는 것이다!"

"맞는 말이군요."

타란토는 도사의 말을 부정하지 않을 뿐 아니라 맞는 말이라고 했다.

"그럼 시작할까요."

우리가 마나의 전개를 준비하기 시작하자 갑자기 타란토가 억양과 특징이 없는 목소리로 말을 하기 시작한다.

"나는 어릴 때부터 마나가 있었는데 어째선지 존재감이 희박했지."

누구한테 얘기하는 것도 아니고 그저 혼잣말을 중얼거리고 있을 뿐인데도 그 모습이 너무 오싹해서 우리는 무심코 공격을 주저하고 만다.

뭔가 특수한 마법이라도 날아올까 싶어 '마법장벽'의 준비를 서둘러 버린 것이다.

"고위 마법사가 되어서도 마찬가지입니다. 나를 고용하겠다고 말하는 사람이 거의 없었죠. 이유가 뭘까 하고 날마다 고민했는데, 어느 날 그 고민이 싹 해결됐습니다."

"너는 지금 무슨 말을?"

"내 희박한 존재감은 어느 특수한 마법의 습득 조건이었던 겁니다. 타란토라는 남자는 오로지 그 마법을 쓰기 위한 그릇일 뿐이라고."

"특수한 마법."

"그렇습니다. 내 마법은 '성' 마법의 일종인 '영령(英靈)소환'. 과거의 영웅의 손에 죽어 그 인생을 끝마치도록 하세요. 바우마이스터 백작. 블랜타크, 암스트롱 도사."

타란토가 양손을 하늘로 치켜세우자 그 직후에 하늘에서 벼락이 떨어져 그의 몸을 직격한다.

엉겁결에 눈을 감았지만 그 후 눈을 떴을 때는 그 자리에 타란토의 모습이 없었다.

그 대신 내 지인과 상당히 많이 닮은 인물이 서있었다.

근육 갑옷으로 뒤덮인 그 거대한 체구는 보라색 로브로 몸을 감싸고 양손에는 너클을 끼고 있다.

그리고 파인애플 꼭지 같은 머리 스타일에 카이젤 수염이 특징인, 도사를 쏙 빼닮은 인물이 우뚝 서있었던 것이다.

"도사님!"

나도 모르게 옆에 있는 도사를 확인했지만 도사는 움직이지 않았다. 결국 그와는 다른 사람이라는 뜻이다.

"내 이름은 아한트 미하일 폰 암스트롱."

목소리도 도사와 매우 흡사하다.

유일한 차이는 지팡이를 들지 않고 양손에 너클을 끼고 있는 점이다.

"조상님인가!"

"조상님?"

"그래. 사실 초대 암스트롱 백작은 마법사였다!"

처음 듣는 충격적인 사실이었다.

"가난한 기사의 후계자가 우연히 마법사였다. 그 덕분에 백작이 된 셈이지!"

암스트롱 백작가도 마법으로 출세한 가문인가.

"그렇다 해도 많이 닮았군."

정말로 도사를 많이 닮았기 때문에 블랜타크 씨도 감탄만 할 뿐이다.

하지만 곧바로 씨익 하고 미소를 짓는다.

"'영령소환'인지 뭔지 모르지만 궁합이 조금 안 좋았군. 가자!"

쓸데없는 얘기를 하고 있을 시간이 없다. 곧바로 타란토를 처치해야 한다.

세 사람은 서로 눈을 맞춘 뒤 일제히 타란토에게 달려들었다.

"초대는 이 사람보다 더한 파워 파이터였다고 한다!"

"그럼 수비는 도사에게 맡기지."

타란토는 아무래도 변신할 인물을 잘못 찾은 것 같다.

확실히 도사의 조상은 엄청난 파워의 소유자였겠지만 공격을 막기만 하는 거라면 도사도 전혀 문제가 없다.

"그렇다 해도! 정말이지 팔이 찌릿찌릿 저려오는구나!"

도사는 조상님의 펀치를 양팔로 막았고, 그 틈에 블랜타크 씨와 나는 그의 양 옆구리에서 '파이어 볼'을 날린다.

당연히 맞을 줄 알았지만 조상님은 두 개의 '파이어 볼'을 마나를 담은 킥과 박치기로 쳐냈다.

"어마어마한 조상님이군 그래. 도사."

"확실히 그렇다!"

도사의 조상님은 마법사라기보다 마투류의 품새는 구사하지 못하지만 루이제보다도 강해 보이는 마법 권투사 같은 느낌이다. 아무래도 방출 마법 종류는 전혀 쓸모가 없을 것 같다.

"(다만 대처하기는 편하군.)"

확실히 강하지만 이쪽이 예상하는 틀을 벗어나지 않는다. 하물며 삼 대 일. 이대로 마나를 소모시키면 이긴다.

그렇게 생각한 순간 도사의 조상님은 조금 뒤로 물러났다.

"너무 오래 놀았나……. 역시 나와 같은 계통의 영웅이 아니면 힘을 발휘할 수 없군."

초대 암스트롱 백작의 모습을 한 타란토는 다시 양손을 하늘로 치켜세운다.

다시 벼락이 떨어지고 그것이 사라지자 타란토는 다른 인물로 변화했다.

"같은 마법사라도 전투 타입은 이 남자 쪽이 더 닮았을 테니까. 자, 시작해볼까, 벨."

"설마……."

벼락이 사라지고 타란토가 새로운 모습을 보인 순간부터 나의 시간은 멈춰 있었다.

그가 변신한 인물을 보고 크게 마음이 흔들렸기 때문이다.

그렇다, 어찌 잊을 수 있을까.

10년 이상 전에 어린 내게 마법을 가르쳐 준 그 인물.

"알프레드!"

"알!"

갑자기 나타난 제자에게 블랜타크 씨가 큰 소리로 외쳤다.

도사도 친구의 등장에 놀라움을 감추지 못하는 것 같다.

그리고 나도 그 자리에 우뚝 선 채로 멈춰버렸다.

"그럴 리가……. 모습만 흉내 낸 가짜야……."

"아니야, 벨. '영령소환'이란 존재감이 희박하여 무에 가까운 나 타란토와 과거에 죽은 인물과의 융합 마법이니까. 그러니까 나는 타란토인 동시에 알프레드이기도 하지."

모습과 체격, 목소리 전부가 스승님과 완전히 똑같았다.

계속해서 타란토가 겉모습만 흉내 낸 가짜라고 생각하는 내 희망을 산산조각냈다.

"벨, 너는 오른손에 마나를 조금 더 많이 담는 버릇이 있지. 많이 개선됐지만 아직 노력이 필요하겠구나."

"말도 안 돼……."

그 조언은 내가 스승님과 단둘이 수련할 때 들은 말이었다.

블랜타크 씨에게도 같은 말을 들었지만 이렇게 스승님과 말 한 마디 토씨 하나까지 똑같이 내뱉는 소리를 들으니 눈앞의 인물이 진짜 스승님이라고 인정하지 않을 수 없었다.

"자, 제자인 네가 스승인 나를 이길 수 있을까? 안심해라. 네가 죽어도 내가 저세상에서 계속 마법을 가르쳐 줄 테니까."

나는 다짜고짜 재회한 스승과 싸우는 신세가 됐다.

"스승님! 어째서입니까!"

"너는 이상한 소리를 하는구나. 지금의 내 입장을 생각하면 알 수 있겠지."

대략 10년 만에 재회한 스승님이었지만, 나는 그와의 싸움을 강요받고 있다.

"(정말로 진짜 스승님일까?)"

'영령소환'의 구조를 모르는 이상은 그 답을 내릴 수가 없었다.

"자, 얼마나 실력이 늘었는지 볼까?"

스승님은 머리 위로 피구 공만 한 '얼음탄'을 수십 개나 띄우더니 그것을 차례차례 내게 던진다. 그것은 옆에 있던 블랜타크 씨와 도사도 덮쳤고, 두 사람은 회피하며 나와의 거리가 벌어졌다.

"젠장!"

사전 협의에 따라 이 자리를 떠날 수 없는 나는 '마법장벽'으로 막았지만 그중 하나에 함정이 숨어 있었다.

'얼음탄'의 관통력에 일부러 강약을 두어 그중의 하나만이 '마법장벽'을 관통하여 내 얼굴을 향해 날아온 것이다.

나는 순간적으로 피했지만 '얼음탄'이 뺨을 스치며 상처를 만들었다. 비록 작은 상처였지만 나는 충격을 받았다.

"(얼음탄 하나에만 마나를 많이 담고 나머지는 그저 미끼인가! 마나를 아끼면서 내 견고한 '마법장벽'을 적은 마나로 깬다. 이런 일이 가능한 것은……)"

이런 마법의 사용법이나 공격법의 능숙한 조합은 스승님 정도

밖에 할 수가 없다.

그나마 블랜타크가 가능하려나.

아무리 마나가 많아도 젊은 나와 카타리나는 아직 도저히 할 수 없는 재주인 것이다.

"벨, 너는 단순한 변장이라고 생각했느냐."

계속해서 수십 개의 바위탄이 전개된 '마법장벽'에 작렬한다.

마찬가지로 또 하나만이 '마법장벽'을 관통했고 이번에는 오른쪽 어깨에 명중하며 극심한 통증이 느껴졌다.

'마법장벽'을 관통했을 때 위력이 떨어진 점과 입고 있는 로브 덕분에 목숨을 건졌다.

스승님의 공격을 스승님의 유품인 로브가 경감시켜 주었으니 이보다 더 얄궂은 일이 또 있을까.

"알!"

"알프레드!"

블랜타크 씨와 도사가 나를 도우러 오려고 하지만 갑자기 그들의 발밑에서 송곳 같은 바위가 솟아오른다. 만일 '마법장벽'을 관통할만한 일격이 나를 향해 날아온다면 꼬치에 꿰인 신세가 되고 말리라. 두 사람은 그 가능성만으로 그 자리에서 움직일 수가 없었다.

스승님은 지금까지 그리 많은 마나를 쓰지 않았다. 그런데도 우리 세 사람은 스승님 한 사람에게 농락을 당했다.

"마법은 이미지다. 처음 만났을 때보다 마나는 압도적으로 늘었지만 아직 컨트롤이 부족하구나. 어리니까 어쩔 수 없다고 할 수도 있지만 전장에서는 그런 핑계가 통하지 않아. 아깝구나. 다시 또 가르쳐 주고 싶군."

스승님이 진짜일 가능성이 커졌다. 이런 전법을 쓸 수 있는 사람은 스승님밖에 없으니까.

"오랜만이네요, 사부님."

"그 호칭은⋯⋯."

"제가 스무 살이 되기 전까지는 줄곧 그렇게 부르지 않았습니까."

"이건 말도 안 돼⋯⋯. 타란토라는 녀석이 알이 나를 어떻게 불렀는지까지 알 턱이 없어."

블랜타크 씨는 스승님이 진짜임을 알고 얼굴이 새파랗게 질렸다.

"벤델린 씨! 스승님!"

우리 셋이 스승님 한 명에게 농락당하는 모습을 보고 석벽 위에서 싸우고 있던 카타리나가 큰소리로 외쳤다.

"이 사람은 걱정해주지 않는구나⋯⋯."

도사의 불평은 스승님에게도 무시당했다. 죽여도 죽지 않는다고, 옛날부터 그렇게 생각했으리라.

"카타리나 아가씨. 마음은 알겠지만 섣불리 돕겠다고 나서지 마. 저 남자는 그것조차 이용할 테니까. 그보다도⋯⋯."

"네, 본진 수비는 제게 맡기세요."

"미안하군."

"사실은 벤델린 씨를 돕고 싶지만⋯⋯."

"정말 미안하군. 알로 변한 타란토만 상대하고 있을 여유가 없는데."

타란토가 스승님으로 변한 효과는 막대했다.

나와 블랜타크 씨, 도사를 전장에서 완전히 떼어놓았으니까.

여기서 카타리나까지 빠지면 해방군의 본진이 위험해진다.

"하지만 이것으로 벤델린 씨에게 무슨 일이 생기면 아무리 스승님이라도……."

"내가 희생하는 한이 있더라도 백작님은 죽게 만들지 않을 테니 염려 마."

"알겠습니다."

카타리나는 납득하고 아군 본진의 수비에 전념하기 시작한다.

"그렇다 해도 상대가 알이라……. 제일 성가신 타입의 마법사인데……."

"크림트도 오랜만이군요."

"그 호칭은……."

"쌀쌀맞군요. 당신은 친구인 나를 잊었나요?"

스승님은 도사에게도 웃는 얼굴로 말을 걸었지만 빈틈은 전혀 존재하지 않았다. 설령 여기서 마법을 날려도 스승님은 맞지 않는다. 오히려 이용만 당해 내가 더 다칠 뿐이리라.

"알프레드! 너는!"

"지금의 나는 타란토의 몸을 빌려 이 세상에 출현한 존재일 뿐입니다. 입장 상 타란토가 우위라서 나는 거스를 수가 없어요. 유감이지만……."

"……."

"내가 봐도 망자를 우롱하는 타란토가 탐탁지 않으니까 당신들은 삼 대 일로 싸워도 좋아요. 하지만…….”

스승님의 웃는 얼굴은 한순간에 돌변하여 진지한 표정으로 돌아왔다.

“삼 대 일을 삼 대 삼으로 만드는 방법이 있습니다. 오래전 옛날의 유물이지만…….”

스승님은 품에서 뭔가를 꺼내더니 그걸 도사와 블랜타크 씨 앞에 던졌다

땅바닥에 떨어진 그것은 검은 빛이 나는 주먹만 한 마정석이었다. 그것은 본 적도 없는 기하학적인 문양이 새겨져 있었으며 은색 틀이 붙어 있어 장식품처럼 보인다.

“그것은 고대 마법 문명시대의 유산, 통칭 ‘목우’라고 불리는 것입니다. 사용자의 모습 뿐아니라 그 능력까지 복제하죠. 자, 사부님과 크림트에게도 상대를 준비해 드렸으니 마음껏 싸워주십시오.”

장신구의 하나처럼 보였던 두 개의 목우는 스승님과 똑같은 모습으로 변하여 도사와 블랜타크 씨에게 싸움을 걸었다.

“으윽!”

“쳇!”

아무리 생김새가 닮았어도 두 사람이 가짜에게 당할 리가 없다는 내 예상은 빗나가 두 사람은 크게 고전했다.

“벨, 결국은 인형이니까 사부님이나 크림트라면 문제없다고 생각했느냐? 하지만 저 목우는 사전에 상세한 정보를 넣어 조절할 수가 있어서 의외로 얕볼 수가 없다.”

“크오오오오옷!”

도사는 평소처럼 전신에 마나를 불어넣어 목우에게 연속 공격을 가했다.

그런데 그 공격이 모조리 빗나가고 마는 것이다.

"으으으......."

그리고 공격이 빗나가 빈틈투성이가 된 도사의 배에 깨끗하게 킥을 날린다. 그 통증으로 도사는 고통스러운 표정을 지었다.

"도사님!"

"말했죠? 조절할 수 있다고. 크림트의 공격 패턴은 상당 부분 파악이 끝났거든요. 그걸 활용하면 목우라도 좋은 승부를 할 수 있는 거예요."

예전에 도사가 스승님을 라이벌이라고 얘기한 이유를 알았다. 마나량에서는 압도적인데 어째서 도사는 스승님을 내심 두려워했을까? 그 이유가 최악의 형태로 판명된 셈이다.

"......."

"사부님, 시간이란 잔혹하군요."

"그렇군......."

블랜타크 씨에 이르러서는 스승님의 목우의 공격을 막기에 급급했다. 왜 그런가 하면 스승님은 이미 옛날에 블랜타크 씨를 뛰어넘은 존재였기 때문이다. 같은 상급이지만 마나량에 큰 차이가 있으며 기량은 아직 블랜타크 씨 쪽이 위지만 그렇게 큰 차이도 아니다.

평범하게 싸우기만 해도 스승님의 목우는 블랜타크 씨를 압도할 수 있었다.

"죽지 않으려고 발버둥 치는 게 고작이겠지!"

블랜타크 씨는 그 이후 말할 여유조차 사라져 목우의 공격을 계속 피하기만 했다.

조금이라도 틈을 보였다간 블랜타크 씨는 목우에게 쓰러져 버리고 말 것이다.

만약 진짜 스승님과 일대일로 싸운다면 블랜타크 씨는 죽임을 당할 가능성이 높았다.

"자, 두 사람의 발은 묶었으니 다음은 너구나."

스승님은 마침내 일대일이 됐다고 웃음을 지으면서 나에 대한 공격을 계속했다.

이번에는 작은 '윈드 커터' 여러 개를 나를 향해 날린다.

그리고 역시 그중에 하나 극한까지 바람을 압축한 '윈드 커터'가 있어서 내 '마법장벽'을 싱겁게 관통했다.

푸욱 소리와 함께 살이 찢어지며 심하게 피를 흘린다.

원래는 꿰매야 할 만큼 깊은 중상이었지만 앞의 두 상처와 합쳐 서둘러 치유 마법으로 치료했다.

나와 스승님의 싸움은 내가 압도적으로 불리했다.

마법을 배울 당시의 나와 지금의 나는, 마나량도 쓸 수 있는 마법의 종류도 완전히 다르다.

그래서 나는 만일 스승님이 진짜라 해도 이길 수 있다고 자만했다.

그런데 실제로 뚜껑을 열어보니 이런 결과가 벌어지고 말았다.

지금 스승님의 마나량은 나보다 적지만 그래도 일반적인 마법사 기준으로 말하자면 상급 중에서도 상급이다.

일정 이상의 마나를 보유했기 때문에 그것을 효율적으로 구사하여 나의 빈틈을 교묘히 찔러 타격을 입힌다.

"역시 웬만한 방법으로는 안 되나……. 뭐, 시간을 벌었으니까 됐지."

스승님은 도사가 목우의 공격 패턴을 꿰뚫어보고 서서히 역습에 나서는 것을 알아차렸다.

인간은 학습하는 동물이므로 목우에게 쓰러지지만 않는다면 역전할 기회도 있는 셈이다.

"목우는 내 양산품 같은 것이니까. 사부님은 무승부가 고작이려나? 크림트도 앞으로 10분은 어렵겠지. 그래도 문제는 없어."

왜 문제가 없느냐 하면 스승님은 나를 10분 안에 죽일 수 있다고 판단하고 있기 때문이리라.

스승님의 공격이 계속되는 가운데 나도 어떻게든 반격을 해보지만 애당초 맞지 않았다.

"벨, 아무리 마법을 외지 않아도 몸의 작은 움직임이나 간격으로 알아차리고 마는 것이다. 마법이 발동하기 전에 회피할 수 있게 되어야 어엿한 마법사라고 할 수 있겠지."

스승님은 마치 가르치듯 말을 하면서 잇따라 내게 마법을 맞혀 간다.

기본적으로는 내 눈을 현혹시킨 뒤 속임수로 얄미운 일격을 가할 뿐.

그걸 뻔히 알면서도 나는 스승님의 공격을 막지 못하고 계속 다치기만 했다. 마법사로서의 압도적인 기량의 차이 때문에 나의 부상은 점점 늘어가고 아무리 치료해도 쫓아가지 못하는 상태다.

"벨, 괜찮아?"

"……."

로브는 튼튼해서 찢어지지 않지만 그 아래의 셔츠나 바지는 갈 가리 찢어져 피로 물들어 있었다.

상처는 치유 마법으로 치료할 수 있지만 계속 다치기만 하는 탓에 정신적인 피로감이 크다.

출혈량도 서서히 늘어나서 손실된 피는 치유 마법으로 회복되지 않기 때문에 몸이 조금 무거워졌다.

"의외로 끈질기군. 내 예상보다 훨씬 오래 버텼나? 하지만……."

나는 어깨를 들썩이며 숨을 쉬고 있는데 스승님 쪽은 블랜타크 씨에게 말을 걸면서 여유로운 표정을 짓고 있었다.

"사부님, 벨은 정말 많이 성장했네요. 유일하게 아쉬운 건 더 이상 성장할 시간이 없다는 점인가요……."

스승님은 진심으로 유감스러운 듯한 표정을 짓는다.

"너! 정말로 자기 제자를 죽일 셈이냐!"

"죽일 겁니다. 어쩔 수가 없어요. 지금 타란토는 물러나 있지만. 주도권은 그에게 있기 때문에 저는 그를 거역할 수가 없습니다. 하지만 아깝네요. 이렇게까지 훌륭한 마법사로 자랐는데."

"알프레드!"

두 사람의 대화에 끼어들 듯 도사가 갑자기 큰 소리를 질렀다.

그도 그 특기인 파워를 살리지 못한 채 왕국 수석 마도사의 증

명인 보라색 로브는 먼지투성이가 되었고 얼굴에는 여기저기 베인 상처가 나 있었다. 도사가 부상을 입다니, 지금까지 거의 있을 수 없는 일이었다.

"크림트, 당신이 몸놀림을 가르쳐 줬나요?"

"뭔가 못마땅한 점이라도 있었나?"

"아뇨. 벨은 아직 젊어요. 전부 시간이 해결 가능한 문제입니다. 하지만…… 그 시간은 이제 없군요."

"알프레드ㅇㅇㅇㅇㅇㅇ!"

도사는 자신이 싸웠던 목우를 무시하고 스승님에게 달려들었다.

주먹에 대량의 마나를 휘감고, 이게 보통 사람에게 맞았다면 확실히 몸이 튕겨 나가 즉사할 것이다.

그런데 스승님에게는 전혀 통하지 않았다. 재빨리 양손에 마나를 담으면서 도사의 공격을 받아넘긴다. 기세를 이기지 못한 도사는 스승님 뒤편의 땅바닥에 처박혔다.

지면이 움푹 파이고 흙이나 돌이 이리저리 튀지만 스승님은 자신을 향해 날아온 것만 마나를 담아 손으로 쳐내고 있다. 그 동작에는 어떠한 틈도 없었다.

"옛날과 똑같아…… 아니, 위력이 더 세졌군. 뭐, 맞지 않는다면 의미가 없지만."

"도사님!"

"이런 가능성은 염려하고 있었다. 폐하도 그걸 알고 있었기 때문에……."

"크림트, 나도 그렇게까지 당신보다 우위에 있는 건 아닙니다. 당신의 공격을 한 번이라도 맞았다간 나도 치명상을 입을 테니까요. 이래 봬도 내심 조마조마해 하면서 공격을 피하고 있는 겁니다."

동적인 도사와 정적인 스승님. 타입은 전혀 다르지만 누가 왕국 수석 마도사가 되어도 이상하지 않았던 셈이다.

"그보다 다시 셋이 모여 버렸군. 이건 계산 밖인걸."

블랜타크 씨와 도사는 고전하면서도 지금까지의 전투 경험을 살려 서서히 나와의 거리를 좁혔다.

일대일이라는 허울 좋은 소리를 떠들 여유가 없다. 셋이서 스승님을 다시 저세상으로 보낼 수밖에 없는 것이다.

"그렇다 해도 대책은 충분히 세워져 있지만."

스승님은 본인의 자루에서 뭔가 커다란 물건을 꺼내더니 뒤로 던졌다.

그것은 거대한 마정석이었다.

"마정석?"

"사부님, 이건 마도 비행선에서 회수한 겁니다."

그 장치 때문에 마도 비행선을 쓸 수 없기 때문에 그것을 회수해온 셈이다.

자세히 보니 마정석의 표면은 은색의 망 같은 걸로 덮여 있다.

저건 뭐지? 낙하했을 때 깨지는 걸 막기 위한 건가?

아니, 마석이라면 몰라도 마정석이 그 정도로 깨질 리가 없다.

그 전에 저 마정석을 뭐 때문에 저기 놔둔 거지?

그 대답을 찾기도 전에 먼저 스승님이 움직였다.

"내 결점은 마나량이군. 이래 봬도 나름 자신이 있었는데 크림 트와 벨을 보면 도저히 상대가 안 된다는 걸 알 수 있으니까."

"알, 지금 뭘 하는 거지?"

"사부님, 뉘른베르크 공작은 그걸 보완할 방법을 얻었습니다. 부족한 마나는 외부에서 보충하면 돼요."

스승님과 두 개의 목우가 나란히 선 순간, 서서히 마나량이 늘어 가는 것을 알 수 있었다.

"이 상태에서 어떻게 마나가? 그렇군! 뒤쪽의 마정석인가!"

그 마정석은 대형 마도 비행선을 움직이기 위해 만들어진 것이다. 비축되어 있는 마나의 양은 방대했다.

"하지만 어째서 접촉도 하지 않고!"

도사가 놀라는 게 당연하다. 마석이나 마정석에서 마나를 보급하려면 반드시 접촉을 해야 하기 때문이다. 하지만 만일 저 마정석을 덮고 있는 은색 망이 뭔가 특수한 마도구라면 이해할 수 있다.

떨어져 있는 표적에 마나를 보충한다. 무선으로 전력을 보내는 장치 같은 것이라면?

"떨어져 있어도 마나를 보충할 수 있다는 건 정말 훌륭하군. 나는 한계를 넘어서 마나가 늘지 않겠지만 1회용인 목우는 달라. 이번만 쓰고 부서져도 문제가 없으니까. 목우는 거리가 가까우면 움직이기도 편해지거든. 그리고 당신들도 셋이 모였어……."

스승님의 마나가 완전히 회복되었고 목우는 그 이상으로 마나를 비축했다.

"자, 이걸 막을 수 있을까? '트라이앵글 스트림'!"

방대한 마나가 소비되며 우리는 갑자기 마법의 회오리에 휘말렸다.

그 범위는 우리를 에워싸는 정도였지만 어중간한 군대쯤은 날려버릴 만큼 강력한 위력을 가진 것이 삼중으로 겹쳐 있는 상태였다. 순간적으로 '마법장벽'을 쳤지만 이쪽의 마나 소비량이 급격히 올라간다.

회오리 속에는 작은 '윈드 커터'와 '바위'가 산탄처럼 흩날리고 있었으며 조금이라도 '마법장벽'을 약화시키면 몸을 갈기갈기 찢어버릴 것이다.

게다가 가끔씩 '마법장벽'을 관통하는 '윈드 커터'와 '바위'가 있어서 나뿐만 아니라 도사와 블랜타크 씨도 부상 부위가 점점 늘어난다.

'마법장벽'을 유지하기 위해 치유 마법을 걸 여유도 없어서 우리는 부상의 고통을 참으며 '트라이앵글 스트림'이 사라질 때까지 참고 또 참았다. 수십 초 후 마침내 '트라이앵글 스트림'은 소멸됐다.

"역시 대단하군요. 상급 마법사라도 대부분 살아남지 못하는데."

스승님은 우리를 칭찬하지만 조금도 기쁘지 않았다.

"미안……. 내가 제일 큰 짐이군……."

방어를 위해 대량의 마나를 써버린 블랜타크 씨가 마법 자루에서 마정석을 꺼내 마나를 보충하면서 사과했다. 애당초 블랜타크 씨는 마나량이 많지 않아서 마정석에 의한 보충도 하지 않는 것보다는 나은 정도였지만, 다음에 '트라이앵글 스트림'이 날아왔을 때 블랜타크 씨는 이것을 막아낼 가능성이 낮다.

도사와 나 역시 앞으로 한 번쯤은 더 막아낼 수 있겠지만 지금 이대로는 죽기까지의 시간을 늘리는 것에 지나지 않는다. 치유 마법으로 상처를 치료하면서 기사회생의 책략을 생각해 보지만 전혀 좋은 방안이 떠오르지 않는다.

블랜타크 씨의 치료도 스승님이 언제 공격해 올지 모르기 때문에 틈을 보일 수가 없다.

도사에게 맡기려고 해도 그의 치유 마법은 특수하다. 효과는 크지만 발동에 시간이 걸리고 상대를 끌어안지 않으면 의미가 없다. 스승님 앞에서 틈을 보일 만큼 도사가 어리석을 리도 없었다.

"삼 대 일로도 고전인가······

"마나가 금방 보충되는 알프레드가 세 사람이 있는 거나 마찬가지다! 이건 참 난처하구나!"

도사가 다친 모습도 처음 봤지만 고전하며 앓는 소리를 하는 도사는 더 충격이 컸다.

그렇다면 정말로 위험할지도 모르겠다.

"역시 벨을 먼저 처치하는 게 좋겠군."

타란토에게 지배당하고 있는 스승님은 가끔 냉철한 발언을 한다. 그의 목소리로 그런 얘기를 들으면 큰 충격을 느끼고 부상에 의한 연속된 통증과 함께 정신이 피폐해져 가는 것 같다.

"그렇다면······"

스승님과 목우는 마법으로 세 자루의 창을 만들어 마구잡이로 날렸다.

크기는 평범한 창 정도였지만 극한까지 압축된 '회오리' 마법으로 만들어져 있다.

그 위력과 밀도는 카타리나도 미치지 못하리라. 그리고 그 마법의 표적은 내가 아니었다.

"위대한 제자를 두면 고생하는 법!"

도사는 세 사람 중에 제일 손쉽게 쓰러뜨릴 수 있다고 판단한 블랜타크 씨를 표적으로 삼았다.

지금의 그는 저 세 자루의 창을 막을 수 없다. 나는 순간적으로 블랜타크 씨 앞에 선다.

"벤델린, 이 멍청아!"

드물게 블랜타크 씨가 나를 이름으로 불렀다. 아무래도 나는 스승님의 함정에 걸린 것 같다.

그는 블랜타크 씨가 아니라 처음에 얘기한 대로 나를 표적으로 삼은 것이다.

강력한 '마법장벽'을 전개해 첫 번째와 두 번째는 무사히 막았다. 그런데 세 번째 창은 그리 쉽지가 않다. 열심히 '마법장벽'을 강화하여 관통을 막지만 마침내 여기서 한계가 왔다.

바람의 창이 비정하게도 내 복부를 찌른다. 격통이 흐르지만 이대로 창이 관통하면 나는 즉사다. 기를 쓰고 위력을 줄이는 일에 매달려 간신히 치명상만은 모면했다. 하지만 몸에 힘이 들어가지 않아 그 자리에 무릎을 꿇고 만다.

"멍청아! 왜 나를 감쌌느냐! 내가 당하는 틈에 공격을 하면 됐을 텐데!"

"블랜타크 씨, 그런 책략은 스승님에게 통하지 않아요."

도사조차 공격에 애를 먹는 스승님과 두 목우를 아무런 대책도 없이 공격해봤자 마나의 낭비일 뿐이다. 그보다도 블랜타크 씨가 죽고 둘만 남는 것이 더 위험하다.

"하지만 백작님이⋯⋯."

"뭐, 어떻게든 살아있으니까 아직 한 명 사망은 아닙니다."

그저 시간을 벌었을 뿐이지만 블랜타크 씨가 죽어버리는 것보다는 미래가 있다. 아주 작은 차이이긴 하지만 0.1%정도는 생존율이 올랐을지도 모른다.

"살아있으면 뭔가 타개책이 나올지도 모르니까요."

"흥. 너희는 스승과 제자가 참 닮았구나. 알도 옛날에 비슷한 말을 했었지."

"게다가 스승님도 싸우고 있습니다."

"그렇군."

만일 스승님이 아무런 망설임도 없이 공격을 계속했다면 우리는 이미 죽었을 것이다.

그는 소환주인 타란토에게 거역할 수 없기 때문에 일부러 옆길로 새는 듯한 말을 하기도 하고, 때로는 자랑스럽게 쓰고 있는 마법이나 마도구를 설명하며 시간을 허비하기도 한다.

타란토에게 거스르는 것처럼 보이지 않으면서 스승님은 우리를 엄호하고 있는 것이다.

"백작님, 마법은 쓸 수 있을까?"

"쉽지 않겠네요……."

마나는 아직 남아 있지만 격통과 출혈로 의식을 집중할 수가 없다.

아무래도 사지를 벗어난 건 한순간뿐인 듯하다. 어쨌든 제대로 된 치유 마법을 쓸 수 있는 내가 전투 불능이니까.

발동 조건이 특수하다고는 해도 치유 마법을 쓸 수 있는 도사도 나 대신 스승님과 목우가 쏘아대는 마법 공격을 막는 게 고작인 상태라 나를 치료하고 있을 시간이 없다. 블랜타크 씨는 치유 마법을 쓰지 못하고, 타란토는 착실하게 우리를 몰아붙이고 있었다.

"도사님!"

"에잇! 끈질기다!"

도사는 자신만을 덮는 '마법장벽'밖에 쓸 수 없기 때문에 마나를 담은 손발로 마법을 쳐내느라 정신없이 바빴다.

스승님의 능력을 이용해 거기까지 예측한 타란토의 실력도 역시 보통은 아닌 것이다.

나는 한순간 죽음을 각오하지만 그래도 어느 정도 발악한 것이 먹힌 듯하다.

"시간 벌기도 허사는 아니었던 것 같군요."

"그렇군."

뒤쪽에서 두 개의 마나가 접근하는 것이 '탐지'됐다. 매일 접하고 있는 이 마나는 내 아내들의 것이었다.

"이봐, 이봐, 카타리나 아가씨."

"스승님, 테레제 님께 허락을 받았습니다. '저 남자가 위험해. 그냥 놔두면 우리가 치명적인 손상을 입겠지. 도와주러 가는 걸 허락할게' 라구요."

그렇게 말하자마자 카타리나는 거대한 회오리를 만들어 스승님과 목우를 감쌌다.

"이런, 무척 재능이 뛰어난 마법사구나. 하지만 위력은 조금 아쉽군. ……뭐, 눈을 현혹하는 용도겠지만."

스승님이 예측한대로 그동안 다른 한 사람인 엘리제가 내게 치유 마법을 걸어주었다.

차츰 출혈이 멎고 몸에서 통증과 상처가 사라져 간다. 하지만 그와 동시에 강한 권태감에 휩싸인다. 부상을 입고 치유 마법으로 고친다는 행위를 계속했기 때문에 이 순간 강렬한 피로감이 덮쳐온 것이다.

치유 마법으로 부상을 계속 치료한다고 영원히 싸울 수 있는 건 아니다. 부상을 치료하기 위해서 체력을 소모하기 때문이다.

"이쪽은 뛰어난 치유 마법사인가……. 벨 주위에는 뛰어난 마법사가 많구나. 뉘른베르크 공작이 경계할 만해."

카타리나의 '회오리'를 쳐낸 스승님이 그녀와 엘리제를 보고 납득한 듯한 표정을 짓는다.

"다섯 명이 돼도 결과는 똑같겠지. 아가씨들이 아름다운 목숨을 잃는 일은 없겠지만."

"칭찬해주셔서 감사하지만, 남편을 돕는 것도 아내의 역할이니까요."

315

"엘리제 씨와 같은 의견입니다. 스승님을 외면하는 제자도 생각해 볼 문제니까요."

"벨의 부인들인가. 그거 대단하군. 일단은 축하하기로 할까. 지금의 내 형편상 적당히 봐줄 수는 없지만."

두 사람의 참전으로 스승님의 공격은 거의 완전히 막을 수 있게 됐지만, 이쪽이 불리한 사실은 변함이 없었다.

"벤델린 씨, 당신 스승님의 실력은 반칙이네요."

"마도구로 강화했기 때문에 더 감당이 안 돼."

이대로 공격을 막기만 해서는 점점 상황이 나빠질 뿐이다. 뭔가 이 흐름을 바꿀 공격이 필요하리라.

"지금은 쓰러뜨리지 못해도 돼…… 저쪽의 철수를 촉구할 작전이 있다면!"

여기서 스승님을 쓰러뜨릴 확률은 기적에 가까우리라. 어쨌든 지금 여기서 달아날 수만 있다면 대책을 세울 시간도 만들 수 있다. 장래의 확률을 높일 수 있는 것이다.

"(생각하자)……."

뭔가 스승님…… 아니, 타란토를 철수시킬 만한 책략이…….
마나 고갈은 있을 수가 없나. 대형 마도 비행선에서 입수한 마정석이 하나일 리도 없으며 접촉하지 않고 마나를 보충할 수 있는 마도구도 있다.

틀림없이 아직 마법 자루에 들어 있을 것이다.

현시점에서 우리 세 사람을 압도하고 있으며, 카타리나와 엘리제의 도움도 전혀 불리하다고 여기지 않는 스승님에게 공격을 해봤자 무의미하다. 그렇다면…….

"(블랜타크 씨, 뉘른베르크 공작의 본진은 얼마나 떨어져 있나요?)"

만일 뉘른베르크 공작이 위기에 빠지면 스승님에게 몸을 빌려준 타란토는 움직일지도 모른다.

거기서 승기를 찾을 수 있을까?

"(백작님, 그 뉘른베르크 공작이 그렇게 어리석은 짓을 할 리 없지. 상급 레벨 마법사의 반응이 여러 개 모여 있는 곳이 있다. 그곳에 녀석이 있어.)"

역시 '탐지'에 관해서는 타의추종을 불허하는 블랜타크 씨다.

이 고전 속에서도 이미 뉘른베르크 공작의 위치를 발견했다.

"(위력이 센 마법으로 저격해도 그 녀석들이 거의 막아내겠지. 전장에서 효수 전술은 기본 중의 기본이야. 테레제 님도 대책을 세우고 있으니까 뉘른베르크 공작도 그녀를 노리지 않는 거겠지?)"

막힐 줄 뻔히 아는 전술로 무익한 마나를 소비하지 않는 건가…….

"(뉘른베르크 공작을 공격할 수 있다면 스승님의 안에 있는 타란토가 물러갈 것 같은데요…….)"

타란토는 뉘른베르크 공작에게 충직한 것 같으니까. 주인의 위기 앞에 우리를 공격만 하고 있을 수는 없으리라.

"(무리야. 뉘른베르크 공작의 수비는 견고해.)"

대장을 노리기는 힘든가……그렇다면…….

(뉘른베르크 공작의 뒤쪽에도 마법사의 반응이 있네요?)

"(그래. 수 킬로미터 뒤야. 이곳은 대단한 마법사는 없군. 중급이 한 명, 그리고 잔챙이 초급이 몇 명 있을 뿐이야.)"

"그거다."

뉘른베르크 공작, 너는 지금까지 치른 싸움에서 마법사를 지나치게 소모시켰지.

본인과 수하들의 군대 수비에 전위 부대에도 얼마쯤은 배치해야 야전 진지를 함락할 수 있겠지만, 어느 부대의 마법사 배치는 지나치게 소홀했다.

이 대군을 유지하는 식량 등의 물자를 관리하는 보급부대. 모든 물자를 마법 자루로 운반하면 전선에 마법사를 내보낼 수 없으므로 이 보급부대는 그 나름대로 규모가 클 것이다.

"(보급부대를 불태운다? 어렵지 않을까? 상당히 먼데.)"

땅 쪽에서 노리면 중간에 다른 마법사에게 막힐지도 모른다. 상공에서 노리려고 해도 그 장치 때문에 '비상'은 쓸 수 없다. 블랜타크 씨는 무리라고 단언했다.

"(아뇨, 괜찮을 겁니다. 이런 작전을 쓸게요…….)"

나는 작은 목소리로 블랜타크 씨에게 작전을 설명했다.

"(무모한 작전이군……. 무엇보다 성공해도 알이 물러갈까?)"

"(스승님은 물러가지 않아요. 하지만 타란토는 물러가겠죠.)"

스승님은 타란토의 명령에 거역하지 못하며, 타란토는 뉘른베르크 공작에게 충직하다.

이것이 작전의 승기인 것이다.

"블랜타크 님! 바우마이스터 백작! 슬슬 힘에 부치는 상황이다!"

스승님과 목우의 공격을 막는 일을 혼자 떠맡은 도사가 드물게 비명을 질렀다.

"(미안하군, 도사. 작전을 설명하지.)"

블랜타크 씨는 도사에게 내가 떠올린 작전을 설명했다.

"지금은 알프레드를 쓰러뜨리는 것이 불가능하다! 분하지만 그 작전대로 한다!"

"그럼 작전 개시다! 엘리제 아가씨!"

"네."

먼저 적 본군 후방에 있는 보급부대와 반란군 15만 명을 먹이기 위해 설치된 임시 보관 장소를 일격에 불태워야 한다.

마나가 부족하기 때문에 엘리제의 반지의 마나와 나도 자루에서 마정석을 꺼내 마나를 보충하기 시작했다.

스승님과는 달리 최대 마나의 7할 정도까지밖에 회복되지 않았지만.

"도사, 교대하자!"

"블랜타크 님, 괜찮겠나?"

"도사, 내게도 자존심은 있어! 1분도 못 되는 시간 동안 알 3인분의 공격쯤은 반드시 막겠다!"

"그럼 맡기도록 하겠다!"

"뭐, 카타리나 아가씨도 있지만. 아가씨, 긴장 늦추지 마! 때때로 '마법장벽'을 관통하는 일격을 끼워 넣으니까."

"예!"

스승님과 목우의 공격을 막는 역할을 블랜타크 씨와 카타리나가 교대했다.

역시 익숙해졌기 때문에 처음처럼 '마법장벽'을 관통당하여 부상을 당하는 일은 거의 없어졌다.

그렇게 되지 않는 요령을 파악하기 위해서 남성진은 특히 도사와 나는 다치고 또 다쳤지만.

"그럼 간다! 알프레드! 이 사람과 바우마이스터 백작의 합체 필살기를 받아라!"

도사는 그 파워를 살려 나를 어깨에 태웠다.

이동 마법을 쓸 수 없기 때문에 도사가 마나의 힘을 보탠 괴력으로 나를 스승님을 향해 던졌고, 가까이 날아간 내가 근접 전투로 그에게 기사회생의 일격을 가한다.

"어이가 없구나, 벨. 그런 어린애가 읽는 이야기 책 같은 공격을…… 나를 실망시키지 말거라."

"스승님, 10년이면 강산도 변한다죠. 옛날에는 무모한 공격이었더라도 지금은 효과가 있을지도 모릅니다."

"해보거라."

"그럼 기탄없이. 도사님!"

"그래! 발사한다!"

그렇게 공격하는 척하며 도사는 나를 상공으로 쏘아 올렸다.

"설마!"

스승님…… 아니, 타란토가 당황한 것 같다.

내가 뉘른베르크 공작에게 마법 공격을 할 거라고 판단했기 때문이리라. 당황하여 상공으로 날아올라 가는 나를 마법으로 저격하려고 한다. 그런데…….

"여기서 버텨내야 한다!"

"남편을 돕는 것이 아내의 역할이에요!"

"젠장!"

블랜타크 씨와 카타리나가 연속으로 공격 마법을 날려 스승님의 마법을 방해했다.

목우에 의한 마법 공격도 계속되었지만 이것은 엘리제가 '마법장벽'으로 막고 있다.

"공격 마법은 쓸 수 없지만 '마법장벽'이라면 쓸 수 있습니다!"

이로서 스승님은 나를 방해할 수 없게 되었다.

도사의 괴력과 마나에 의해 상공으로 날아간 나는 뉘른베르크 공작이 있다고 추정되는 본진을 발견하고 미리 마나를 주물러 준비해둔 거대한 불덩이를 발사한다.

"흥! 나를 노리는 거야! 호위 마법사 부대, 막아라!"

자신을 향해 날아오는 거대한 불덩이를 보고도 뉘른베르크 공작이 동요하는 기색은 없었다.

냉정하게 옆에 있는 마법사들에게 '마법장벽'을 준비시킨다.

이걸 막으면 거의 마나가 남아 있지 않은 나는 끝이라고 생각했으리라.

그런데 뉘른베르크 공작을 향해 가던 불덩이가 직전에 다시 상승했다.

그리고 다시 하강하면서 나아간다. 목표는 본군 후방의 보급부대와 임시 보관소다.

"크윽, 보급부대인가! 막아라!"

내 목적을 알아차린 뉘른베르크 공작은 당황하며 뒤쪽에 있는 마법사들에게 저지를 명령한 것 같다.

하지만 중급이나 초급 마법사가 막을 수 있는 불덩이가 아니다.

그들의 '마법장벽'을 깨고 그대로 보급 물자와 함께 병사들이나 마법사들을 불태워 간다.

이것으로 뉘른베르크 공작은 대군을 움직이는데 필요한 물자를 잃었다.

이 정도 규모의 대군이므로 세세한 보급이나 현지 조달로 전부 메우기는 어려울 것이다.

대부분의 물자를 잃은 그들은 물러가지 않을 수 없다.

"……이런, 성공한 건 좋은데 나는 누가 받아주나?"

지면과 격돌해 그대로 즉사한다는 최악의 미래가 머릿속에 떠올랐지만, 그 점은 도사가 잘 챙겨 주었다.

나를 빈틈없이 받아내 주었지만 역시 도사는 근육질이라 단단하다.

엘리제나 카타리나는 물론 부드럽겠지만 그렇다고 그녀들에게 받게 할 수는 없다.

"뉘른베르크 공작에 대한 공격도 위장이고 진짜 목적은 대군을 먹일 식량이라니……. 벨, 너는 정말 영리하구나."

"스승님, 뉘른베르크 공작은 틀림없이 물러갈 겁니다."

평범한 지휘관이라면 일단 후퇴하여 보급 물자를 정비할 것이다.

뉘른베르크 공작이 철수한다면 타란토도 후방으로 물러가지 않을 수 없다.

"그렇겠군. 나도 철수인가…… 그렇겠지."

상공에 뉘른베르크 공작의 측근 마법사가 쏘아 올린 두 개의 불덩이가 나타났다.

아무래도 이게 철수 신호인 모양이다. 전선에 있는 장병들도 야전 진지에 대한 공격을 멈추고 철수해 간다.

"1분만 더 있었어도 너희를 물리치고 유유히 물러갈 수 있었을 텐데. 아니, 시간을 너무 잡아먹었나."

갑자기 목우 두 마리가 연기를 내기 시작했다.

"사부님이나 크림트를 상대로 이토록 선전했으니 비용 대비 효율은 나쁘지 않은가? 지금은 일단 보내주기로 하지. 그럼 또 보자."

스승님은 연기를 뿜고 있는 목우를 마법으로 파괴하고는 그대로 조용히 철수해 버렸다.

그 모습이 너무 멋진 데다 이쪽도 여유가 없어서 추격은 할 수가 없었다.


"……살았군."

스승님이 물러가지 않았을 때를 대비해서 마나를 조금 남겨뒀지만 쓰지 않고 끝나서 다행이다.

"빌어먹을…… 알 녀석, 스승으로서의 자부심이 걸레 조각이 됐군."

"왕궁 수석 마도사…… 참으로 허망한 직책이다……."

나도 그렇지만 스승님에게 일방적으로 당한 블랜타크 씨와 도사는 충격으로 그 자리에 주저앉아 버린다.

"여보."

"벤델린 씨."

엘리제와 카타리나도 나를 걱정스럽게 바라보았다.

"헷! 타란토 녀석! 뉘른베르크 공작님께서 중용을 해주셨는데 바우마이스터 백작도 처치하지 못하다니! 완전히 웃음거리만 됐군!

적군이 철수를 시작했다.

아군이 추격을 하는 건지 확인하기조차 겁나는 상황 속에서 내 앞에 한 명의 적 마법사가 모습을 보였다.

그는 지칠 대로 지친 우리를 무찌르고 뉘른베르크 공작이 중용한 타란토의 코를 납작하게 만들려고 했으리라.

"지금의 네 마나라면 식은 죽 먹기지!"

"과연 그럴까."

"어린 녀석이 건방지게 허세를 떨다니!"

"딱히 그렇지도 않은데."

오늘 나는 죽음과 맞닿을 만한 엄청난 수행을 한 셈이다.

거기서 얻은 것도 많아서 평범한 상급 마법사인 이 녀석에게 당할 리가 없다.

남은 마나는 1할 정도였지만 이 녀석을 쓰러뜨리는 데는 그걸로 충분하다.

"먼저 공격하지!"

나는 작은 '윈드 커터'를 대량으로 날린다.

"헷. 이런 허접한 마법……."

적 마법사는 곧바로 '마법장벽'을 전개하여 '윈드 커터'를 막았지만 그중 하나만 관통력을 높인 것이 있었다.

그 하나가 적 마법사의 '마법장벽'을 관통하여 그의 복부를 그대로 뚫고 지나갔다.

"말도 안 돼……."

적 마법사는 믿지 못하겠다는 표정을 지으면서 입에서 피를 토하며 그대로 쓰러져 버린다.

"역시 우리가 약한 게 아니야. 스승님이 강한 거야."

이번 사투로 나도 기량이 향상됐겠지만…….

아직 스승님에게는 미치지 못한다. 그리고 그를 물리칠 때까지 왕국에 돌아갈 수가 없게 되었다.

도사와 블랜타크 씨도 나와 같은 생각이리라

"베에에에에에엘!"

"벨, 괜찮아?"

"벨 님, 적은 철수했다."

어느새 전투가 끝나고 내 곁으로 이나 일행이 달려왔다.

"엘과 하루카는?"

"테레제 님이 추격으로 적 전위부대의 숫자를 줄일 수 있을 거라고 해서 추격에 참여했어."

"그렇군. 둘 다 무사히 돌아왔으면 좋겠네."

그것 말고는 전투 결과에 그다지 관심이 없었다.

어쨌든 반드시 스승님을 꺾고 다시 하늘나라로 보내드려야
한다.

죽은 자를 조종하는 타란토와 뉘른베르크 공작에 대해 그는 분
노밖에 떠오르지 않았다.

"여보……."

"괜찮아, 나는 반드시 스승님을 꺾을 거야."

엘리제가 슬며시 손을 잡아주었기 때문에 내 마음도 마침내 진
정이 되었다.

그와 동시에 어떻게 스승님을 이길지 열심히 그 방법을 생각하
기 시작한 것이었다.

캐릭터
설정 러프
*Character rough*

이것을 베이스로
각색합니다.

미즈호의 국장
벼를 모티프로 한 가문을
참고로.

앞머리의 디자인은
이부러 카즐라와
똑같이.

호신용 칼
태도(太刀)
마도(魔刀)

겉옷(하오리)을
벗으면 이런
느낌입니다.

하루카 후지바야시

HACHINAN TTE SORE WA NAIDESHOU! 9
©Y.A 2016
First published in Japan in 2016 by KADOKAWA CORPORATION, Tokyo.
Korean translation rights arranged with KADOKAWA CORPORATION, Tokyo.

## 팔남이라니, 그건 아니지! 9

2021년 5월 15일 1판 1쇄 발행

저　　자 Y.A
일 러 스 트 후지 초코
옮 긴 이 강동욱
발 행 인 유재옥
본 부 장 조병권
담당편집자 정영길
편 집 1팀 이준환 정현희
편 집 2팀 정영길 김민지 조찬희
편 집 3팀 오준영 곽혜민 김혜주
라이츠담당 김슬비 한주원
디 지 털 박상섭 이성호 최서윤
미　　술 김보라 서정원
발 행 처 ㈜소미미디어
인쇄제작처 코리아피엔피
등　　록 제2015-000008호
주　　소 서울시 마포구 토정로 222, 403호 (신수동, 한국출판콘텐츠센터)
판　　매 ㈜소미미디어
마 케 팅 한민지 이주희
전　　화 편집부 (070)4164-3962, 3963 기획실 (02)567-3388
　　　　　판매 및 마케팅 (02)567-3388, Fax (02)322-7665

ISBN 979-11-6611-724-4 (04830)
ISBN 979-11-5710-465-9 (세트)